U0812253

活字

the living word

the living **word**

白色庄窠

张存学 著

甘肃文化出版社

1

白色庄窠已显得孤寂。二十多年前的灾变让白色庄窠的每一个人都惊悸并惶恐。周王氏姥姥在灾变之后顺从了阿克益西加措明示的路：白色庄窠的人得离开，离开白色庄窠，离开德鲁。留下来的只有周王氏姥姥，在日益衰老的时间里，她看着一个个离去的背影。离去者离去的方式尽管不同，但他们都先后离去了，这其中，包括我自己。周特舅舅是灾变后第一个离去者，他穿着鞔有草绿色布面的皮袄，背着黑色的褡裢，戴着咖啡色的礼帽走向了青海。十一年后，他以灵识的方式回到白色庄窠，回到周王氏姥姥的梦中。在周王氏姥姥的梦中，周特舅舅手里攥着礼帽，礼帽已经变了颜色，他的一双眼睛对着周王氏姥姥，一直对着，一动不动。周王氏姥姥醒来后便知道周特舅舅已经在青海死去了。然后，周王氏姥姥听到了院子里拍打积水的声响。周王氏姥姥走出堂屋，她站在堂屋门前看到了盘踞在院子里大黑瓮上的隐约而现的周特舅舅的影子，那是周特舅舅灵识聚成的影子。周特舅舅的灵识拍打院子里大黑瓮中的积水，他以此来表明他的回归，也表明他的灵识无处可去的窘境。整整四十九天，周特舅舅一直盘踞在大黑瓮上不肯离去。

院子里的大黑瓮是周特舅舅用两张羊皮换的，周特舅舅将它安放在院子里是为了承接雨水，那时他不会想到他后来会以灵识的方式盘踞在那上面。他游荡的肉体留在了青海，他的灵识千里迢迢而来。这个灵识依然不安，依然迷乱，依然悲伤。他回归到白色庄窠盘踞在大黑瓮上表达他的一切。周王氏姥姥在他到来的第三天走向德鲁寺院，她向寺院供布施并向阿克益西加措陈述了周特舅舅灵识回归的情形。阿克益西加措沉吟，然后答应了周王氏姥姥的请求：为周特舅舅超度亡灵。四十九天后，白色庄窠院子里的大黑瓮安静了下来。周王氏姥姥再也没有听到过大黑瓮中拍击积水的声音，再也没有看到过周特舅舅不安、迷乱和悲伤的影子。

我母亲是最后一个离开白色庄窠的人。一九九三年，她与我继父陈绍武在德鲁成家，她搬出了白色庄窠。两年后，她又随陈绍武去了陇南。陈绍武与人合作在陇南开矿，他在陇南买了房子。我母亲是提前退休随陈绍武去陇南的。

在母亲离开白色庄窠时，阿姐周雪芹早已回到了白色庄窠。一九九〇年，她与她的第二任丈夫离婚，她又回到了白色庄窠。这样，在我母亲离开德鲁时，白色庄窠有两个人：一个是周王氏姥姥，一个是阿姐周雪芹。

现在，我回到了德鲁。这是二〇〇九年的九月。九月的德鲁，已是秋季，灰云沉沉，细雨如烟。我是接到阿姐周雪芹的电话回来的。接到阿姐周雪芹的电话时我正在兰州我所在的出版社编辑室呆坐。编辑室里是两排格子式工作间，我坐在这样的工作间在想辞职的事。我已经厌倦我在出版社的工作。我是一个被聘任的编辑，我想我一直处在生活和世事的流程中，我被不断驱使，不断被裹挟着向前。我在想辞职的事时有些麻木。我甚至想不起来点一支烟。阿姐周雪芹的电话打来时，我就是如此的状态。阿姐在电话里说，我母亲周梅回来了，回到了白色庄窠。我应承着，我想我母亲是探亲而来的。但阿姐接着说：姑姑不走了。我没有马上反应过来。我说：她要长住在家里吗？阿姐说：她不走了，你回来看看她吧。阿姐说着挂断了电话。

我母亲周梅是阿姐周雪芹的姑姑。阿姐周雪芹是我的表姐。阿姐还有一个弟弟叫卡尔罗，我叫他阿哥卡尔罗。阿哥卡尔罗和我同岁，他比我大几个月。

白色庄窠在人员齐全的时候住着两家人，一家是我们家，一家是周特舅舅家。两家合为一家，共用一个灶，而周王氏姥姥是这个大家庭里的中心，她统领着这个大家庭。在白色庄窠，她像一个头领。

现在，周王氏姥姥早已不在了，她于十年前去世。她去世时除了阿哥卡尔罗外其他活着的都赶回到了白色庄窠，连远在成都读研究生的卢雅和她的男朋友李凌都赶回到了白色庄窠。周王氏姥姥是藏人，她的葬礼按藏人的习俗完成。在德鲁西山的天葬台上，她被天葬。桑烟飘升中，鹰鹫云集，周王氏姥姥就这样升天而去。

周王氏姥姥去世后，白色庄窠剩下了阿姐一个人。两年后，阿哥卡尔罗回到了白色庄窠。他回来的那一年，我回到白色庄窠与他长时间相坐。我和他说话很少。主要是他变得更加沉默了。沉默中，我和他喝酒。酒是他准备的。他喝得不多，我也喝得不多。他的鬓角已经发白，额头已经有了皱纹。他的脸是高原的赭红色。二十多岁时，他离开德鲁，他离开后从来没有回来过。一种命运性的规定使他一直滞留在青海的海北州，他在那里日渐苍老，四十多岁，他看起来已经有五十岁了。在海北州，他不但日渐变得苍老，也日渐沉默，昔日他眼中的那尖锐的光已经消失，他沉默中潜藏的巨大执著力也似乎永久沉落了。我和他沉默而坐，在有节制的喝酒中，他更像一个经历了狂风暴雨后的缄默者，对于世事，对于他的一切，他已淡然处之。

周王氏姥姥在离世前的一年曾说过，出去的该回来了。周王氏姥姥以她深邃的目光捕捉每一个离去者的身影，她看不到他们，但她在梦中能看到她要看到的：儿女和孙辈们的身影。这些身影天各一方。她从这些身影中看出了孤独、悲伤，她说，这些已经够了，能够回来的应该回来了。阿姐周雪芹将周王氏姥姥的这些话写信告诉了远在海北州的阿哥卡尔罗。阿哥卡尔罗没有回信。七八年后，他因为另一封信回到了德鲁，回到了白色庄窠。

另一封信是德鲁畜牧学校的校长写的。卡尔罗毕业于畜牧学校，校长是他当年的班主任。校长在写信前几天才知道卡尔罗的下落。校长唏嘘不已，随后他写信让卡尔罗回来，畜牧学校可以给他安排工作。

阿哥卡尔罗就这样回到了德鲁。

那个晚上，我和他相对而坐时，他开始没有说他的事，后来，夜深了，他简略地说了校长给他写信的事。他说：我回来了，不再走了。我没有说什么。我看着他，时光在他身上留下了太多的印记：鬓角发白，脸色赭红，目光平淡。我看着他，我想，我自己也许在不久的将来也是他这个样子，除了脸的颜色之外。我又想，他现在平静如止水，而我身上依然是飘荡的气息，我依然处在奔走的状态中。

我和他，再也不会有当年那种悲切的痛感了。当年，在海北州，我和卢雅看望他要离开海北州时他一直追随着我们。班车要开时，他跳上了班车，他不断哭泣。而卢雅哭得更早，在要告别时卢雅就哽咽不止。随后，他随我们一直到西宁。在西宁车站告别时，他孤独地站在那里向我和卢雅挥手。

现在，白色庄窠有三个人，我母亲周梅，阿姐周雪芹，阿哥卡尔罗。细雨中，我走进青石板铺成的巷道，走进木质已是焦黄的大门。院子里的大黑瓮依然在，在空空荡荡的院子里，它像一个无法离去的见证者。

白色庄窠更加孤寂，我站在院子里感觉到了这一点。

三个人都在堂屋，我母亲，阿姐周雪芹和阿哥卡尔罗。他们在等待我的到来。堂屋中的连炕炉上煮着羊肉。羊肉味我一进屋就闻到了。阴沉的天气中，堂屋显得阴暗。我母亲坐在靠炉边的椅子上，她看起来臃肿而疲倦。她坐的椅子是周王氏姥姥生前一直坐的，她坐在这椅子上改变了这椅子原来的主人周王氏姥姥的形象。周王氏姥姥始终硬朗，骨头是硬朗的，神情是硬朗的，说话也是硬朗的，而现在的母亲看起来更像一个患了病的人，即使在热气腾腾的火炉散发的热气中，她仍披着一件毛质的土耳其披肩，这披肩是卢雅从美国寄给她的。

我走进屋子时，母亲有一种放松的神情，这神情我从她的脸上看出了。是不是路上一直下雨？她问我。我说：一直下。我说着脱掉外衣。阿姐周雪芹站在我身旁，她接过我脱下的外衣走到衣架旁挂起来。接着她开始忙着从锅里捞肉块。她干这些时一直沉默。自从她第二次返回到这白色庄窠时她就是这个样子。沉默的样子，仿佛她肚子里的语言再也生长不出来，语言的秧苗被板结掉了，枯萎了。

阿哥卡尔罗坐在椅子上吸烟，他以平和的神态看着我走进堂屋，走进这个家。他手中的烟更像是一种必要的道具，他需要这个道具来将他的平和、泰然的神情凝聚成他坐在椅子上的样子。尽管如此，我还是从他的神情中感觉到了他的过分之处：他过于平和，过于泰然自若。他一口接一口地吸烟显现了他的这种过分。我由此疑虑。在阿姐端了一盆热水放在洗脸架上让我洗脸时，我的疑虑落在了母亲的身上。洗过脸，我看着母亲。她此刻更显得疲倦而无力。她注意到我的目光，她说：吃吧。然后她又对阿姐周雪芹和阿哥卡尔罗说：都吃吧。

餐桌就在火炉边，桌子上除了煮熟的羊肉还有几样凉拌的菜。这些都是阿姐做的。

吃饭的过程中，大家很少说什么。母亲偶然说一两句有关羊肉和菜的话。在母亲这么说的时候，阿姐点头或者嗯一两声。这种气氛有一种掩饰什么的沉重感在弥漫，而我的疑虑仍在持续。等到阿姐周雪芹端给大家的羊肉面片被各自吃完时，母亲直了直身子对我说：我这次回来再不走了。我看着母亲。母亲又说：你陈叔叔死了。

我无法说什么。我呆坐着。母亲说的陈叔叔是我的继父，是母亲的第二任丈夫。现在，这个男人死了，母亲因此回到了白色庄窠。母亲再没有说什么，她整了整她身上的土耳其披肩。然后，她端起了茶碗。

细雨仍在持续。青藏高原秋季的细雨，绵绵无边。暮色降临，我和阿哥卡尔罗坐在了另外一间屋子里。这间里外两间的屋子曾是我母亲与我父亲卢振威的屋子，现在，它成了我每次回到德鲁住的屋子。阿哥卡尔罗再没有吸烟，我递给他烟时，他拒绝了。他说了我继父去世的情形。我继父是意外死亡的。他和别人合开的矿在深山中，进出那个矿的道路崎岖难行。八月，暴雨频繁，我继父陈绍武坐着他的越野车在山路上行驶时，暴雨使一处山石崩塌，一块背篼大的石头飞落下来正好砸中了坐在越野车副驾驶位置的我继父，他当场死去。

卡尔罗陈述这些经过。事发后，母亲没有告诉白色庄窠的任何人。处理完后事，她一个人回到了德鲁。她说，她将永远待在白色庄窠了。

在我印象中，陈绍武始终是一个忙碌的人。他留着寸头，面色红润，说话粗声大气。他和我母亲离开德鲁到陇南后，我只见过他一次。那次是我因事到陇南顺便看我母亲时见到他的。我只跟他和母亲吃了一顿饭。饭还没有吃完，他就被电话叫走了。之前，他在德鲁露面的时候也不多。早先他在林场工作，家安在德鲁。后来，他辞去了林场的工作经营一个木材加工厂。在与我母亲结婚前，他原来的妻子因病早已去世。是周王氏姥姥通过熟人将他介绍给我母亲的。那一年，卢雅考到了西安的一所大学，同在那一年，阿姐周雪芹也走出白色庄窠与德鲁邮电局的柴胜利结婚。之后，周王氏姥姥觉得也该给母亲安顿一个去处了。卢雅是母亲最后的责任，这个责任完成了，她也该有一个自己的家了。周王氏姥姥如此张罗的时候，我母亲坚决反对，她说她要留在白色庄窠，她要陪伴周王氏姥姥到百年之后。周王氏姥姥大骂我母亲，说我母亲的脑子被糨糊糊住了。我母亲只得顺从。我母亲明白，周王氏姥姥要她离开白色庄窠。

在周王氏姥姥看来，那时的白色庄窠依然被厄运缠绕着。沉重的凶险感盘踞在白色庄窠，随时都会挥舞双手将厄运降临在还没有离去的人的身上。

屋檐上的雨水在夜晚的寂静中有节奏地滴落着。我和卡尔罗相对而坐。这种相对而坐的情形对于我和他来说已不止一次。说话依然很少。我和他已经习惯了这种状态。在沉默之中，我和他共同经历的一些往事在幽暗中浮现。我和他都能感知到这种浮现。我和他由此变得更加沉默。我知道，只要和他在一起，往事就会抓住我和他。往事在噬咬我和他，它们在幽暗中的浮现说明它们没有过去。

我点燃一支烟。我将思绪转向了母亲的事。阿姐周雪芹打电话让我回来是为了安慰母亲，她的两个孩子我和卢雅都在外面。卢雅在美国，她不可能一下子回来，剩下的只有我。现在，我知道，我此次回来不会给母亲多少安慰。母亲似乎也不指望我给她什么，她见我更多的是为了向我说明她现在的情况：陈绍武死了，她回来了，她要在白色庄窠待下去，如是而已。

我对面前的阿哥卡尔罗说：姑姑要你和阿姐多操心了。阿哥卡尔罗说：没有什么，我和阿姐能照顾好她。

两个人又沉默。一会儿后，阿哥卡尔罗站了起来。他说：早点睡吧。我说：还早。他说：这次回来多待几天吧。我说：我也这么想。他说：明天天会晴，你出去转一转。我说：我想见见华尔丹。他说：他前天来看过姑姑，他问起过你。

华尔丹站在河边一处稍高的地方嘿嘿而笑。这是他在十二岁时的样子。他在笑我。我的一只脚踩空了岸边的一块石头滑入水中，我的半条裤筒被河水洇湿，华尔丹因此嘿嘿笑。阿哥卡尔罗走向华尔丹，他认为华尔丹的笑是嘲讽的笑。阿哥卡尔罗和我那时也是十二岁。那一天，我和阿哥卡尔罗是跟着阿姐周雪芹到河边的。阿姐在河边洗衣服，我和阿哥卡尔罗陪着她。华尔丹不是一个人，他身边还有几个孩子。华尔丹笑的时候，那几个孩子也跟着笑。阿哥卡尔罗走向华尔丹的时候，华尔丹止住了笑，他看着卡尔罗向他走去。卡尔罗在离华尔丹有五步的距离时站住，他一双眼睛向华尔丹显示他的不满。华尔丹也以一双眼睛显示他的强硬。两双眼睛对峙。两个人都在心中酝酿着拳脚相向的事。

我站在河边。因为一条裤筒湿透，我感到了冰冷。与此同时，我在想如果卡尔罗和华尔丹打起来我如何扑向华尔丹或他身边的人。我这么想着其实非常害怕。蹲在河边洗衣服的阿姐这时注意到了卡尔罗和华尔丹的对峙。两个人都在虎视眈眈。两个人都像将要拔刀相向的成年男人一样在显示各自的尊严。华尔丹，你干啥呢？阿姐对华尔丹喊。阿姐和华尔丹的阿姐是同班同学，她认识华尔丹。阿姐这么一喊，华尔丹愣了愣，然后，他挺直身子转身离去。和他一起的几个孩子也随他离去。那时，我和阿哥卡尔罗都与华尔丹不熟，我们只知道华尔丹是民族学校家属院的人。

我醒来时太阳光已经透进窗户。正如阿哥卡尔罗昨晚上说的，这一天是个晴天。阿哥卡尔罗和阿姐周雪芹上班去了。

母亲一个人坐在堂屋。她现在成了堂屋的主人。在堂屋吃早餐时，我闻到了藏香的气味。藏香的气味是从堂屋里的佛堂里飘出的，我明白母亲在这个早晨在佛堂里供了清水和灯，还点了香。母亲以前不做这些，佛堂是周王氏姥姥活着的时候从堂屋隔出的。周王氏姥姥每天都要在佛堂里诵嘛呢，供灯，添净水。现在，母亲做这些。能够看出来，母亲试图重复周王氏姥姥的生活道路，试图像周王氏姥姥那样能挺住一切。但母亲的虚弱彰显在她身上，在佛堂里，她也许只能得到一些安慰和平静。

晚上，我和华尔丹坐在一个酒店的小包间里，没有别的人，只有我和他。依然是酒。像每次见面一样，我和他都离不开酒。在我没有离开德鲁前，我和他总是在喝酒。有时是一群人，有时只有我和他。每一次都喝到深夜，或者喝到凌晨。然后，在沉醉中离开或者倒头睡去。酒更多地将他和我引向迷幻之中，引向一个未知的深渊之中。这个深渊似乎存在着古老的磁力，我和他在这样的深渊中眩晕或者迷失。许多次，与华尔丹喝酒都有这种感觉，往往是他先行成为一个迷醉者，我跟着前行，然后，两个人在酒醉的状态中说一些不伦不类的话。这些话没有条理，没有逻辑性。

这个晚上，我和他喝得很慢。我们都四十多岁了，再不能像年轻时那样疯狂地喝。华尔丹回避我的目光，每一次都是这样。我的目光在探寻一个在佯装酒醉下真实的华尔丹，一个焦虑的华尔丹。华尔丹知道我目光中的含意，他宁肯说别的，宁肯说一些不着边际的话也不愿在我面前显露他真实的一面。华尔丹是公职人员，是一个不大不小的官员。大学毕业后他被分配到了玛曲工作，后来调回到德鲁。他始终在官员的序列中，他只能如此选择。在体制编织的巨大网络中，别的选择意味着没有出路。况且，他的大学同学回到德鲁后都在体制的序列中，而他不能游离在外。但华尔丹在骨子里不是一个善于向别人屈从的人，他犀利的目光能看清一切。他说，他宁愿不看，宁愿什么都看不见。华尔丹始终都是挺直身子走路的，在官场上他也是如此挺直身子。他因此始终都融不到权力的核心中去，他始终被拨来拨去放在一些不重要的位置上。现在，他的命运依然如此，而且，他再也不会有多大的进步。这样一个华尔丹坐在我面前，他知道我对他的一切了如指掌，因此，他回避我的目光。

在更深的地方，我和他都孤独。这种孤独，我说不上它是怎么形成的。在漫漶的时光中，孤独应对的是喧嚣，广泛而持续的喧嚣。这种喧嚣是生活的基本面目。集体性的喧嚣，无处不在。从中学起，我和他就从对方的身上感到了拒绝喧嚣的神态，这种神态后来成为孤独感。然后，我和他在各自的眼中看出了这一点。

卡尔罗怎么样？华尔丹将话题转向了我的阿哥卡尔罗。我说：他现在挺好。华尔丹说：他现在看起来平和了许多。我说：的确。华尔丹说：他的头发都有些白了，他看起来比你老了。我端起酒杯，我说：他比我受的难要多得多。华尔丹说：我知道。我端起酒杯和他碰杯。他喝下去。接着，他说，他现在在德鲁很少喝酒，他尽量躲避一些喝酒的场子。他这么说时，我明白他的意思。他是一个一旦喝开就要尽兴的人。他酒醉时从来不说出格的话和干出格的事，他只是将喝酒的时间拉得过长。事实上，他真正进入到喝酒的状态时就会忘掉时间，时间概念在他脑子里不存在了。人们抓住他的这一点说三道四。人们说，华尔丹总是喝到天亮，总是喝到天亮。在这种说法中，他成为一个十足的酒鬼。这些说法带有恶意。恶意从人们的嘴中、眼睛中发散出来，就像嗖嗖飞射的冷箭，它们阴冷，具有目的性。因为这样，华尔丹在德鲁尽量不喝酒。我能想象出他不喝酒的样子，他就像被困住，小心翼翼地注视着笼子外的人们。

但也只有酒才能给他轻松感，才能让他松开捆绑在他身上的绳索。他的身体内有另外一个华尔丹，一个在草原上骑马奔驰的华尔丹，一个在旷野中忧伤歌唱的华尔丹，只有酒才能将这个华尔丹唤醒。

十二岁那年在河边卡尔罗与华尔丹对峙之后，我和华尔丹见过几次，见面时没有敌意，只是相互瞥一两眼。到了高中，华尔丹、卡尔罗和我被分在一个班里。开学的第三天，卡尔罗与华尔丹相视一笑，他们至此成了朋友，后来，我也成了华尔丹的朋友。

华尔丹身上有一种傲气，一种男子汉的傲气，这种傲气在他成年以后仍在他身上。现在，这种傲气蛰伏在他的沉默中。他出生在桑曲草原上，他在那里度过了他的童年，之后，他们一家人随他的父亲到了德鲁。

我和华尔丹一边喝酒一边东拉西扯。一瓶酒已经被我们喝完。华尔丹的脸色看起来有些不正常。我想起一年前在兰州一个酒吧里他对我说过的话，他说，他会暴病而死。他当时是突然说的。我愣住，看着他。他显得一本正经，没有开玩笑的意思。我说：华尔丹，不要胡说。他说：的确，我会暴病而死。我再次让他不要胡说。现在，我看着他的脸在想酒是否已经损伤了他的身体。我这么想时，华尔丹又端起了酒杯。

夜已深了，酒店的服务员催我们离去。我和华尔丹起身。我想，我已经喝得差不多了。但华尔丹却说：找一个地方我们再喝。我知道我拗不过他。走出酒店，华尔丹带着我到街上的一个酒吧。在酒吧一个小包间里，我和他坐下来。华尔丹说：在这里坐一坐，酒不再多喝了。我说：的确不能再喝了。我们坐下来，华尔丹要了两瓶啤酒。啤酒打开后，我和他慢慢喝着。然后，我和他又东拉西扯。

2

卢雅坐在一把小椅子上，那是二十几年前。小小的卢雅，当时只有六岁。她坐在小靠背椅上在折叠纸青蛙。她的身后是她家的门。她坐在门前的廊檐下，她面前的台阶下是几只鸡——一只公鸡带领着三只母鸡。公鸡在咕咕寻食，母鸡随公鸡咕咕的叫声啄捡食物。这是我和阿哥卡尔罗赶到德鲁小学时找到小卢雅时的情形。那时我和阿哥卡尔罗十六岁。我们从白色庄窠赶来，时间是中午。当时我们放学刚走进家门，邻居尔撒走进院子对我和阿哥卡尔罗说，我母亲让我们到德鲁小学将小卢雅带回到白色庄窠。尔撒对我说：你阿妈在医院里，我路过医院大门时碰见你阿妈的。尔撒接着说：那个叫小雅的尕女孩的阿妈在医院里被抢救呢。

小雅是卢雅的小名，那个时候，卢雅还不姓卢，她是德鲁小学教师谢菊的女儿。谢菊和我母亲周梅是同事。小雅随她母亲多次到过我们家，她和我们早已熟悉。

小雅的母亲没有抢救过来，她在医院里死去。她因为什么病死去我和卡尔罗不得而知。多年后，我从我母亲的口中才知道，小雅的母亲死于乳腺癌。她死时三十二岁，正是精力旺盛的年龄。她和我母亲关系很好。我记得她说着一口带有四川口音的普通话，偶尔，她也说一两句德鲁的汉话。在我的记忆里，她始终是剪发头，干练、机敏。她的丈夫在小雅一岁时死去，他在玛曲一个公社卫生院当大夫。他在一个寒冷的冬天因意外而死去。当时，他骑在马上，他要去远处的一个帐圈去看一个病人，半路上，他从马上栽下，再也没有活过来。

我和卡尔罗到德鲁小学走到小雅面前时，小雅专心致志地叠她手中的青蛙。突然，她大哭起来。我和卡尔罗吓了一跳。我抱起她，她在我怀里哭得更加厉害，她的双脚不断踢着，双手在空中乱摆。她似乎要抓住什么。卡尔罗无法帮上忙，他只能围着我团团转。我放下小雅，我想她不愿意我和卡尔罗靠近她。她一落地便朝校门口跑去。我和卡尔罗追上她。我们随着她跑。校门外是马路，马路上不断有过往的汽车。看着小雅要跑向马路时，卡尔罗跨大步向前一把抱起她，她在卡尔罗的怀里突然安静下来。她的大而黑的眼睛对着卡尔罗的脸。我注视这双眼睛，这双眼睛现在变得奇特起来，它们似乎在看卡尔罗，又似乎没有看。这双眼睛随后变得深幽起来。一双六岁孩子的眼睛，它们的深幽让人惶惑。

到白色庄窠时，我母亲还没有从医院里回来。那时，我们还不知道小雅母亲在医院里的情况。周王氏姥姥从卡尔罗的怀中接过小雅，小雅依然安静，她的眼睛依然深幽。周王氏姥姥将她抱在怀中注视着她的一双眼睛。同时，周王氏姥姥用手轻轻拍打小雅的后背。你咋了，我的娃？周王氏姥姥一边拍打一边说。小雅仰起头朝院子的上空看了一眼，然后，她又哭了起来。这一次，她的哭声低缓。

小雅哭的时候，我父亲卢振威走进院子。他是从医院里回来的。下班后，他听说小雅母亲在医院的事后就赶往医院。现在，他回来了，他的脸色阴沉。在看到周王氏姥姥怀中的小雅后，他的脸颊抽动了一下。周王氏姥姥从我父亲的脸上看到了医院抢救的结果，她的眼眶慢慢发潮。十几分钟后，我母亲和她的几个同事走进院子，她们的眼睛都红肿。母亲的同事随母亲来是看小雅的，她们围着周王氏姥姥怀中的小雅从红肿的眼里努力挤出笑。

小雅不再哭泣。她的一只手紧紧搂住周王氏姥姥的脖子。

小雅成了孤儿。那一刻我意识到这一点。我想起德鲁孤儿院的那些孩子。那是一群孩子，个头高低不一，但都穿着一色的灰衣服。从春到冬，他们都穿着这种颜色的衣服。他们住在孤儿院，在孤儿院的教室里上课。他们列队走出孤儿院时，脸上很少有笑容。他们规矩，听话。我想，如果小雅成为孤儿院的一员，她会怎么样。她还太小，她会穿着灰色的衣服，一双大而又黑的眼睛会朝大门外张望。

像她的母亲一样，六岁的小雅留着剪齐的头发，整齐的刘海下是她一双有神的眼睛。后来，她一直是这样的发型。到她上了大学还是这样的发型，只是，留得长了许多。

在我和卡尔罗到德鲁小学接她站在她面前时，她突然大哭和她眼睛变得深幽的情形让我难忘。后来，我将这一情形说给了我母亲，我母亲说：那时或许正是她阿妈闭上眼睛的时候。

那一天晚上，在小雅安静入睡后，一家人坐在了堂屋里。我母亲说，小雅的母亲在去世前一个月曾给她说过，等她死后将小雅托付给她。我母亲说：当时我以为她在开玩笑，没有想到成了真的。母亲这样说过后，我们都觉得不可思议。小雅的母亲在一个月前没有表现出病的样子。我母亲接着说：一个月前她除了感觉痛以外没有别的啥症状。周王氏姥姥说：死的事情谁都说不清，从今个（今天）起，这个娃我们养了。

一家人附和了周王氏姥姥的意见，包括周特舅舅和德吉草舅母。我父亲提出了补充性的意见，他说，最好有文字性的委托。我母亲立刻说：能有啥文字性的委托呢？小雅她妈是猛碴碴去世的。

几天后，我母亲和她的同事在整理小雅母亲的遗物时发现了一张委托书，委托书是小雅母亲写的，委托书上写道，她死后将小雅委托给我母亲收养，做我母亲的女儿。我母亲拿着这张委托书既惊讶又悲痛。

小雅成了白色庄窠的一员，成了我父母的女儿，成了我妹妹，也成了周王氏姥姥的外孙女。我父亲卢振威给她起了个名字：卢雅。那一年的秋天，卢雅成了德鲁小学一年级的学生，我母亲是她的班主任兼数学老师。

小卢雅住在堂屋里。她和周王氏姥姥、阿姐周雪芹住在一起。阿姐周雪芹那一年十八岁，她在那一年高中毕业，又在那一年被招工到汽车修理厂当了工人。阿姐周雪芹那时是如花的年龄，她又像白色庄窠的太阳。她的笑声和她的眼睛让白色庄窠充满了阳光。做事果断的周王氏姥姥也不得不顺从这个孙女。这个孙女命令她干什么时，她嘴里会咕咕囔囔极不满，但又不得不按阿姐说的去做。小雅成为堂屋的一员后立刻跟阿姐粘在一起，每个晚上临睡前，她们总要唧唧咕咕说笑一番。

一个月后，小卢雅已经改掉了她原来的口音。原来她一直随她母亲说普通话，现在，她跟阿姐和周王氏姥姥说德鲁汉话。

有一天，我在想小卢雅的口音变化时突然想到，白色庄窠的人其实说着几种话。我父亲一直说着河北口音的普通话。多少年来，他的这种口音一直没有变。而周王氏姥姥有时说藏话，有时说德鲁汉话。她说藏话时只有和周特舅舅和德吉草舅母说，因为在白色庄窠，还有周特舅舅和德吉草舅母会说藏话。我进一步想，白色庄窠的户口簿上有两种族别，一种是藏族，一种汉族。我和阿哥卡尔罗都是周王氏姥姥的孙辈，一个外孙，一个家孙，但阿哥卡尔罗是藏族，我是汉族。这只是户口簿上的分别，日常生活中，白色庄窠的人从来没有如此分过。但在一个家里，想到语言混杂的情形还是让我感到惊讶。

绵绵细雨过后的几天时间里，德鲁的天气出奇的好。我闲逛在广场上。这是一个盾形的广场，长大约有五六百米。这个广场是由几块草地合并起来的，原来的几块草地被几条纵横的道路分割，草地中有一些树木。这些树木是人工栽植的。夏日时分，骑马的牧民来到德鲁有时躺在这草地上，他们的脸上盖着礼帽。他们的马扯着长长的缰绳绕着树干吃草。看到这些牧民我会想到鲁日玛的人。鲁日玛是周王氏姥姥的老家，也是德吉草舅母的老家。鲁日玛的亲戚骑马到德鲁往往会牵着马走进白色庄窠。白色庄窠里建有一个能容纳七八匹马的马棚，这个马棚是与白色庄窠其他的房子一起建起的。白色庄窠是一个占地很大的庄院。周王氏姥姥去世后，鲁日玛人来得少了。他们即使来也不再骑马。他们会骑摩托车来，或者乘车来，他们来到德鲁，已经很少踏进白色庄窠的大门了。

广场的南边矗立着一座巨大的赭红色牦牛雕塑。广场的北边是汉白玉雕成的羚羊群像。此刻，阳光下的广场显得空旷、寂静。偶尔有人从广场上走过，他们步履匆匆。

站在广场上能望见阿尼念青山，它在德鲁的北面。在万里无云的日子，它才显出它的姿容。它显现的姿容是雪线以上的姿容，灰色的山体像一道巨大的屏障。它雄峻的峰顶与天空相接。阿尼念青山在更多的日子里被云雾遮绕，难现真容。往昔的夏日里，有时它也白雪皑皑。我在十七八岁前对它熟视无睹。被人们叫印度尼西亚人的卢加尼有一天指着被霞光映照的阿尼念青山时对我说：它有多高？我说我不知道。卢加尼陷入了沉思。他一双铜铃般的眼睛长时间注视着它。我当时想，卢加尼处在虚幻的想象中。从卢加尼问我的那一天起，我开始注视阿尼念青山。在它的真容显露的时候，它看起来离德鲁不远，只要越过几道山梁就可以到达它那里，但实际上它离德鲁有四十多公里的距离。

印度尼西亚人卢加尼叫周王氏姥姥“祖母”时，小卢雅还没有被我和卡尔罗接到我们的白色庄窠。卢加尼叫周王氏姥姥为“祖母”时，周王氏姥姥不知道“祖母”是什么意思。周王氏姥姥站在堂屋的台阶上对脸色黝黑、长相奇怪的卢加尼说：啥是祖母？阿姐周雪芹咯咯笑着替卢加尼回答：祖母就是阿奶的意思。周王氏姥姥“哦”了一声算是答应了卢加尼叫她“祖母”的请求。

卢加尼到德鲁是在小卢雅到白色庄窠的前一年。卢加尼是在印度尼西亚长大的汉人，他只能说有限的汉语，也只能写一些有限的汉字。卢加尼到德鲁时二十六岁，他是奔他的哥哥而来的。他的哥哥在德鲁供电所工作。卢加尼在来德鲁的途中他的哥哥去世。在旅途上的卢加尼不知道这事。从印度尼西亚到德鲁是漫长的旅途。卢加尼到达德鲁时得知他哥哥去世时睁着牛一样的眼睛团团转。供电所的人不知道卢加尼的哥哥有这么一个弟弟。这个弟弟脸色黝黑，眼窝深陷，深陷的眼窝中一双眼睛鼓突着。卢加尼在团团转的时候，厚厚的嘴唇在抖动。供电所的人看卢加尼这个样子也慌了神，他们拿不准这个长相奇怪的弟弟因为手足无措会出现什么结果。他们试着抚慰卢加尼，但卢加尼听不懂德鲁汉话，他牛一样的眼睛对着对他说话的人。最后，他还是明白了供电所人的意思，人已经去世了，不要过度悲伤。卢加尼被安排住在了供电所的单身宿舍里。

第二天早晨，大雾弥漫。供电所的人叫卢加尼吃早餐时不见了他的影子。这个时候的卢加尼已经走在了德鲁城外的荒野中。

卢加尼早晨起来走出宿舍时就在大雾中迷失。他自己后来说，他被大雾催动着、裹挟着走出供电所大门，然后又被大雾催动着、裹挟着向南走去。那时，在大雾中他没有方向感，他仿佛跌入到荒诞不真实幻境中。那个早晨，他把大雾当成了飞荡的云，他随着云飘行。当云远远离去缠绕在不远处的山腰中时，他身处在一片荒野之中。在这片荒野中，他看不见房屋，看不见人影。他惶恐地睁大眼睛。他置身于虚幻之中，没有方向感，没有可以抓住的东西，甚至，连呼救都不可能。

卢加尼在草地中呆立。几十分钟后，一个扛着铁锨的人出现在远处，那是达沙道班的工人。卢加尼小心翼翼地朝那人走去。但他的心里仍七上八下，他拿不准那个扛铁锨的人是一个真实的人，还是一个幻影。卢加尼和那个人的距离拉近时，那人站住，他将铁锨从肩膀上放下来拄在手中。对他来说，卢加尼就像一个从大地上冒出来的怪物，这个怪物走近他时，他从怪物的脸上没有看出有什么恶意。卢加尼以有限的几个汉语词来说明他的处境：他被一片云撂在了这片荒野中，他要回到供电所去。

达沙道班的工人将卢加尼送到了供电所。这个上午，供电所的人一直在寻找卢加尼。卢加尼被送到供电所时，他们松了口气。

那个早晨的大雾对于卢加尼来说是挥之不去的。初到德鲁的卢加尼被他哥哥的死亡和那个早晨的大雾颠簸在虚幻不真实的状态中，这种状态中的卢加尼没有依怙，没有故乡，没有真实感。后来的日子里，卢加尼努力抓住一些真实的人和物，但他的脑子里始终飞扬着一些梦幻的事物。他想落在地上，但又始终被虚幻感托举而起。

德鲁对于卢加尼来说是旅程的尽头，他再也无处可去。德鲁供电所了解到这一点后给卢加尼安排了工作。卢加尼成了供电所一个收电费的人。开始时，卢加尼跟着别的收费员满德鲁城跑。半年后，他开始单独收，每走到人家门前，他只喊两个字：电费。他这么喊时面目显得凶恶而可怕。深眼窝、牛眼睛的卢加尼看上去的确凶恶，他喊收电费时就像凶神恶煞，人们听到他的喊声立刻让他查看电表并如数交给他电费，人们同时还知道他来自印度尼西亚。

那个印度尼西亚人，人们如此说他。

伴随他粗声粗气叫喊声的还有他那自行车呱嗒嗒的响声。

这响声有一天在白色庄窠的大门门道里响起，在他连人带自行车出现在院子里时，他喊了一声：电费。正值中午吃饭的时间，白色庄窠几乎所有的人都在院子里。我也在院子里。卢加尼一喊电费我便知道是人们说的那个印度尼西亚人来了。但坐在堂屋前的周王氏姥姥不知道，她在那时还没有听说过这么一个人。再说，卢加尼是第一次轮换到西山下白色庄窠一带收电费的。干什么个的？周王氏姥姥看着卢加尼问。阿姐周雪芹给周王氏姥姥解释说是收电费。周王氏姥姥“哦”了一声，然后她盯着卢加尼看。卢加尼既不像藏人，也不像汉人和回民。周王氏姥姥突然大声问：收电费的，你是啊达（哪里）人？卢加尼正在从包里掏他的登记本，听到周王氏姥姥突如其来的问话，他似乎被吓了一跳，他睁着圆溜溜的眼睛看周王氏姥姥。我父亲卢振威看到卢加尼一脸迷惑的神色向他重复了周王氏姥姥的问题。卢加尼迟疑了半晌才回答：中国人。卢加尼如此的回答让我们都感到意外，但周王氏姥姥不意外，她再没有问下去。

卢加尼在掏出的本子上找到我们家在上面登记的名字，那名字是我父亲卢振威的名字。卢加尼看了半天这名字后抬起头对着我父亲：你们姓卢？我父亲点点头。卢加尼显得有些激动，他猛然握住我父亲的手说：一家人，我和你们是一家人。卢加尼在说“一家人”时咬字不清，他说成了“尼家人”。周王氏姥姥看着面前的情形迷惑不解，她不明白“尼家人”是什么意思。啥是“尼家人”？周王氏姥姥问。卢加尼涨红了脸一手指自己，一手指我父亲，他对周王氏姥姥说：我姓卢，你们也姓卢，尼家人。周王氏这一次听懂了，她将卢加尼招到台阶前，她问：你家里还有啥人？卢加尼坐在台阶上，他说：我一个人。你阿大（父亲）阿妈哪里去了？周王氏姥姥接着问。卢加尼回答：没有了，早就死了。周王氏姥姥伸出手摸了摸卢加尼的头：年轻人，孽障（可怜）啊，这么年纪轻轻的阿大阿妈就没有了，以后有时间就来我们家。卢加尼使劲地点头，然后，他对周王氏姥姥说：我叫你祖母。

卢加尼没有故乡。几年后，我问他的老家在什么地方时，他说他也不知道。那是一个下午，我和他坐在文化馆门前的台阶上。我让卢加尼吸烟时，他说他不吸。卢加尼一直不吸烟，这我知道。坐在文化馆台阶上时，我在文化馆上班。那一年我大学毕业回到德鲁在文化馆工作。卢加尼是骑着自行车路过文化馆大门时看到我的，他喊住我，然后，我和他坐在文化馆门前的台阶上。下午的太阳温暖、柔和。我接着问他：你家里人从来没有说过你们老家在哪里吗？卢加尼皱了皱眉头，他说，他小时候在印度尼西亚听他父亲说过，他们老家在福建的一个什么地方，那个地方叫什么他忘记了。卢加尼接着说，他从来没有去过福建，所以对他来说，那里并不是他的老家。卢加尼这么说的时候眼睛对着我，我从他的眼睛中看出这样的情形：他的眼睛深处是一片空茫连着一片空茫。同时，我感觉到，他惧怕这种空茫。

在广场上，我闲荡到羚羊雕像前。再往前走，便是德鲁的主街道。这是变化了的街道。我转过身往回走。这个上午，在广场上，我似乎是唯一一个无所事事的人。

晚上，我要走出堂屋时电话响了起来。我转过身看母亲，母亲坐在椅子上。她示意我接电话。电话是卢雅打来的，她从美国打来。她听出了我的声音，她问我啥时候回到白色庄窠的。我说是三天前。她问母亲和阿姐、阿哥都在家吗。我说都在，都好着呢。她沉默着，然后她说，她大概过十几天回来，她现在正在做回来的准备。我说：在那边都好吧？她说：好着呢。我母亲听出电话是卢雅打来的时走到电话机旁，我将电话听筒递在了她手里。电话那头的卢雅似乎在问母亲的身体怎样，母亲在回答。母亲不愿多说她身体的事，她问卢雅的孩子小帅帅怎么样，接着又问卢雅的丈夫李凌怎么样。那一头的卢雅似乎将电话给了她的丈夫李凌。母亲和李凌说了几句后放下了话筒。

自从周王氏姥姥去世后，卢雅再没有回来过。周王氏姥姥去世后的白色庄窠只有阿姐周雪芹一个人。我母亲那时已在陇南定居，阿哥卡尔罗还在青海的海北州。白色庄窠在那时几乎要空了。可以想象出，远在美国的卢雅想到周王氏姥姥去世后的白色庄窠会是什么心情。白色庄窠是她的家，不论她远在何处，白色庄窠是她的心栖落的地方，但一个几乎空了的家对她来说变得荒凉了。现在，能够回来的都聚集在白色庄窠，卢雅做回来探亲的准备是自然的。

但我知道，白色庄窠的空茫是在每一个人心里的，包括在卢雅的心里。

走出堂屋，我看到阿姐屋子的门开着，屋里的灯亮着。这是周特舅舅和德吉草舅母住过的屋子，阿姐回到白色庄窠后一直住在这里。我走进这屋子，阿姐在挪动沙发。看我进来，她示意我帮她将沙发挪开。沙发挪开后，她找到了她要找的东西——一团毛线。找到毛线后，我和她又重新挪好沙发。沙发上放着她要织的毛衣。天蓝色的毛衣，而且是孩子的。她坐下来拿起毛衣织了起来，我坐在另一个单人沙发上。

多年来，我和她很少这样面对面地坐过。这个晚上，这个屋子敞开的门和亮着的灯光让我有了和她相对而坐的念头。她毕竟是我的阿姐，这个阿姐早已将她自己封闭成一座孤岛，这是一座坚硬的孤岛，一座悲怆的孤岛。此刻，我坐在她对面时，她并没有拒绝我的意思。而我自己知道，她的孤独是任何人都无法排解的。我坐在她面前，只是出于亲情，这种亲情她能够接受。

她已四十七岁。她十八岁到二十一岁时的容颜已经不存在了。她脸上的皮肤已显出黯淡之色，没有光泽。在灯光形成的光影里，她脸上的神情在下垂，这也是她现在一贯的神情。下垂意味着她一直在将自己收缩在她内心深处的暗河中。那个暗河一直存在，一直拍击她的全身让她知道她曾经的生活。因此，她以神情的下垂来抵御外部的叩问和探知，这种神情的下垂对她来说也是一种防御之盾。

我说：卢雅刚才来电话说她过一段时间回来。阿姐周雪芹停下手中的毛衣签抬起头对着我，她没有说什么，她似乎在沉思。接着，她说：卢雅有十年没有回来了。我说：她和你经常通电话吗？她点了点头。同时，她抬起手撩了撩头发。她的头发有烫过的痕迹，似乎在某些日子里为了与周围的生活保持一致，也为了不过分让人注目她烫了发。然后，她懒于再次打理而致使头发变得没有光泽。前一段时间她说过她要回来，她说，这件毛衣就是给小帅帅织的。我看着她手中的天蓝色毛衣，刚才在堂屋接卢雅的电话时卢雅没有说她将带小帅帅回来。白色庄窠的人都知道小帅帅几岁了，但谁也没有见过他，他的照片不断被卢雅寄回来，从一岁到六岁。这些照片现在都在堂屋的相框里。照片上的小帅帅是一个头发黑密、五官清秀的男孩，他像他的母亲卢雅。

阿姐低头又扭动起手中的织签。我沉默着，没有再说什么。两个人之间形成了一种空白。一会儿后，她似乎意识到了这种空白，她说：这次来你要多待一段时间多陪陪姑姑。她这么说时没有抬头。我说：看情况吧。我这样说过后又觉得不妥，我又说：卢雅要回来，我等她回来了再走。她点了点头，但仍没有将头抬起来。

又是沉默，又是两个人之间的空白。但这一次的空白没有第一次那样生涩。接着，我说：阿姐你没有想过再成一个家？她的手明显抖动了一下，她抬起头一双眼睛对着我。这双眼睛就像是从深幽的水中慢慢浮现出来的，它们显现的是警觉、疼痛和拒绝。她镇定了一下自己说：卢里，以后再不要问我这样的问题了。我呆滞不动。话从我口中说出后我就意识到我问了一个愚蠢的问题。我在越过她的防线深入到她防御的内核中去。同时，我还明白，我问的问题还涉入到已经过去的事件中，那些事件不堪回首。

3

在格河边的草地上，阿姐周雪芹双手抖开她刚刚从河中漂洗净的衣服。衣服是草绿色的，它在阳光中被抖开时像张开的翅膀，这翅膀就像阿姐周雪芹的翅膀。阿姐周雪芹随着抖开的衣服在旋转。她身材柔软、颀长，那种情形中，她就像要从草地上飞起。那是一幅轻盈灵动的图景。可以说，阿姐青春时光最动人的样子凝结在那幅图景中。那一天是阳光灿烂的日子，而且是夏季的日子。格河边的草地上赛钦花一片金黄，还有一丛一丛的怀麻花也开得耀眼。马莲花在春天已经开过了，格河边的马莲花总是一团一团地生长。阿姐周雪芹那时十八岁，她穿着黄色格子的衣服。在她抖开绿色的衣服时，小卢雅在摘怀麻丛中的花。小卢雅那时到白色庄窠已经两个多月了。白色庄窠每天都充满了她的笑声。

太阳很好的日子里，阿姐总会到格河边洗衣服。从白色庄窠向南走不到七八百米便是格河。格河周围是草地，格河在草地上蜿蜒向北流去，河水清冽。河水回旋的地方，总有鱼在游动。阿姐抱着洗衣盆走向河边时，身后跟着的是小卢雅，还有我和卡尔罗。我和卡尔罗是被小卢雅拉扯来的。那一天，阿姐在河边洗衣服，小卢雅在草地上采摘中意的花，而我和卡尔罗无所事事，我们坐在太阳下的草地上看小卢雅，看阿姐。

阿姐说她是鱼变的。这是上一次在河边洗衣服时她说的。当时，我和卡尔罗在一处回水的湾中用一块布捕捞小鱼。阿姐阻止我们：你们不要捞鱼，你们捞上来的鱼最后都会死掉。我和卡尔罗兜着布的手停了下来。阿姐双手叉在腰间站在河边一边伸腰一边对我们说。我们听从了阿姐的劝阻。像阿姐说的，捞上来的鱼都会死掉。而且，我和卡尔罗都知道，白色庄窠的人从来不吃鱼。这是因为周王氏姥姥从来不吃鱼。阿姐阻止我们捞鱼的时候，小卢雅手中攥着几朵怀麻花。阿姐转向小卢雅，她对小卢雅说：小雅，你是天上的仙女变的。小雅仰头看着阿姐，她似乎在沉思。然后，她问：阿姐你是啥变的？阿姐笑了起来，她说：我是鱼变的。为啥是鱼变的？小雅问。阿姐说：是鱼变的就是鱼变的。

多少年后的现在，面对沉默的阿姐时我想到了她当年在格河边说她是鱼变的话。现在她更像一条孤独的鱼。鱼有眼睛却流不出眼泪，鱼有嘴却发不出哭声。

在那一天，我和卡尔罗无所事事坐在草地上看小卢雅和阿姐，阿姐的高中同学肖连站在离河边稍远的桥沿上朝河边这里看。他的身旁立着他的自行车。我和卡尔罗看到了他。在我和卡尔罗看到他后，我们将目光转向阿姐周雪芹。她正在漂洗另一件衣服。她将漂洗好的衣服在空中抖开时看到了站在桥边的肖连。她只注视了那一两秒钟，然后，她又蹲在了河边。

我知道肖连，知道他在高中时和阿姐相好。我曾看到过他们走在一起的情形。有时，肖连骑着自行车带着阿姐在路上走过。阿姐在他们班上引人注目，甚至在整个德鲁中学都引人注目。我知道他们同级的许多同学都倾心于她，但她选择了肖连。肖连在他们班上男生中算不上出类拔萃，但他有一种别的男生不具备的神情，那是略含忧郁的神情。时过境迁，我在更宽的背景下再度看肖连这个人时，他的一些特别之处明晰起来，他是一个执著的人，情感是他生命中重要的部分。或者，他生来就如此被决定，对于他认准的女性他会执著到底。在她与阿姐周雪芹的情感纠葛中，他一直到死都像一个独行的人，他的家庭背景、工作背景因为他的特立独行和他的死而黯然淡去。

从另外一个角度看，他出现在阿姐周雪芹的生活中又促成了另外一些结果，他与阿姐周雪芹的爱导致了白色庄窠的灾难，这种灾难的源头或许在更远的地方，这个源头只有周王氏姥姥能感觉到。周王氏姥姥自从将家搬迁到西山下时就无不忧虑地感觉到了这个源头。灾难的幕布一直垂挂着，而肖连和阿姐周雪芹之间的爱将这垂挂的幕布启开。

在那个夏天的河边，事情慢慢开始发生了。

肖连站在桥边向河边的阿姐注视时，他明显地在守望阿姐，或者在等待获得阿姐的一个眼神——和解的眼神。但阿姐看了一眼肖连后再也没有扭过头。阿姐在那一年高中毕业，她被招工到汽车修理厂铜工车间当了一名工人。肖连在那一年当州委的通信员。他们都有了固定的工作。他们之间出现了情感上的纠葛或者误会，至于出现了什么纠葛和误会，没有人知道。在河边，当阿姐将所有的衣服晾晒到草地上时，站在桥边的肖连已经不在了。我和卡尔罗看到了肖连的离去。当时，他显得有些失望地打起了自行车的撑子。他推起自行车时仍向阿姐张望。接着，他推着自行车慢慢离去。他的身影消失在公路上时，我和卡尔罗将目光转向阿姐。阿姐背对着大桥在淘洗最后一件衣服，她将这件衣服晾在一丛怀麻上后，她慢慢转过身朝大桥上瞅了一眼。那里已经没有肖连的身影。阿姐又朝公路上张望。肖连的身影在公路上早就消失了。阿姐神情怅惘，她的目光一直没有离开公路。

几天后，我在路上时看了阿姐和肖连，他们都骑着自行车。他们并排骑在一起说着什么。他们的脸上都是笑容。显然，他们又重归于好，以前的纠葛或误会已冰释。他们说着什么没有注意到同在一条路上的我。又是几天过去，小卢雅叽里呱啦地向周王氏姥姥汇报她在街上看到的情形，她说，她在街上看到了阿姐周雪芹和一个男的走在一起，他们从电影院出来。小卢雅说：他们一达里（一起）看电影了。周王氏姥姥毫不在乎地说：看了就看了呗，你操的什么个心。小卢雅说：阿姐明明看见我，可装着没看见我。周王氏姥姥说：你阿姐有事呢。小卢雅撅起了嘴。

印度尼西亚人卢加尼每隔一段时间都要到白色庄窠来。自从他成了白色庄窠的“尼家人”后，他就将我们一家人当成了他的本家。他每次来都会带一些东西，或者是蔬菜，或者是鸡和鸡蛋。周王氏姥姥有时也会让我和卡尔罗去叫卢加尼到我们家吃饭。面目凶狠的卢加尼自从成为我们一家人后就与小卢雅成了一对朋友。一对奇怪的朋友。小卢雅让卢加尼干什么卢加尼就干什么，甚至有时小卢雅会骑在卢加尼的脖子上将他当马使唤。卢加尼学马在院子里一圈又一圈地跑动，而小卢雅一边快马加鞭，一边咯咯笑。周王氏姥姥会在卢加尼跑得气喘吁吁时对小卢雅喊：下来，再不下来看我阿门（怎么）收拾你。小卢雅停止驾驭和咯咯的笑声遵从周王氏姥姥的指令从卢加尼的脖子上溜下来。

除了把卢加尼当马骑，小卢雅还会让卢加尼骑着自行车带她到街上去。小卢雅在街上看到从电影院走出的阿姐周雪芹和肖连就是卢加尼带她到街上看到的。

在小卢雅状告阿姐和肖连的看电影的事时，周王氏姥姥早已知道阿姐周雪芹与肖连的事。这从周王氏姥姥的眼中能看出来。她知道她的孙女周雪芹在爱一个人。或许，在许多晚上，阿姐在和周王氏姥姥睡在堂屋的炕上时就向周王氏姥姥说出了一切。那时，阿姐一直和周王氏姥姥住在堂屋，她们睡在一个炕上。这个炕后来加进了小卢雅。堂屋的这三个人似乎成了白色庄窠的中心。

周王氏姥姥不会反对孙女和男人的交往，因为周王氏姥姥年轻时也是爱上一个人并随这个人到德鲁的。不知道阿姐周雪芹的事的是周特舅舅、德吉草舅母，还有我父亲和我母亲。

九月的一天，加告街上的皮绳来到白色庄窠。皮绳的原名叫什么我不知道，皮绳是他的外号。皮绳六十多岁，瘦高个。他说话时会让人想到一只母鸡仰起头的样子。皮绳过去在加告街上开过车马店，同时他还开一个皮绳店。加告街的人叫他皮绳，他的外号由此而来。皮绳走进白色庄窠时一只手提着一个礼包，另一只手提着一个铜壶，铜壶上绾着白色的哈达。走进白色庄窠，他喊周王氏姥姥为老嫂子。周王氏姥姥看到他手里提的东西就明白他是来说媒的。周王氏姥姥看着皮绳皱眉头。皮绳说：老嫂子，我皮绳踏进你这宝地来给你说好事来了。周王氏姥姥说：皮绳，你给谁提亲呢，说的是哪家子的媒？皮绳说：给加告街上李五十三的儿子提亲来了，李五十三你是知根知底的。周王氏姥姥说：皮绳，把你的嘴歇缓住，我的孙女已经有主了，你把拿的东西拿回去。皮绳说：老嫂子，你仙女一样的孙女有主没有主我耳朵里早就听说了，李五十三现在也算是加告街上的富汉了，他的儿子李尕让在镇上也干公事呢，老嫂子你还是收下这礼当。周王氏姥姥声音大了起来：皮绳，把东西拿回去，我的孙女不可能嫁到加告街上去。皮绳开始时是站着说话的，在周王氏姥姥拒绝他提的亲时，他坐到了台阶上。皮绳是经过世面的人，他不能就这么回去给李五十三交差。

皮绳是以藏人的规矩来提亲的。绾着白色哈达的铜壶中装着青稞酒。如果周王氏姥姥允诺了这门亲事，就会把酒留下来或者与媒人一起喝掉。周王氏姥姥拒绝这门亲事也就拒绝了铜壶中的酒。皮绳坐在堂屋的台阶上继续卖嘴皮，周王氏姥姥充耳不闻。尽管周王氏姥姥拒绝听皮绳花里胡哨的话，但她还是从皮绳的话中听出了这样一种意思：自己的儿子周特早已答应了这门亲事，而且，皮绳的到来是自己的儿子周特和李五十三的一种谋算，是他们共同商议好让能说会道的皮绳走进白色庄窠的。皮绳的任务是攻下周王氏姥姥这座坚固的堡垒。周王氏姥姥听出了这些，然后，周王氏姥姥拿起牦牛尾做成的蝇刷朝皮绳挥去。走吧，走吧，周王氏姥姥吼道。皮绳不得不起身。他后退着，接着消失在大门道里。

皮绳是加告街上的汉人，李五十三也是加告街上的汉人。周王氏姥姥曾经说过，皮绳家和李五十三家都是些来历不明的人。他们的家很早就落户在加告街，他们的先人似乎对他们自己的来历讳莫如深。周王氏姥姥说，他们的先人要么是逃犯要么是盗贼。

加告街坐落在德鲁东北角的山下，它的北面是德鲁寺院。德鲁寺院已经有四百多年的历史了。加告街上最早的住户是给寺院打杂的人们，后来，一些做小生意的人落户到这里，逃难的人，盗贼和逃犯落户在这里。加告街由此形成，它总长只有一百多米，但它混杂着各种人，藏人，汉人，穆斯林等。

上世纪三十年代，蓝眼睛、黄头发的外国传教士也到达这里。在基督教传教士出没在加告街上前，加告街除了北面有宏大的德鲁寺外，加告街东山的半山腰有汉人的二郎神庙，在街上还有穆斯林的清真寺。外国传教士到来后，又在加告街不起眼的地方建起了基督教堂。加告街只有二三百人，但小小的加告街却有四种不同的寺庙和教堂。加告街的语言也是混杂的，藏语、河州汉话和洮州汉话在这里并存，许多人同时会说藏语和汉语。

加告街出现的时候，德鲁大部分地方还是一片水泽遍布的草原。这是一片盆地式的草原，它的四周是起伏的山，格河在这片草原上穿过。在更远的时候，它曾是羚羊出没的地方。多年后，羚羊消失了。周王氏姥姥说，羚羊是在一天之内消失的，它们成群走向东山，在东山顶上消失，它们消失后再也没有回到德鲁草原上。

阿姐周雪芹，我和阿哥卡尔罗都出生在加告街。加告街上有我们的庄窠，那是一院占地很大的庄窠，庄窠中的房子都是用厚实的木板和粗壮的原木造成的。那院庄窠是周顺昌姥爷和他的父亲共同建造的。我的姥爷周顺昌是河州人，他在十几岁时和他的父亲经商落户到加告街，他们的生意越做越大后便在加告街上建起了气派的庄窠。庄窠的大门对着加告街。在我的印象中，加告街是一条永远有着一洼一洼臭水的街道。一洼一洼的臭水中浮泛着一些可疑的东西，它们或者是暗绿色的地皮，或者是别的什么东西。加告街上的店铺都是门板式店铺，这些店铺的门板和门框呈焦黑的颜色，当门板一块一块被卸下时，店铺里的柜台便展现出来。店铺的更深处永远都是幽暗的，店铺柜台后站着的人永远都有一双骨碌碌转动的眼睛，那些眼睛神秘莫测。这样的店铺出售的东西五花八门。一些被禁止的东西在这里被出售，一些稀有的东西在这里也被出售。在德鲁建成自治州首府后的一段时间里，这里仍在走私枪支、烟土等。

我六岁时周王氏姥姥将在加告街的家搬迁到了现在的白色庄窠。白色庄窠是在周王氏姥姥的主导下建成的。西山下白色庄窠的原址是一片荒草地，这片荒草地是附近丹增囊人的地方，周王氏姥姥通过丹增囊的熟人用加告街附近的地兑换了这块地，然后，她出钱雇人建起了白色庄窠。

白色庄窠的墙是用黄土夯起的。周王氏姥姥让人用白石灰将黄色的墙涂成白色。白色，是周王氏姥姥心中的颜色，也是周王氏姥姥彻底告别加告街的颜色。周王氏姥姥用白色将新建的庄窠装饰成一个有圣洁意味的城堡，一个小小的城堡。

在周王氏姥姥建白色庄窠时，周顺昌姥爷早已去世。他是在一九六七年德鲁寺院被毁的那一年去世的。德鲁寺院中有名的米拉日巴九层佛阁在那一年同时被拆毁。九层佛阁訇然倒塌。而在九层佛阁倒塌的十年前，德鲁寺院的僧人益西加措已被还俗到加告街上。在加告街，他成为一个每日参加劳动的社员。一九七九年，益西加措重回到德鲁寺院。

阿克益西加措和我们家关系密切。益西加措六岁时进入德鲁寺院。我的姥爷周顺昌一直给他供布施。益西加措十三岁被还俗到加告街上时，周顺昌姥爷没有中断对他的资助。益西加措一边劳动一边仍在学习佛经。到他再次进入寺院时，他更加精进。周顺昌姥爷活的时候只进德鲁寺院，他是按周王氏姥姥的意思这样做的。周王氏姥姥是一个虔诚的藏传佛教徒。

我在上小学时曾被人叫作尕里巴，卡尔罗也被人如此叫过。尕里巴的意思是具有藏汉两种血统的人。那时我被人叫的时候不知道它的意思，到上高一时我才明白其真实的含义。一个晚上，我突然想到说藏话的周王氏姥姥的身世。周王氏姥姥是一个地道的藏人，她的娘家在离德鲁几十公里外的鲁日玛。周王氏姥姥是怎样嫁到加告街的她从未说过。那个晚上，我试探性地问她的身世，周王氏姥姥没有拒绝，她甚至有些愉快地回忆起她当年嫁到加告街的情形。她说的时候，阿姐周雪芹和阿哥卡尔罗都在堂屋里，我们围坐在周王氏姥姥身旁。

周王氏姥姥在鲁日玛时叫旺姆。她十七岁那年，周顺昌姥爷随父亲到鲁日玛。他们骑着马，同时还牵着另外两匹驮着货的马。他们是被打劫的土匪追赶到鲁日玛的。土匪们在一个叫完冒的地方潜伏着。周顺昌姥爷的父亲是一个长年奔走于藏地到洮州的商贩，在土匪们还未露身前他就感觉到了不对头。他和儿子周顺昌改变行走的方向顺着另一道山沟奔走。土匪们发现他们脱离伏击地带后上马追赶，追赶到离鲁日玛不远的山梁上时，土匪们停住。土匪们明白，他们追赶的对象很快将进入鲁日玛村子里。鲁日玛村子里的狗已经开始吠叫，他们对周顺昌姥爷和他的父亲已经束手无策了。土匪们就此离去。

周顺昌姥爷的父亲和鲁日玛的贡去乎是老交情。他每隔一两年都要经过鲁日玛在贡去乎家里待一两天。这一次，他是第一次将儿子周顺昌带到了贡去乎家。贡去乎是周王氏姥姥的父亲，在父亲贡去乎走出牛圈大门迎接惊慌而至的客人时，周王氏姥姥站在底屋的顶上看着周顺昌姥爷和他的父亲。周王氏姥姥说，在那一刻，她和周顺昌姥爷的眼睛就互相对上了。他是一个干散（干练、精干）的小伙子，周王氏姥姥说。周王氏姥姥这么说的时候敞开了她的笑。

周王氏姥姥说，那一天她阿爸宰了一只羊招待周顺昌姥爷和他的父亲，她阿爸还拿出了青稞酒。她在那一天帮她阿妈煮肉，煮奶茶。她给客人倒奶茶的时候脸红得一塌糊涂，她阿爸和周顺昌姥爷的父亲看她脸红的样子哈哈大笑。在他们的笑声中她差点将奶茶倒在了茶碗外。周王氏姥姥说，在她走出屋子时她听到周顺昌姥爷的父亲向她阿爸说，旺姆和他的儿子简直是天造地设的一对。她阿爸嘿嘿笑。她当时在屋外门口看端坐在炕上的周顺昌姥爷，周顺昌姥爷也偷看着她，他的脸也是红的。

周顺昌姥爷和他阿爸第二天早晨离去。离开鲁日玛时，周王氏姥姥站在屋顶上看周顺昌姥爷，周顺昌姥爷骑在马上一直回头望她。周王氏姥姥说：乌（那）个时候，我就知道你们阿爷是一个有情有义的人。

半个月后，周顺昌姥爷和他阿爸又来到鲁日玛。这一次，他们还请来了一个叫才嘎的媒人。才嘎是周王氏姥姥的阿爸贡去乎认识的人，他们七八年前曾在德鲁寺院的大法会上相识，相识后，他们一直来往。周顺昌姥爷的阿爸请媒人是按藏家人的规矩来的。按照藏家人的规矩，他们带来了丰厚的礼物，带来了哈达和青稞酒。鲁日玛的狗吠叫了起来，周王氏姥姥在狗吠叫前便听到了马蹄声，她奔出屋子看到了周顺昌姥爷一行三人朝鲁日玛走来。三个客人到庄窠门前时，周王氏姥姥又飞奔进屋。

媒人才嘎向周王氏姥姥的阿爸献了哈达，并奉上了带来的一铜壶青稞酒。周王氏姥姥的阿爸接受了这些。媒人才嘎说，本来应该是他单独来提亲的，但年轻的周顺昌太想旺姆了，就扯着他和阿爸一块来了。才嘎这么说时，周王氏姥姥的阿爸和周顺昌姥爷的阿爸哈哈大笑，他们坐了下来。那一天，他们连同鲁日玛的亲邻们喝掉了才嘎带来的酒，并吃掉了一只羊。

几个月后，根据德鲁寺院喇嘛看定的日子，周顺昌姥爷从鲁日玛娶来了周王氏姥姥。婚礼在加告街周顺昌姥爷家阔气的庄窠进行。

周王氏姥姥说，成婚那天，她被取了一个汉家的名字，她叫旺姆，第一个音与王相近，她从那一天起便姓了王，王姓后面还有汉名。周王氏姥姥说，她的名字写在了红纸上，与周顺昌姥爷的名字写在一起。她不认识字，现在，她早忘了她的汉名，但她知道她在加告街的另一种叫法：周王氏。

那天晚上，周王氏姥姥说到最后时说：加告街是一个乱七八糟的地方。周王氏姥姥说到这里深深皱起了眉头，她再也不愿往下说。对她来说，加告街似乎是一个不堪回首的地方。

周王氏姥姥在加告街生活了三十年。她在那里生活三十年是一个奇迹。我们搬离加告街后，周王氏姥姥再也没有到过加告街。德鲁寺院在加告街的北面，与加告街只隔着一条马路。周王氏姥姥每次去德鲁寺院都会绕过加告街。

可以想象周王氏姥姥嫁到加告街的情形，她看到了凌乱的房屋，肮脏狭窄的街道，黑黢黢的店铺里的一双双诡谲的眼睛。让她还感到诧异的是，加告街的孩子们说着她听不懂的汉话，在她的意识中，能说汉话的是成年人，而且是经常跑外面的成年人。在鲁日玛，会说汉话的也只有一两个。加告街的混乱还表现在人们的穿着上，有人穿着周顺昌姥爷及他阿爸一样的中原人的衣服，有人穿着长袍，还有人穿着藏袍。让周王氏姥姥万分惊奇的是，加告街上还有黄头发、蓝眼睛、胳膊上着长毛的人，他们是洋人传教士。这种混乱的景象混合成一种气息向初到加告街的周王氏姥姥侵袭，周王氏姥姥无法抵挡，她有一种错乱的感觉，还有一种眩晕虚幻的感觉。

在今天看来，上世纪四十年代的加告街在地广人稀的德鲁草原上只是一个小小的、不同来历人的聚集地，但对周王氏姥姥来说，那时的加告是另一种世界，是一个庞大而复杂的世界。周王氏姥姥在那里生活的三十年中始终没有融入其中。我依然记得我六岁时的情形，那一年周王氏姥姥因为能够搬离加告街而干劲十足。那一年她还不满五十岁。我曾经记得她说过，她为能搬离加告街整整准备了三年的时间。她亲自选庄窠地基，亲自选木料，亲自雇用民工。然后，她在德鲁西山下建起了白色庄窠。

周王氏姥姥在加告街三十年最大的变化是她学会了说汉话。虽然她无法融入到加告街的生活中去，但她必须跟加告街的人说话，耳濡目染中，她逐渐能说汉话了。奇妙的是，她和周顺昌姥爷从来不说汉话，他们始终用藏语交流。我母亲说，我的姥爷周顺昌会说一口流利的藏话，他和周王氏姥姥说藏话时作为儿女的她只能听懂寥寥几句。

在加告街，在后来的白色庄窠，周王氏姥姥一直保持着她原来的生活方式，她穿藏服，吃糌粑，喝奶茶，念嘛呢，最后，她又按藏人的丧葬习俗被天葬。一九九九年，她死后在德鲁西山上的天葬台上升天。

充当媒人的皮绳离开后，周王氏姥姥在堂屋的台阶上来回走动。她同时摆动双手在驱赶皮绳留下的气息。她的焦躁显而易见。她驱赶皮绳的气息也就是驱赶加告街的气息。多少年后，她这种样子显现在我的记忆中时，我才真正意识周王氏姥姥当时焦躁与不安的原因。她当时已经感到皮绳带来的不仅仅是加告街的气息，皮绳还带来了加告街伸向白色庄窠的触角。这伸来的触角意味着与加告街、与李五十三家的纠缠与抗争在所难免。

周王氏姥姥搬离加告街最重要的原因还因为周顺昌姥爷的事。一九六七年，加告街上许多人加入到造反的队伍中，他们胳膊上戴着红袖章，腰里系起了皮带。他们在酝酿将谁批斗时首先想到了周顺昌姥爷。周顺昌姥爷在加告街上有声望，而且拥有厚实的家底。一个早晨，周顺昌姥爷被涌进来的加告街造反者从家中押走。他是被双手反剪押走的，他的脖子上挂上一块写有名字的牌子。加告街造反者押着他在加告街上游了一圈后又押向德鲁的大街上。从北到南，周顺昌姥爷在口号声中、唾骂声中、推搡和踢打中被游了近三个小时。之后，周顺昌姥爷每天都变得惴惴不安，在惴惴不安中他又被加告街的人押着游了几次街。几个月后，周顺昌姥爷死去。

一九六七年我只有三岁。三岁时周围发生的一切对我而言还形不成记忆，但比我大两岁的阿姐周雪芹依稀记得那些往事。我们搬迁到白色庄窠后，阿姐周雪芹断断续续地描述了周顺昌姥爷去世前的情形。这些情形是片断性的，只有通过不断的联想，它们才能被还原到原初的面目。

在周王氏姥姥用手驱赶皮绳留下的气息时，有一个重要的问题显现了出来，这个问题是：周特舅舅是怎样给加告街的李五十三承诺把阿姐周雪芹嫁给他儿子的。

周特舅舅那几天不在白色庄窠，他去了拉萨。他是随李五十三一起去的。李五十三承包了加告镇运输队的汽车，他承包这辆车跑长途贩运。周特舅舅是他的合伙人。他们合伙已经有半年时间了。周特舅舅鹰钩鼻子，眼睛深幽。在白色庄窠，周特舅舅是说话最少的一个，他总是紧闭着嘴。他的一双眼睛要比他的嘴活跃得多，深幽的眼睛似乎一直在动，一直不安稳。他离开白色庄窠要去拉萨的那一天，我和卡尔罗一起与他走到巷道口。巷道口外的马路上，李五十三开车等着他。在他打开驾驶室的门时，握着方向盘的李五十三头偏向我和卡尔罗，他对我们笑。我和卡尔罗对他的笑无动于衷。李五十三圆脸，寸头，他笑的时候就像一张面具在笑，而面具后面真实的他自己无法被猜测透。汽车开动并消失在马路上时，我和卡尔罗都无言，我们朝学校走去。在这过程中，我想到了李五十三的儿子李尕让。

李尕让的长相与他父亲李五十三的长相大相径庭。李尕让下巴尖削，一双眼睛挤在一起。在我上初中的时候，有一天我母亲给了阿姐周雪芹一些粮票让她带着我和阿哥卡尔罗去加告街换两斤白砂糖。当时，只有在加告街才能用粮票换得一些稀缺和紧俏的东西。在去加告街前，我们曾去过几次加告街。去那里多半是陪着阿姐周雪芹去的，为的是用家里剩余的粮票换河州大杏等零吃的。这一次，是我们第一次按大人们的安排去加告街用粮票换东西。从白色庄窠到加告街要经过德鲁大街，要经过盘旋路。从盘旋路往东走，经过格河另一座桥再向北走几百米便到了加告街。

相对于白色庄窠的人来说，加告街在德鲁东北面最远的地方。

在加告街，我们三个人走到一家店铺前。阿姐用粮票换了两斤白砂糖。从店铺里走出时，我们看到了李尕让。李尕让和加告街的几个混混堵住了我们的去路。李尕让对阿姐周雪芹说：尕妹子，认识我不？几年不见，你变得越来越俊了。李尕让这么说的时候，他旁边的混混们嘻嘻笑。这是些加告街的混混，他们一般只上几年的学便不再去学校，他们成天在加告街或德鲁街上混来混去。阿姐面对李尕让吼道：李尕让，你干啥呢？李尕让说：不干啥，我是看看尕妹子你。卡尔罗紧攥着拳头，他站在阿姐面前。李尕让看着卡尔罗。卡尔罗说：把路让开。李尕让说：谁挡你的路了？卡尔罗向前走，撞在了李尕让身上。李尕让用身体挡住卡尔罗。卡尔罗猛地用头将李尕让撞倒在地，他旁边的混混们一拥而上。我和阿姐冲上前拉回卡尔罗时，卡尔罗又撞翻了一个。有一个混混从腰里抽出了刀子。卡尔罗和我、阿姐站住，我们看着混混手里的刀子。这时，阿克益西加措走过来，他喝了一声，拿刀子的混混立刻收起了刀子。然后，李尕让对阿姐笑了笑带着混混们离去。阿克益西加措摸着卡尔罗的头，对卡尔罗说：卡尔罗，遇到这样的事，得压住火气。益西加措说着离去。那时，益西加措还没有回到德鲁寺院，他还穿着俗人的衣服生活在加告街。那一年的第二年，益西加措离开加告街回到了寺院，他穿起了久已不穿的袈裟。

自从那次在加告街遇到李尕让后,我们再很少去加告街。几年后，李尕让成了加告镇上的工作人员。皮绳到白色庄窠提亲的时候,按皮绳的说法,李尕让是镇上的秘书,皮绳还说,李尕让变规矩了，已经是一个十分上进的年轻人了。不管皮绳如何说，我总会想到李尕让那一双鸡一样的眼睛，和他对阿姐涎笑的神情。

周王氏姥姥有一次说，阿姐周雪芹像天上下凡的仙女。周王氏姥姥是开玩笑这么说的。现在回想起来，那时的阿姐的确显得不凡,她始终有一种清爽的气息。她身姿柔软、苗条,目光清澈。阿姐那时咯咯的笑声总能使周王氏姥姥心怀怡然。阿姐周雪芹是周王氏姥姥离不开的宝贝。多少年后的现在，我想周王氏姥姥更多地从阿姐周雪芹的身上能回味起她当年在鲁日玛的生活。草原上的鲁日玛，宁静，自足，远处的山头和天上的云朵里存在着神，神在护佑一切。周王氏姥姥是在那样的地方生活过并开始她的爱的。

皮绳离去的第七天，周特舅舅回到白色庄窠。他风尘仆仆而来。他走进白色庄窠稍停了一下便走进堂屋，他向周王氏姥姥说他回来了。这是他每次出远门后回来必定要做的事。周王氏姥姥等他说皮绳说媒的事，但周特舅舅没有说，他对周王氏姥姥说他回来了后便退出堂屋。一直到晚上，他都没有说皮绳说媒的事。周特舅舅不说，周王氏姥姥就不问。

第二天是星期天。下午，周王氏姥姥让我将周特舅舅叫回来。周特舅舅是一早就出去的。周王氏姥姥显然对周特舅舅的装聋作哑不耐烦了，她要让周特舅舅说出个头头道道来。我不得不服从周王氏姥姥的派遣。在这之前，我曾经找过几次周特舅舅，我知道他经常去的地方。他去的地方一个是加告街，一个是人民饭店。人民饭店在那一两年间成了各种贩子们云集的地方，贩羊皮，贩木材的都在那里。

我一直对周特舅舅心存敬畏感。周特舅舅尽管在周王氏姥姥面前低眉垂眼，但他身上有一种匪气，加上他总是沉默寡言，他身上的匪气就有慑人的冷森感。我走出白色庄窠朝德鲁街上的人民饭店走去。寻找周特舅舅这样的事情往往是我一个人去干。阿哥卡尔罗与周特舅舅合不来，他们父子之间好像隔着一条河。周特舅舅似乎对儿子的这种态度并不放在心上，他更关注的是他的生意。

人民饭店的门卫认识我。我说我找我舅舅周特时，他给我说了一个房间号。那个房间在院子里面的平房里。推开那房间的门时，我差点被屋里浓浓的烟雾呛倒。房间里一片昏暗。待我适应了房间的光线后我看到周特舅舅坐在桌子前，他对面坐着三个人。房间里还有另外几个人，他们坐在床上，或坐在别的凳子上。

桌子上杯盘狼藉。弥漫的烟雾中还混杂着浓浓的酒味。周特舅舅看到我进来后瞅了我一眼，他明白我是来叫他回去的。他示意我坐下后又面对他对面的人。对面的三个人都穿着宽大的黑色皮衣。坐在中间的一个脸色黝黑，目光凶狠。周特舅舅对这个人说：当智，我已经出的是最高价了，再不能高了。坐在对面的当智眼睛如铁般盯着周特舅舅看，然后他一字一板地说：周特，你要是儿子娃（男子汉）的话把刚才的话再说一遍。周特舅舅不动声色，他眼睛阴沉着也盯着当智看，然后他又把刚才说的话说了一遍。当智扬起拳头“嘣”地砸在桌子上，桌子上的杯碟哗啦啦跳起来。把屁放了，当智吼道，你以前说了那价钱我们才把木材从沟里拉出来的，现在你又变卦了，周特，你的心是黑的吗？周特舅舅一动不动，他任由当智吼叫。待当智吼叫完，他说：话以前是我说的，可你们拉来的两车木料里都是用不成的材，这些材我要是再出手还不把我亏死？当智呼地站起来，他的拳头再一次砸在桌子上，桌子上的杯碟再一次跳起来。当智吼道：今天你要是不按你以前说的出价钱，就不要走出这房子。周特舅舅站起来“嗖”地从腰里拔出一把七寸长的刀子扎在桌子上：我周特不是软蛋，刀子在这里，你要是和我过不去，我们用刀子见血。周特舅舅拔出刀子的一瞬间，房间里站着的几个人也从腰里拔出了刀子。房间里陡然杀气腾腾。我站起来站在周特舅舅身旁。我浑身抖动着，我害怕极了。

当智坐下来，他目光依然如铁，他看着周特舅舅。周特舅舅也坐下来，他的目光对着当智的目光。当智拿起桌上的一瓶酒咕咕倒了两杯，他将其中一杯推到周特舅舅面前。喝酒，当智说。周特舅舅端起酒杯一饮而尽。当智也端起酒杯一饮而尽。当智放下酒杯说：我们这么多人拿刀子宰你就像宰一个尕鸡娃一样容易，可这不是儿子娃干的事情。周特舅舅拿过酒瓶，这一次，他给两个酒杯咕咕倒满了酒，他端起酒杯说：喝吧。他说着一饮而尽。当智也一饮而尽。周特舅舅抹了抹嘴说：当智，说良心话，你这一次拉来的料有些烂。当智说：你要是到林场沟里看一下就知道了，往车上装料由不得我们，我也承认这一次的两车料有些烂，这样吧，你让一步，我让一步，这事就算球子了。周特舅舅点了点头。之后，他端起酒杯又与当智喝酒。

一瓶酒喝完时，周特舅舅从一个黑皮包里拿出几沓钱递给当智。当智分发给旁边两个人数。数完后当智和另外两个人起身。周特舅舅也起身。我随着周特舅舅和当智他们走出房间。在饭店的停车场里，停着两辆装满木材的车。随当智的两个人是司机，他们分别上了车将车发动起来。周特舅舅坐上其中一辆车，他坐上后让我坐到另一辆车上。两辆车开出停车场朝北驶去。汽车最终顺着德鲁下街拐进一个工程队的料场里，那里已经有两辆河州的空车停等着。我和周特舅舅下了车后，料场里的两辆车的河州雇主看了看到来的两车料后和周特舅舅在袖筒里手捏手掰价钱。很快，他们掰妥了，河州雇主和周特舅舅走进一间土棚。河州雇主从包里掏出几沓钱递给周特舅舅，周特舅舅扔给我一沓让我数。

从料场里出来，我跟在周特舅舅身后。我说：阿舅你这一次挣了不少的钱。周特舅舅转过身看了看我说：挣了一些小钱。随后，他看着我若有所思地说：是你阿奶让你来找我的？我点了点头。周特舅舅沉默起来，同时，他加快了脚步。

周王氏姥姥在堂屋的椅子上坐着，她在等待周特舅舅。周特舅舅知道这一点。我和他走进院子里时，他直接朝堂屋走去。院子里，卢雅在追赶卢加尼。卢加尼兜着圈子在院子里跑。卢加尼矮壮，他跑起来像一头熊。他一边跑一边嗷嗷叫，他在学无处可逃但又不得不逃的野兽。卢雅手中挥舞着一杆短柄的鞭子，这鞭子是放在院子里马棚里的。卢雅一边挥舞马鞭追赶卢加尼一边咯咯笑。这是她和卢加尼惯常的游戏。卢雅始终是猎人或骑手，她要么让卢加尼成为野兽，要么让卢加尼成为一匹马或者一头牛。

这一年，卢雅上一年级。现在，在院子里的卢雅和卢加尼并没有感觉到周王氏姥姥的变化，没有感觉到坐在堂屋里的周王氏姥姥满肚子的怒气。周特舅舅走进堂屋后，我母亲走出了屋子，德吉草舅母走出了屋子，最后，连我父亲也走出了屋子。他们站在院子里关注堂屋的事。我父亲很少操心家里的事，但此刻，他似乎也关心起阿姐周雪芹的事了。

堂屋里，周王氏姥姥在询问。她问周特舅舅皮绳替李五十三家说媒是怎么回事。周特舅舅没有声音。堂屋的门帘垂挂着，门帘是厚实的棉布门帘，站在院子里的人看不见里面的情形。周王氏姥姥又问周特舅舅是不是要把自己的丫头卖给李五十三家。周特舅舅仍没有声音。周王氏姥姥的声音大了起来，她说：李五十三给了你多少钱？周特舅舅这一次争辩了几句，但听不清他在争辩什么。周王氏姥姥说：去给李五十三说，我们家的丫头不会嫁到他们家去的。

周特舅舅走出堂屋。他阴着脸，对院子里的人视而不见。他走到院子里的大黑瓮前站住，他目光对着大黑瓮，大黑瓮中是积满了的雨水。他一直那么站着，直到晚饭开始时他才被德吉草舅母叫到饭桌前。

我在后来才慢慢明白周特舅舅要将阿姐周雪芹嫁给李五十三家的真实意图，他要通过与李五十三的联姻关系进一步将他的生意做大。周特舅舅是有野心的人，而李五十三是加告街有名的富汉，他手里有钱，生意的路子也宽。或许，周特舅舅想得更远，他要通过这种关系使他自己变得比李五十三更富有。

但周王氏姥姥成了他这种设想的最大障碍。

我这样叙述时，往事蜂拥成为此在的场景。我身在其中。我与每个人每件事都相关联。我知道这就是我的生活。这样的生活更具有日常性，但这种日常性生活隐约显现着某些方向。周特舅舅是朝着一个方向的，我父亲是朝着一个方向的。关于我父亲卢振威，我是在听到他死亡的消息后才震惊地感到我对他知之甚少。他内心中有一种连他自己都不明晰的不安，持久的不安。这种不安没有人知道，直到他独自走向弘克草原并死在那里才显现出来。他死得太早了，太早了。而在白色庄窠，周王氏姥姥对她自己所要持守的生活近乎固执，她搬离加告街有很明显的目的，然后，在白色庄窠的人不得不离开时，她慢慢明白：迷乱并不能因为她搬离加告街而结束，也不能因为她拒绝李五十三家的提亲而被阻断，迷乱的气息不但弥漫在加告街上，它还充斥在整个德鲁。白色庄窠的每一个人身上都有迷乱的印记，包括我。我在后来的日子逃离白色庄窠，逃离德鲁。在这过程中，逃离本身成为一种状态，我在此状态中被悬置。而此刻的叙述是我唯一可以落到实处的方式。叙述，为了抵达，为了在幽暗的深处颤抖并活着。

4

卢加尼被挂在大林廓的一棵松树上。他是从空中连同热气球跌落下来挂在松树上的。热气球在跌落松树上的那一刹那间破裂，它像一张巨大的破布挂在树端。热气球的绳索缠绕在卢加尼的双臂上,他的双臂被吊起。他的身子夹在树杈中。这个样子的卢加尼像一个举手投降的熊，他的一双眼睛珠子鼓突着向下张望。他的下面是灌木丛和其他稀疏生长的松树。卢加尼无法动弹，他只能盼人来将他从树上救下去。

我是站在师范桥上看到卢加尼的气球沉落的。看到气球沉落的还有阿哥卡尔罗和卢雅。我和卡尔罗带着卢雅追逐向南飘去的热气球，卢雅一直很兴奋。热气球在远处的大林廓中沉落时我们不知道发生了什么事，随后，我们在师范桥上停住脚步向大林廓张望。载着卢加尼的热气球大而鲜艳，它是红色的。在格河边的草地上它逐渐拔地而起时，卢雅和其他孩子一样发出了惊呼声。卢雅在惊呼之后甚至有些发呆，平时给她当牛当马的卢加尼此刻像神一样升到了空中，然后，她随别的孩子追逐向南飘去的气球。我和卡尔罗不得不紧紧跟随卢雅。

站在师范桥上的还有别的孩子，当气球在大林廓沉落时，他们都张大了嘴巴。那种沉落对他们来说就像是变戏法，就像它在空中载着卢加尼飘动一样不可思议。红色的大气球，它的沉落就像一个梦。

尽管我和卡尔罗不知道卢加尼的大气球在大林廓发生了什么事，但我们明白，卢加尼肯定处在危险之中。我和卡尔罗拽着小卢雅向大林廓奔去。从公路进入草地时，小卢雅跑不动了，卡尔罗背起了她。接着，我又换着背。从师范桥到大林廓有两三里路的距离。半个小时后，我们进入大林廓。顺着小溪边的路，我们又爬上了卢加尼被挂在松树上的那座山。穿过灌木丛，我们到达卢加尼的脚下。在仰头看了一会儿后，卡尔罗说他去借一把砍刀。在我们到达山下时，我们看到过一个牧人，他手里拿着一把砍刀。几分钟后，卡尔罗和那个牧人一同到树下。卡尔罗将砍刀别在腰里爬上了树。这时，其他孩子陆续到达，他们站在树下向树上的卢加尼张望。

卢加尼最终被卡尔罗救了下来。卡尔罗爬上树后砍断了缠绕在卢加尼胳膊上的绳索。卢加尼像熊一样笨手笨脚地抱着树干往下溜。离地面还有一米左右时，他扑通跌落下来。翻起身时，他龇牙咧嘴，表情痛苦。孩子们看着卢加尼。此刻的卢加尼不再是天上的英雄，他痛苦地扭动了几下身子后坐到了地上。他看着我和卡尔罗。最后他又看着小卢雅。小卢雅在发呆，卢加尼向她伸出一只手时她才从发呆中回过神来。她走向卢加尼。她问卢加尼疼不疼，卢加尼咧了咧嘴。然后，硕大的泪珠从他眼中滚出。卢加尼的梦破灭了，一个宏大的梦，一个对天空着迷的梦破灭了。

其他孩子离去。那拿砍刀的牧人也离去。孩子们朝山下走时唱道：

> 卢加尼，大鼻子，
> 红土尕庄造房子。

孩子们唱着歌谣远去。我和卡尔罗扶起卢加尼。他的身体没有大碍。离开那棵松树时，卢加尼回头看挂在树顶上的气球，那破布似的气球已不具气球的模样。卢加尼抬起衣袖擦了擦眼泪，然后，他随我们朝山下走去。

卢加尼到德鲁半年后在红土尕庄的东山坡上建起了房子，他建的房子只有三间，下面两间，上面一间。远远望去，它呈品字形。房子建好后，卢加尼将它涂成了红色。房子是建在半山腰间的，从德鲁的每一个地方都能看到那房子。红色的品字形的房子醒目而怪异，人们每天看到那房子时就想到印度尼西亚人卢加尼。卢加尼的名声因为那房子变得更大，但卢加尼在东山坡上建房子不是为了显眼，而是为了在那样的房子里他会看得高而远。

被大雾裹挟的那个早晨的情形一直在卢加尼的脑子里。卢加尼始终认为那个早晨的大雾不是雾，而是拔地而起的云。当那漫卷的云将他裹挟到荒野中时，他如履虚境中，而那漫卷的云弃他而去飞到了大林廓的山腰间时，荒野显露出来。远去的云在山腰间停留，然后拧成缕状在山腰间飘荡。卢加尼看着那情景认定他是被云裹挟到荒野中的。那个早晨的情形在他脑子里挥之不去。随后，他对德鲁天空痴迷起来。天空有云的时候，他观察云的变化，天空中没有云的时候，他预测云会从哪个方向涌过来。半年后，他用他积攒的工资和他哥哥留给他的钱在红土尕庄的山坡上建起了品字形的房子。那时，他收电费第一次到我们家。他认我们家是他的本家，是一家人。

品字形房子的一层房顶有一大片空白，它成为平台。卢加尼在这个平台上加上了铁栏杆。卢加尼大部分时间是在上面一层房子里，或者在平台上。秋天的晚上，卢加尼用红色的纸糊成一顶灯笼。灯笼中安放了蜡烛。蜡烛点燃后，红色的灯笼冉冉而起。它从平台上升起。德鲁的孩子们晚上看到这样的飘在空中的灯笼后万分惊奇。在这之前，他们从来没有见过飘在空中的灯笼。第一顶灯笼放飞后，孩子们不断地到达卢加尼的家里。起初，他们对面目凶狠说话粗声粗气的卢加尼充满畏惧感，但当他们到品字形的房子里后，他们发现卢加尼并不可怕。卢加尼给他们分发糖果，然后，和他们一起糊灯笼。一个晚上，卢加尼和孩子们将糊好的十顶灯笼一起放飞。十顶灯笼在德鲁的上空中形成可观的景象，德鲁人望着满天飘荡的灯笼啧啧称奇。人们说：那个印度尼西亚人……

卢加尼对天空的痴迷在这之后又进了一步。冬天过去，到了下一个春天，卢加尼开始着手制作能载人上天的热气球。他让人从省城买来了制作热气球的材料，这些材料是厚实的油布，还有油漆、喷灯等。制作的过程持续了三个多月。这工作是他一个人干的，他没有对人提过他制作热气球的事，对我们也没有提过。有些星期天的下午，他会来白色庄窠。他曾对卢雅说，他要造一个巨大的飞船，飞到阿尼念青山上去。他对卢雅这样说的时候，没有人把它当回事。但是卢雅相信他的话，她认为卢加尼真的会造出一个巨大的飞船来。六月的一天，卢加尼将他制作成的热气球运到格河边的一块草地上。在运热气球之前，他让孩子们传递这样的消息：他要在格河边升起能载人的大气球。孩子们奔走相告将这消息传递了出去。卢加尼在这前一天邀请我们全家人到格河边看他的热气球升天，但大人们没有兴趣，他们让我和卡尔罗带着卢雅去。

热气球是红色的，它在喷灯的加热下慢慢鼓起。然后，它飘浮起来。它的下面拽着一个木框，木框里放着轮换用的几盏喷灯。另外，它还留有站人的空间。卢加尼站在这个木框中时，热气球已经跃跃欲升。卢加尼让我和卡尔罗解开拴在木桩上的绳索，巨大的、红色的热气球载着卢加尼飘了起来。它缓缓上升，接着向南飘去。孩子们顺着热气球飘飞的方向奔走。我和卡尔罗带着卢雅也奔跑着。然后，在师范桥上，我们远远看到它在大林廓里沉落。

这事发生在周特舅舅从拉萨回来后的第二个星期。热气球的沉落结束了卢加尼对德鲁天空的梦想。他有了更多的时间来白色庄窠。在以后的日子里，他惊恐地经历着白色庄窠发生的一件又一件事。

5

周特舅舅做的生意有多大，白色庄窠没有人知道。连德吉草舅母也不知道。德吉草舅母患有心脏病，她不能干太累的活。对于周特舅舅做的生意，她从不过问。周王氏姥姥尽管头脑清楚，但她也看不透周特舅舅所做的生意。周王氏姥姥从来没有希望周特舅舅像周顺昌姥爷那样从事生意的行当，她希望周特舅舅有一份安定的工作，但周特舅舅没有走她所希望的路。周特舅舅从十三岁开始就不再去学校。对于周特舅舅去不去学校周王氏姥姥并没有放在心上，周顺昌姥爷也没有放在心上。不去学校的周特舅舅在加告街闲荡了四年。四年中，他沾染上了喝酒、打架、拔刀子等恶习。他十七岁那年，周顺昌姥爷让他到了加告街成立的运输队里，从此，周特舅舅成了一个马车夫。马车夫周特在运输队干了十二年，这十二年是他最安稳的十二年。在这期间，他成了家，有了两个孩子。然后，到周王氏姥姥将家搬离加告街的那一年，周特舅舅离开了运输队。那一年，加告街上的一些人重新操起了过去的做生意的行当，他们偷偷干起了投机倒把的事情。最先干起投机倒把事情的是李五十三，他来往于河州和德鲁之间，倒卖的东西五花八门。周特舅舅也加入其中，比起李五十三来，他倒卖的东西要少得多。加告街上投机倒把的事被查过，也被打击过，但查的和打击的都是不起眼的对象，李五十三从来就没有被查过，也没有被打击过。倒是周特舅舅被抓过一次，他被带到派出所，缴了罚款后又被放出来。

周王氏姥姥对周特舅舅投机倒把的事深恶痛绝。很多次，她骂周特舅舅时周特舅舅都是刀枪不入的样子。在周王氏姥姥训斥他时，他一动不动地坐着或站着。有一次，他甚至在周王氏姥姥的训斥声中睡着了。周王氏姥姥再不能对他干什么，她只能任由周特舅舅出入加告街，出入一些鬼鬼祟祟的地方。但周王氏姥姥的忧虑越来越深，从加告街搬离并没有将周特舅舅从加告街拔出来，甚至，在周王氏姥姥看来，周特舅舅整个的魂仍在加告街上。周王氏姥姥的忧虑是：周特舅舅最终会被加告街迷乱的气息吞噬掉。

皮绳再一次走进白色庄窠。在走进堂屋时，他依然伸着他那母鸡一样的脖子叫周王氏姥姥老嫂子。老嫂子，我又来了，皮绳说。周王氏姥姥坐在椅子上一动不动。她猜想皮绳又是为李五十三家提亲而来的。皮绳在未经周王氏姥姥允许下坐到了另一把椅子上，他怀中抱着一个黑色的人造革皮包，他的双手紧紧按在这个包上。不出周王氏姥姥所料，皮绳又说起了提亲的事，依然是为李五十三的儿子李尕让提亲。皮绳慢条斯理带着浓重的加告街口音说：老嫂子，好事多磨呢，我皮绳和你老嫂子吃的盐差不多一样多呢，你和我都是经了些世面的人，我应承下说这门亲事也是把你们两家掂量过的，你们两家也是门当户对呢，再说，李五十三现在也算个有头有脸的人了。周王氏姥姥转向皮绳，她说：皮绳，你要是来我们庄窠只喝口茶我没有啥说的，你要是还为李五十三家的事来就此打住。皮绳说：老嫂子，有话慢慢说，有些理，慢慢说了才清楚呢。

那一天，我和卡尔罗都在堂屋。我们是随着皮绳走进堂屋的。皮绳坐在椅子上时，我和卡尔罗分别坐在了堂屋不同的地方。我们知道皮绳又是为李五十三家的事而来的，我们要亲眼看看皮绳是如何在周王氏姥姥面前再次表演的。皮绳慢条斯理地一直说着。在周王氏姥姥再次让他打住时，他仍说，他知道周王氏姥姥不同意他所说的亲事，因此，他绕弯子说别的事情。最后话题还是落在了李尕让身上，在他的嘴里，李尕让现在已经是一个像样的有前途的年轻人。老嫂子，皮绳说，李家的那年轻人干公事干得亮豁着呢，配你的孙女是一点麻达都没有。周王氏姥姥紧闭住嘴，她显得雷打不动。

短暂的沉默后，皮绳从他怀里的黑皮包里拿出几张折叠在一起的纸，他将这些纸铺开在桌子上。皮绳按着这些纸对周王氏姥姥说：老嫂子，我是实在不愿意拿出这东西的，这是你儿子周特两年前给李五十三立下的执把（字据），周特当时跟李五十三借了一万块钱，他押上了你们庄窠的地契。周王氏姥姥猛地站起来，她看着皮绳面前的字据，但她不认识字，她转向我和卡尔罗：你们过来看看。我和卡尔罗上前看皮绳面前的字据，字据的内容如皮绳所说，下面签着周特舅舅、李五十三和一个中间人的名字，名字上都按着手印。皮绳指着中间人的名字说：我是中间人。我和卡尔罗再看，中间人的名字是包世忠，这是我和卡尔罗第一次知道皮绳的名字叫包世忠。皮绳挪开字据又让我们看另一张纸，纸上写着立字据的原因、时间、地点等。下面又是签名和手印。在看过这些后，我和卡尔罗惶然抬头看周王氏姥姥。周王氏姥姥从我们的脸上已经看出我们在纸上看到了什么，她走向堂屋门喊周特舅舅，但周特舅舅不在家。他一早就出去了。

一万块钱在一九八一年是一个不小的数目。白色庄窠在那个年代也最多值一万多块钱。我和卡尔罗都明白，白色庄窠被周特舅舅押出去等于将白色庄窠的一家人悬在了空中，一旦他还不了李五十三的钱，白色庄窠的人将无家可归。周王氏姥姥呆坐着，她被突如其来的字据击蒙了。皮绳不失时机地说：老嫂子，你也不要愁，李五十三说了，要是两家成了亲家，这字据就不算数了，李五十三说这也不是为难你们，要是亲家做不成，钱慢慢还也可以。皮绳的嘴一张一闭。周王氏姥姥突然转向皮绳，她用藏语吼道：滚。皮绳的脸红一阵，绿一阵，他的嘴皮子抖动着，随后，他镇定下来收起桌上的字据起身离去。

显然，周特舅舅是背着周王氏姥姥将地契抵押给了李五十三的。从这事中也能看出，周特舅舅除了与李五十三合伙做生意外，他自己也单独做另外的生意。上一次，我在人民饭店看到的情形就是他单独做木材生意的情形。

皮绳离开后，我和卡尔罗溜出堂屋。卡尔罗的脸色铁青，他的愤怒不会轻易表现出来。我们沉默地走进我们同住的屋子。卡尔罗躺在床上，我坐在椅子上。这个房间是我和卡尔罗同住也是共同学习的地方。两张书桌摆在不同的位置，书桌上堆放着复习资料和课本。那一年，我和卡尔罗都在上高二，我们准备参加来年的高考。

晚上，一家人聚集在堂屋。所有的人都在，包括小卢雅。周特舅舅也在。他在吃晚饭时回来。他回来后径直走进堂屋。堂屋外面的我们凝神屏气等待周王氏姥姥愤怒的声音，但是，周王氏姥姥并没有发怒，她以平常的口气询问周特舅舅，她问皮绳带来的字据是怎么回事。周特舅舅回答。我们在院子里能听见周特舅舅说的话，他的回答与皮绳所说的情形相符。最后，我们听到周特舅舅说，字据的事他担当，本来与李五十三做亲家是和字据没有关系的，但没有想到李五十三会来这一套，会让皮绳拿字据来要挟。周王氏姥姥说：人家拿绳子套你呢，你还要把姑娘贴给人家。周特舅舅无声。他从堂屋走出时，脸色阴沉。在晚上这个时刻，大家都沉默着，周特舅舅坐在炉边的凳子上，他的脸仍是阴沉的。周王氏姥姥开始发话，她问周特舅舅现在能拿出多少钱来还债，周特舅舅沉默了好长时间说：现在只能拿出三千块钱。我父亲卢振威接着说：我想办法能凑一千。德吉草舅母脸色泛红，下午她知道皮绳到来的事后，心口猛地疼了起来，她喘着粗气赶紧将救心丸吃下。周王氏姥姥看到德吉草舅母这样子时对德吉草舅母说：天塌不下来，你把你自己护好。我父亲说过后，周王氏姥姥没有表示什么。最后，她说：我手里还有些钱，再想想办法能把地契赎回来，你们就安心干你们的事吧。

周王氏姥姥没有说她手里到底有多少钱，也没有说她要想啥办法。大家离开堂屋时，小卢雅睁着圆而大的眼睛一直看着周王氏姥姥。小卢雅本来是靠在阿姐周雪芹的怀里的，现在，她离开阿姐周雪芹走向周王氏姥姥。周王氏姥姥伸出一双手将她揽到怀中。在周王氏姥姥怀中，小卢雅仍看着周王氏姥姥，她似乎要从周王氏姥姥的脸上看出白色庄窠的麻烦事有多难。周王氏姥姥明白小卢雅目光中的含义，她用手抚摸小卢雅的头，她以这种抚摸来驱走小卢雅眼中的忧虑。小小的卢雅，她对灾难的敏感度超过了别人，周王氏姥姥深知这一点。

白色庄窠建成后的第五年已不再是一座孤零零的庄窠，它的东面连毗建起了另外一家的庄窠，随后，白色庄窠的对面也建起了庄窠。两面的庄窠相连着延伸到公路边，并形成了巷道。白色庄窠是德鲁人对以前的白色庄窠的叫法。白色庄窠最耀眼的白色是它东墙的白色。五年后连着东墙建起的另一家庄窠遮去了这耀眼的白色。白色庄窠的白色已陷没在众多的庄窠之中。后来，白色庄窠有了门牌号，白色庄窠被纳入到街道的管理之中。许多年过去，白色庄窠所在的西山下已经盖满了房子，一些办公楼房和住宅楼房也相继建起。马路在拓宽，马路延伸到南面山下的公路。南面山下的公路两旁也建起了一栋栋楼，草地消失了。格河不再清澈，它泥沙俱下，各种垃圾又充斥在其中，而且，它被水泥石头的堤坝箍缩成狭窄的河道，夏季少雨的时候，它甚至不再有水流淌。水在遥远的源头消失了。然后，在暴雨时节，它又变成了泄洪道，浑浊的水卷着泥沙和垃圾向下奔流。格河，逐渐在死去。

阿姐周雪芹在下班路上被李尕让挡住。具体的地点在乳品厂大桥上。李尕让站在桥上，阿姐周雪芹骑着自行车过来时，李尕让挡住。他请阿姐和他谈一谈。李尕让已经不是当年加告街混混的模样，他头发油亮，纹丝不乱。他穿着当时流行的涤卡衣裳，上衣口袋里别着钢笔，裤缝笔直。对阿姐周雪芹，他彬彬有礼。当时阿姐拒绝了他的请求，她要推自行车走时，李尕让又挡在了面前，他说，他只是想跟阿姐谈一谈。阿姐周雪芹再次拒绝。这个时候，肖连骑着自行车到来。每天下午下班时，他都会这样在路上迎阿姐周雪芹。李尕让看到肖连到来没有显出别扭的样子，他对肖连笑着，他说，他请阿姐周雪芹和肖连一起吃饭。只是交个朋友，李尕让对肖连说。肖连看阿姐周雪芹。阿姐周雪芹再次拒绝，她推起自行车和肖连一起朝前走。

这样的情形我和卡尔罗第二天就知道了，是我们的一个同学说给我们的。这个同学家住在乳品厂，他知道阿姐周雪芹，知道李尕让，也知道肖连。那时，德鲁的人大致都互相知道，许多人不相识，但都知道。

此后，这样的事又发生过一次，事情的经过还是我们的同学给我们说的。和上一次不同的是，这一次李尕让是带着一辆吉普车在桥上等待阿姐周雪芹的。吉普车是他工作的镇上的公用车，车上配有司机。李尕让等阿姐到来时又一次挡住，他说，他请阿姐在一品香吃饭。他说着朝路边的吉普车指了指，他说，这一次他用小车来请阿姐周雪芹。阿姐周雪芹拒绝了。肖连赶来时，李尕让对肖连笑。他的笑带有鄙夷与蔑视的性质。肖连涨红了脸，但他没有和李尕让纠缠。在给我们说事情经过的同学面前，我和卡尔罗都没有说什么，我们也没有进一步询问。卡尔罗沉默着，那一天，他一直是那样。他沉默的样子让我想起他床上褥子下压着的一把刀。刀子有五寸长，刀子插在刀鞘里。那把刀子是我偶然发现的，是我几天前寻找什么时掀开褥子发现的。刀子肯定是在那段时间里准备的。在这之前，我知道卡尔罗没有刀子。在德鲁街上，时常能看到腰里垂着藏刀的汉子。鲁日玛的男人们到白色庄窠来时，个个都垂着刀子。刀子是他们的饰品，也是用来吃肉的餐具。在德鲁，刀子是常见的东西。

一般情况下，放学后我和卡尔罗是一起回家的。但那几天，也就是李尕让第二次在乳品厂大桥挡住阿姐周雪芹之后的几天，卡尔罗总是在放学前就悄无声息地消失。晚上我问他干什么去了时，他说：没有干什么。他这样说时我不好再进一步询问。我想，他或许是在阿姐周雪芹下班前赶到乳品厂大桥上去保护阿姐周雪芹免受李尕让再次纠缠的。但随后我又否定了这种想法，我想，李尕让还不会放肆到在乳品厂大桥上对阿姐进一步怎么样的地步。

几天后，事情发生了。卡尔罗下午放学便消失的确为的是阿姐周雪芹。他一连几天去乳品厂大桥附近，他在阿姐周雪芹注意不到的地方观察着大桥和路上的情况。事情发生的那一天，李尕让又让吉普车停在桥边，他从车上下来点燃一支烟。他等待着下班的阿姐周雪芹。那几天，肖连因为出差不在德鲁。阿姐周雪芹骑着自行车远远看到了李尕让，她想躲避，但她只能走乳品厂大桥。她硬着头皮朝乳品厂大桥而来。在这同时，她看见了从路基下走上来的卡尔罗，卡尔罗的出现让她轻松了一些。到李尕让面前时，李尕让在自行车的车流中挡住她。李尕让笑着说：你得给一次面子，再说，你迟早是我的人。阿姐周雪芹明白李尕让话中指的是周特舅舅与李五十三立的那份字据的事。阿姐周雪芹骂道：李尕让，你不要狗仗人势，我宁愿跟别人吃糠咽菜也不会嫁给你。李尕让笑着，他说：我这辈子就看上你了，你咋骂都成。阿姐周雪芹再一次骂道：不要脸。阿姐的骂声招惹来了路上的人，人们围了过来。李尕让拉起了阿姐周雪芹的胳膊。吉普车停在旁边，李尕让想将阿姐周雪芹拉到车上。阿姐周雪芹挣脱李尕让的手。李尕让再一次要拉阿姐周雪芹时，卡尔罗冲了上来。卡尔罗挥起拳头朝李尕让的脸上砸去。李尕让被这突如其来的拳头砸了个趔趄，随后他朝卡尔罗扑去。卡尔罗在一瞬间拔出了刀子，刀子刺入李尕让的大腿里。李尕让倒了下去。

事后,卡尔罗在派出所给警察交代,刀子是他在街上买的。那一天，刀子在他的书包里。卡尔罗说，他拿刀子是为了保护阿姐周雪芹。

刀子刺入李尕让大腿时，卢加尼正好在旁边看到了。那天，卢加尼收完电费骑着自行车路过乳品厂大桥。他看到了周雪芹，也看到了卡尔罗。那一瞬间，卢加尼双腿发软，他的嘴皮在抖动。眼前的场面混乱起来。吉普车的司机和旁边观看的几个人将李尕让抬上车。阿姐周雪芹脸色发白。卡尔罗仍握着刀子，他恶狠狠地看着吉普车。有人向派出所报了案。派出所离乳品厂大桥不远。警察到来时，吉普车已经离去。阿姐周雪芹、卡尔罗和卢加尼站在桥上。卡尔罗仍圆睁着眼睛充满怒气。阿姐周雪芹茫然无措。卢加尼在发抖。警察到来，带走了阿姐周雪芹和阿哥卡尔罗。卢加尼在他们被带走后好长时间才迈开步子。他推起自己和阿姐周雪芹的自行车朝白色庄窠走去。

白色庄窠的周王氏姥姥听到自行车磕碰大门的声音。自行车似乎被大门门框卡住了，磕磕碰碰的声音在持续。周王氏姥姥让小卢雅去看大门上的情形。小卢雅跑到门道里看到了卢加尼笨拙地将两辆自行车同时往大门里挤。大门只打开了一扇，两辆自行车挤在一起。卢加尼黝黑的脸显得苍白，他鼓突着铜铃般的眼球子用力将两辆自行车往进推。我在卢雅到大门门道后也走向大门道。我帮卢加尼将两辆自行车推进来。我认出了其中一辆是阿姐周雪芹的，我问卢加尼发生了什么事时，卢加尼已经靠墙屈下身子蹲了下来，他嘴里咕囔着什么我听不清。几分钟后，我将他扶起走进堂屋。周王氏姥姥看到卢加尼的样子愣住了。她知道不好的事情来临了。卢加尼费了好大的劲才说清事情的经过。周王氏姥姥在听过卢加尼的叙述后镇定下来。她让我将周特舅舅和我父亲叫到堂屋。我父亲、周特舅舅走进堂屋，周王氏姥姥向他们说了发生的事情。周特舅舅愣住，我父亲不停地搓手。周王氏姥姥说：咱们先去医院看那李家的年轻人，剩下的事情再说。

周王氏姥姥带着周特舅舅、我父亲和我朝医院走去。这是不同寻常的情形，周王氏姥姥亲自出马说明事情到了非常严重的地步。周王氏姥姥在走出白色庄窠大门前让卢加尼看好小卢雅，然后，她又让我母亲照顾好德吉草舅母。周王氏姥姥担心德吉草舅母的心脏病。

德吉草舅母那天晚上最终还是发了病，幸好我母亲周梅懂一些救护的常识，她给德吉草舅母喝了药，并让她安静下来。发病前，德吉草舅母知道出事了。巷道对面庄窠里的尔撒听说了在乳品厂大桥上发生的事，他走进白色庄窠问我母亲。当时德吉草舅母在我母亲身边。德吉草舅母就这样知道阿姐周雪芹和卡尔罗出事了。

卢雅在成年以后给我说了她和卢加尼在那天晚上的情形。

卢雅说：我一直在哭。卢雅又说：我一直害怕。白昼的光从窗户上消失后，她感觉整个白色庄窠都空了。卢雅说：是空荡荡的感觉，窗外的黑夜好像到处都暗藏着危险。卢加尼为了不让她再哭下去想尽了办法，他做马的姿势想让她骑到他的背上，但那种姿势对她不起作用。她仍在哭。卢加尼又竖起双手贴在耳朵上做熊向猎人投降的姿势，但还是不管用。卢雅说，那个晚上她感觉黑夜中的危险随时都会进入到堂屋。危险会掠走她，也掠走卢加尼。卢加尼在那个晚上其实也是虚弱的。卢雅说：他坐在椅子上的样子就像一个得了重病的老女人，他无力、疲倦，一双眼睛暗淡无光。后来，她听到了周王氏姥姥的声音。周王氏姥姥说：不要哭了。她止住了哭声。她想周王氏姥姥已经回到了白色庄窠，但周王氏姥姥没有回来。周王氏姥姥那时还在医院里。多年后，卢雅回想起那个晚上她听到的周王氏姥姥的声音依然清晰，她想那是幻觉。那声音从空中传来，从黑夜中传来。卢雅说：或许那个晚上的那一时刻周王氏姥姥在医院里的确感觉到她在哭，因此，周王氏姥姥在医院里发出了让她不要哭的声音。

我说：我当时就在周王氏姥姥身边，周王氏姥姥并没有发出那样的声音。

或许她是在心里发出的，卢雅说。

我说：或许吧。

卢雅不再哭的时候，卢加尼站了起来。他在地上转来转去。他在柜子上看到一沓白纸。他抽了几张和卢雅折叠起了青蛙。

他们趴在桌子上。第一个青蛙折叠好，卢加尼用嘴从后面吹，纸青蛙一蹦一蹦地跳着。他们又折叠第二只青蛙。第二只青蛙比第一只稍小一些。折叠好后，卢加尼让卢雅吹。这一只青蛙也跳了起来。接着，他们一直折叠下去。他们就是以这种方式驱走恐惧感的。卢雅说，她后来才明白，卢加尼心中的恐惧更深。

在医院里，周王氏姥姥带领我们到急救室门口。门口站着李尕让的一家人，他的父亲李五十三看到我们到来时脸上的肌肉紧缩了一下，然后他以沉重的口气说，大夫对李尕让的伤口已经做了处理，情况到底怎么样还得观察。周王氏姥姥向李五十三一家人道歉，她的道歉不卑不亢。李五十三的老婆哭哭啼啼地对周王氏姥姥骂道：道歉有个屁用。周王氏姥姥没有说什么。李五十三的老婆还要闹时被李五十三拉住了。那是我们难受的一刻。周特舅舅始终沉着脸。在皮绳第二次到白色庄窠拿出字据后，周特舅舅便与李五十三闹翻了，周特舅舅看见李五十三就像看见了仇人，但那一刻，他只能忍着。我父亲对李五十三也说了几句，几句都是道歉的话。这几句道歉的话说得太过书生气，李五十三脸上的肉一抽一抽。

李尕让的伤并不很重。刀子尽管扎得很沉，但没有扎到动脉血管。当晚，李尕让就从急救室转到了普通病房里。那一天晚上，我们到急救室门口前，派出所的警察已经到过医院，他们取了证后又离开。

我们离开医院后，周王氏姥姥让周特舅舅、我父亲和我去派出所看看卡尔罗和阿姐周雪芹。周王氏姥姥说，她不去了，她不想去那种地方。周王氏姥姥独自回了家。我们朝派出所走去。一路上，周特舅舅一直沉默。在派出所里，我们见到阿姐周雪芹和卡尔罗。卡尔罗蹲在长条椅子旁，他的一只手被铐在长条椅子上。阿姐周雪芹眼眶发红，她坐在椅子上。警察坐在办公桌前，看到我们进来询问我们是不是卡尔罗的家属。周特舅舅说是。警察其实知道周特舅舅。周特舅舅在德鲁街上是个熟面孔。我父亲问警察对卡尔罗的事如何处理时，警察的态度稍好了些，他能看出来我父亲是一个干部。他说，根据受害者伤的程度是要进入司法程序的。受害者的伤属于轻伤。我不明白如何进入司法程序，在我父亲和警察的对话中我最终搞清了什么是司法程序。进入司法程序意味着先要被送到拘留所拘留，然后被判刑。警察说：最轻也得判一两年。警察这么说的时候，阿姐周雪芹哭了起来。卡尔罗一直蹲在地上，他低着头。他偶然抬起头时，眼中是坚定的神情，这神情似乎在表明：他干的事他承担，任何结果他都愿意承担。

我们走出办公室时，警察随我们一同走出。在院子里，他建议我父亲与值班的所长谈谈。警察说，卡尔罗毕竟还不满十八岁，还是中学生，与所长谈谈，让所长对这事进行调解处理。警察这样说过后指了指一间亮着灯的办公室。他说：那是所长的办公室。我父亲和周特舅舅朝那办公室走去，我站在院子里。之后，我返回到卡尔罗和阿姐待的房间里。

阿姐已经止住了哭声。我站在卡尔罗身边。我无法说什么。那一刻我感觉到我被放置在了事情之外。我的意思是，事情一开始我就被卡尔罗放置在了一边，他没有对我说过他拥有一把刀子的事，在前往乳品厂大桥的那几天里，他也没有叫上我。在现场，我也不存在。在卡尔罗的眼里，我是一个书生气的人，一个柔弱的人。他比我大几个月，他和我一同长大，他了解我。

十几年后的一天，我和华尔丹坐在一起。我说，我或者我们一直生活在被放大了的影像之中，产生影像的原始事物已经被远远阻隔，或者，被抛去了，被遗忘了，当事物的真相隐匿之后，放大了的影像就貌似成为真实的，我们就生活在这种虚妄的真实中。华尔丹明白我说的，他看着我。我继续说：虚妄的真实一直在控制着我们，并给我们展现应该走的路，我们即使有疑虑，有思考也超不出这种被控制的边界，事实上，我们是另一种被操纵的影子。华尔丹说：你不要说“我们”，你说你自己吧。我说：这的确是个问题，“我”和“我们”之间的确是个问题。华尔丹说：说你自己吧。我说：我自己什么都不是。华尔丹不愿接我的话题，他端起了酒杯和我碰。我只得端起酒杯和他一起喝下去。过了好久，华尔丹说：你说了这么多是不想让人活吗？我沉默，我明白华尔丹的意思，人活在既定的轨道中，抽去这些轨道，人将纷纷跌落，人将无法生活。我和华尔丹继续喝酒。

两个多小时过去，我和华尔丹有了醉意。华尔丹开始东拉西扯，这是他惯常的状态。他看似醉了，但又以东拉西扯来掩盖和覆压他最想表达的意思，他最想表达的意思其实让他恐惧，他越是恐惧越就东拉西扯。那一天，他最后突然说：卢里，再不要胡思乱想了，不然，你会把我的脑子搅乱。

华尔丹不愿面对我的疑虑，不愿面对我的胡思乱想，但他又愿意和我喝酒。他愿意和我喝酒是因为我和他是最亲密的朋友，我和他亲密又因为我的疑虑和胡思乱想是他所需要的，但当我说我的胡思乱想时，他又不愿意听。

我父亲和周特舅舅从派出所所长的办公室出来后叫我和阿姐周雪芹一起回家。卡尔罗仍被铐在长条椅子上。警察说，他得铐整整一个晚上，明天的事情明天再说。在回家的路上，我父亲说，所长答应进行调解，调解的情况要看李尕让家的态度再说，如果调解不成，还得进入司法程序。我父亲这样说过后，我们忧心忡忡。

第二天早上，派出所将周特舅舅和李五十三叫到派出所进行调解。整整一个上午，我们都在等待着周特舅舅回来。快到中午时，周特舅舅和李五十三一起走进大门。李五十三和周特舅舅一起来让我们感到意外。在堂屋里，李五十三笑着向周王氏姥姥问好。坐在椅子上的周王氏姥姥充满疑虑地站起来给李五十三还了礼。接着，她请李五十三坐在另一把椅子上。李五十三坐下来说：事情出了，想过来也没有啥，卡尔罗还是个尕娃，火气大，弄刀舞棒的也正常，怪也怪我那后人（儿子）对你们家丫头胡骚毛（骚扰）才惹出的事，派出所说调解呢，我一百个同意，我给周特说了，两家本来好好的，都是在加告街上生活过的人，出了这种事，也算是又让两家续上交情，我的意思嘛，两家还是做亲家，亲家要是做成了啥事就没有了，周特向我借的一万块钱也就算了，老奶奶，我李五十三也是为你们想着呢。李五十三这么说过后大家都默不作声。很明显，李五十三是要白色庄窠的人同意将阿姐周雪芹嫁给他的儿子，不然，卡尔罗就会进监牢。周王氏姥姥似乎被气憋住了，她咳了两声后对李五十三说：李五十三，你这是做买卖呢。李五十三笑着说：这是为了咱们两家都好嘛，怎么是做买卖呢。周王氏姥姥说：你这是拿绳子往我们身上套呢。李五十三仍笑着，他说：哪里的话呢，两家成了亲家是好事呢，连派出所的民警都说这是坏事变好事呢。周王氏姥姥又咳了两声，还没有等她说什么，阿姐周雪芹突然说：我同意这么办。大家一起看阿姐周雪芹。阿姐周雪芹又说：我想过了，李尕让人也不错，家境也不错，我愿意嫁过去。周王氏姥姥站了起来，她黑着脸对阿姐说：丫头，这是一辈子的事，你不要为现在这道坎就把你一辈子的光景搭进去。阿姐周雪芹说：阿奶你不要说了，这事就这么定了。周王氏姥姥呆住，然后，她瘫坐在椅子上。站在一旁的德吉草舅母疯了般抱住阿姐周雪芹，她哭着说着一连串的藏语。我母亲上前拉住德吉草舅母，她担心德吉草舅母的心脏病发作。

下午，周特舅舅又去了派出所。在派出所，他和李五十三签了调解书，按了手印。卡尔罗仍被铐在派出所里。调解书签了后，卡尔罗被放开。整整一个晚上，他都被铐在长条椅子上。那天下午，周特舅舅和阿哥卡尔罗一起回来。

阿哥卡尔罗在那之后的第二天便和我一起到学校里，一切都正常起来。关于将阿姐嫁给李尕让的条件谁都没有给卡尔罗说。一个月后，卡尔罗慢慢知道了事情的真相，他的目光发直,他似乎在心中又酝酿着再次将刀子拿起的事。但以后，他没有干出格的事，他变得更加沉默了。

周王氏姥姥说，不管李五十三怎么说，周特舅舅借的那一万块钱得还给李五十三，如果有利息，把利息也还给李五十三。周王氏姥姥这么说过后的第三天去了一趟鲁日玛，周特舅舅一起陪她去的。在鲁日玛，周王氏姥姥向鲁日玛人借够了钱。第二天，她和周特舅舅回到德鲁。

一九八一年，鲁日玛人并不富裕。周王氏姥姥到鲁日玛的当天就向鲁日玛人说了她要借钱的事。鲁日玛人没有问她借钱干什么。鲁日玛人知道，周王氏姥姥在万不得已的情况不会跑到鲁日玛来借钱的。当天晚上，鲁日玛十几家人便凑够了周王氏姥姥需要的钱数目。

回到德鲁后,周特舅舅拿凑够的钱还给了李五十三。然后，他拿回了字据。李五十三并没有过分客气，他说，他也知道周王氏姥姥肯定为字据的事放不下心，收下钱也就让周王氏姥姥心里踏实了。李五十三最后说：娶你家姑娘时会补上这些钱的。

卡尔罗刺伤李尕让的事让我们、让白色庄窠的人眼花缭乱。阿姐周雪芹以她嫁给李尕让为代价免除了卡尔罗的牢狱之灾。阿姐周雪芹就此搭上了她一生的幸福。李五十三也利用卡尔罗刺伤李尕让这件事将一把无形的刀刺向了白色庄窠。白色庄窠被深深刺入。在事情的关键时刻，在那个中午李五十三说出他全部的意图后，周王氏姥姥意识到加告街的力量再一次来临，同时，她也惧怕强大的警察和警察身后的监狱。那是一个她无法看透也无法懂得的庞大体系。白色庄窠面对李五十三的图谋失败了，最失败的是卡尔罗，他身上流淌的古老的草原血液促使他抽出了刀子，但他的刀子刺入的不是一个与他相对等的对手，他犯了一个天大的错误。

6

卢雅回到白色庄窠。这是她十年来第一次回家。十年前，周王氏姥姥去世时她从成都回到德鲁。当时，她和她的男朋友李凌一起来。从美国华盛顿飞到北京，再从北京飞到兰州，这是漫长的旅程。这一次，她一个人来。本来她是要带她六岁的儿子小帅帅一起来的，但旅途太麻烦了，她只好一个人来。在兰州，她打电话到白色庄窠，她说，她明天乘早班的班车到德鲁。

第二天中午，我和阿哥卡尔罗去车站接卢雅。这是九月底的日子，天下着小雨，这小雨就像我十天前到德鲁时那样的小雨。小雨中的天空阴云密布。我和卡尔罗到车站是中午时分，我们在候车室等待着。卢雅出现在出站口时我和卡尔罗迎向她。她没有多少变化，比起十年前，她只是显得成熟了。她依然留着垂到肩的直发，依然亭亭玉立。她现在的样子在她考大学的那一年就成形，那时，她的个子就已经和我和阿哥卡尔罗一样高。那一年，周王氏姥姥有时会啧啧称奇，一个在当年小小的卢雅转眼间变成了一个身材高挑、额头刘海整齐的大姑娘了。这个姑娘文静、优雅，她是白色庄窠的一颗明珠。在出站口，我们迎向她时，她拉住了阿哥卡尔罗的手。她一直拉着，直到候车室外她才松开。

九月底，下着小雨的德鲁已寒气逼人。小雨在下午时分变成了雨夹雪。高原的秋季即将结束。为卢雅准备的一顿丰盛的饭结束后，大家围坐在一起。卢雅靠在母亲身旁。母亲仍披着卢雅几年前寄给她的土耳其披肩。卢雅披着阿姐的夹衣，她对德鲁的寒冷准备不足，没有带过多的衣服。卢雅拿出了给每个人的礼物。最后，她又拿出了小帅帅的照片。照片中的小帅帅是一个黑发浓眉、清秀活泼的小男孩。母亲说，他长得像卢雅。母亲这样说过后，大家又传着看了一遍。阿姐周雪芹说：的确像卢雅，鼻了和嘴都像，还有眼睛。卡尔罗再次看过后微笑着点头，他同意阿姐周雪芹说的。我也说像卢雅。大家围绕小帅帅说了很长时间。然后，下午上班的时间到了，阿姐和卡尔罗去上班。堂屋里，剩下了母亲、我和卢雅。卢雅说，十年了，她终于回来了。她说着，眼睛湿润起来。母亲在卢雅这么说时已泪流满面。卢雅说，十年中，她以为大家再不能这样相聚在白色庄窠了，现在，大家又聚在这里就像又回到了以前。她接着说，十年中，她在美国做过无数关于白色庄窠的梦，梦见过白色庄窠所有的人，还多次梦见过卢加尼。母亲说：你能回来就好，回来就好。

卢雅是在周王氏姥姥去世后的第二年去美国的。她和她的男朋友李凌一起去美国。她是直接从成都离开的，离开前她没有回德鲁。那时的白色庄窠只有阿姐周雪芹一个人。卢雅无法面对只有一个人的白色庄窠。那时，我在兰州，母亲在陇南，阿哥卡尔罗在青海的海北州。一个破碎的家，她再无法回归。在美国，她读了另一个专业的硕士，之后，她和李凌结婚。他们在不同的公司里工作。几年后，他们又到华盛顿。在那里，他们有了孩子。

吃晚饭的时候，卢雅给大家说了她现在的情况，她说她在美国已经习惯了，工作也顺利。她说，根据目前的情况，她会在美国一直待下去。晚饭后，大家又围坐在一起。卢雅是中心。她的到来让这个家充满了温馨感。屋外院子里已变成了白色。天快黑时，雨雪完全变成了雪。这是德鲁今年第一场雪。在我们围坐在一起时，雪仍在下。

第二天早上天空放晴。到了上午十点，落下的雪已经融化。我走进堂屋时，母亲坐在火炉边。卢雅弯身在一个柜子里寻找什么。卢雅晚上和母亲睡在一起。堂屋也是卢雅一直住过的地方，从她六岁到她离开白色庄窠，她一直住在堂屋里。堂屋里的一个柜子是属于她的。那是装着她以前用过的东西。现在，她就在她自己的柜子里寻找着什么。她站起来时，手里抱着一个木匣子。她将木匣子放在桌子上打开。一些留存记忆的东西展现出来。她和卢加尼一起叠过的青蛙依然在，那是恐惧的产物，是卢加尼和她一起恐惧的产物。相隔不长时间，在那一年的秋天，阿姐周雪芹出嫁的那一天，她又和卢加尼叠纸飞机。卢加尼会折叠两种纸飞机，一种掷在空中能够飘飞，另一种更像飞机，但不能掷在空中飞。那一天，他们折叠了好长时间。这些折叠成的纸品都在，都保存在木匣子里。卢雅看了看这些东西又将它们放进去。接着，她从里面又拿出一个陀螺，青冈木的陀螺。它是我和卡尔罗一起做的。从德鲁小学将卢雅领到白色庄窠后，我和卡尔罗成天在想办法做一些让小卢雅高兴的事。阿姐周雪芹在那时给小卢雅做成了一只鸡毛毽子，我和卡尔罗想做一个陀螺。我们先是选木料。松木的太软，桦木的太硬，也太脆。最后我们选定青冈木。我们从院子里堆放的木柴中抽出一根弯曲的青冈木。卡尔罗用锯子锯下几截，然后，我们两个分别用刀削。从两个削成的中我们选了一个。陀螺的尖端需要镶进钢珠。卡尔罗将火钳烧红在陀螺的尖端钻眼。钢珠嵌进去后一个完整的陀螺做成了。

抽转陀螺由我和卡尔罗分别进行。我们表演给卢雅看。卢雅并不感兴趣。她感兴趣的是阿姐给她做的鸡毛毽子。而我和卡尔罗对踢毽子一窍不通。但让我没有想到的是，陀螺收藏在卢雅的木匣中。

木匣中还有别的东西，发卡、精致的糖纸、水彩笔等等。卢雅一一拿出来看，然后又放进去。最后她从里面拿出一颗橙色的玛瑙。玛瑙是周王氏姥姥给她的。周王氏姥姥曾开玩笑说，等她长大了嫁人的时候，会给她整整一串玛瑙项链。

我问她是不是要将这木匣子带到美国去。她说：只是看看，不带到美国去。她说着将手中的玛瑙放进匣子里。她又说：放在这家里，等于我还在这家里。她这样在表明，她一半在美国，一半在这白色庄窠。两个一半相距万里，相距在太平洋的此岸与彼岸。就白色庄窠而言，她是离开得最远的人，在遥远的异乡，她想着白色庄窠，想着其他离开的人和回来的人。白色庄窠对她来说依然是无法割舍的家园。蓦然间，我意识到，她已经三十五岁了。

下午，我和卢雅坐在我住的屋子里。这是西面的屋子。窗外是西斜的阳光，阳光照在对面的门窗上。卢雅抬头朝屋里的墙上看了看，墙上的相框中是一些过去的照片，白色庄窠的人的照片在这里面都能找到，包括我和卢雅的。这个相框在我父亲卢振威去世前就存在，它已经老旧，有一种时光滞止的性质。看过这墙上的相框卢雅没有说什么。她目光漫漶地转向我时，我点燃一支烟。她说：你得少抽烟。我无法说什么，既不能说少抽，也不能说还得抽下去。烟点燃后我吸了一口。烟在空中飘散，然后弥漫。卢雅看着我，她的目光有一种审视感。这种情形和我预想的一样。在得知她要回来时，我就想，她会以审视的目光看我，看我这个哥哥是否还是老样子，看我是否还持续着一种游离、似是而非的状态。审视的目光中包含着忧虑的成分，忧虑我这个哥哥的状态。在白色庄窠的背景下，我不管离开得多远都与白色庄窠有关，与白色庄窠活着与死去的人有关。她说：你现在怎么样？我说了我来德鲁前辞职的事。接着，我又说：我还是老样子。她看我，她明白我说老样子的意思，这意思就是，我依然单身。我离婚的时候是周王氏姥姥去世的那一年，那时，她知道我离婚的事。她说：没有再成家的打算吗？我说：暂时没有。她沉默下来。她端起茶几上的茶杯喝了一口。她仍看着我，她的目光仍是审视性的。我想她想更深一步地看透我，看我在现在这状态下还有什么。我说：我这样子其实挺好，有些事情对我来说已经无所谓了。她没有说什么。我能感觉到她对我刚才的话并不在意。她知道我这话的虚假性。她再次端起了茶几上的茶杯，她开口道：你其实一直不安稳。我看着她没有说什么。由她的话我构想出我在街上行走的样子，在房间里独处时的样子，还在夜晚站在窗前凝望黑夜的样子。我不安稳的状态是我活着的真相。卢雅继续说：在美国，我有时会在半夜里醒来，醒来时我有时会想到你，那种时候我惧怕。卢雅说到这里停了下来，她看着我。她现在这种看我的目光有一种悠远的黯淡，面对这目光我浑身颤了一下。我明白，她在那样的夜晚想到我惧怕的是我长期的不安稳导致的虚空的状态，她惧怕一个虚空的我。我动了动身子，然后，我笑了笑。我说：不要那么想。她说：离得太远了，那样想也许更真实一些。她这么说时眼中悠远的黯淡依然在。在这黯淡中，似乎有这样一幅图景：我在无边无际的暗夜中游荡，没有方向，也没有目标，而她在另外一种空间中注视着我，她的眼中充满了忧虑和恐惧。想到这样的情形我又笑了笑。她说：你知道我那木匣子里还有一把刀子吗？我吃惊地看着她。她说：那把刀子是我接到大学录取通知书后买的，我当时想我离开德鲁就带着它，那时，我一直害怕，一直没有安全感，最后，我没有带走那把刀子，我把它放在那木匣子里。

我愕然。我不知道她那时会那样。我和她都沉默着。一会儿后，她说：后来我好多了，但一想起这白色庄窠我还是害怕，我害怕再失去一个。她这么说时，我一直沉默。我想，在她目光悠远的黯淡中，恐惧和忧虑一直存在。而且，在她的这种恐惧和忧虑中，我一直是个虚弱的人。

白色庄窠离开人世的人中，我父亲是第一个。他是在神经错乱的情况下离开德鲁死去的，他死去时没有人知道。然后，他被人发现。他是死在几十公里外的弘克草原上的，他死在弘克草原上的河中。那是一条不大的河，河水最深处到人的膝盖处。他是如何死在那样的河中的永远是个谜。在青海游荡的周特舅舅最终也死在草原上。他离开白色庄窠后到青海游荡了十年，最后他死在青海的黑马河附近的草原上。和我父亲死去时一样，周特舅舅死去时身边也没有人。他被人发现时，已经是第二天。这种亲人死去的事情烙在我们的心中，随着时间的流动，它们在我们的生活中具有了梦魇的性质，惊悸、恐惧不时地显现在我们身上。现在，我看着卢雅，我能理解她的梦，她的恐惧。

我和她再次沉默。沉默中，一种幽暗的力量在扩散，屋中的一切，屋外的阳光都已在幽暗之外。幽暗无边无际。我感觉和她共同在这种幽暗中下沉。一些往日的片断，一些声音，一些场景以变形的方式出现，然后又消失。我拿起了面前的茶杯。我以这种方式回到我与她相对而坐的现实中。我说：不要再害怕啥，也不要担心。她看着我。她似乎还沉浸在沉默之中，眼中悠远的黯淡还在。慢慢地，她对着我的目光又平静起来，她说：我现在在做一项可以长期做下去的工作，做这项工作我准备了好长时间，在美国，我读的硕士专业就是这方面的。说到这里，她看着我，我明白她的意思，她是希望我也能像她一样做一份稳定的工作，这种稳定的工作意味着我会有明确的目标和方向。我说：你那样挺好。关于她自己的情况，她在昨天到来后已经对我们说过了，她为的是让我们放心。白色庄窠剩下的人其实一直都在担心她在美国的生活，我也如此。但现在，我和她在另外一个层面上谈她和我的生活。我接着说：干什么工作对我来说不成问题，我的问题是我始终在游荡的路上，我四十多岁了，还在游荡的路上。她没有说什么，她明白了我的意思，她明白任何方向性的、道路性的前景对我来说都没有意义，它们是虚设的、空洞的。她明白这些因为她是从白色庄窠走出去的。

白色庄窠注定要被侵害和被摧残。侵害和摧残的力量是无形的。加告街只是一个缩影，迷乱的缩影。无形的力量来自更远、更强大的地方，或者，它来自历史的深处和人心的深处。周王氏姥姥将家迁到德鲁西山下的这里是一次撤离和后退，西山下是撤离和后退的最后边界。待到公路拓展，房舍和其他建筑将白色庄窠推挤到巷道的最深处时，白色庄窠再也显现不出它耀眼的白色。唯一留下的是周王氏姥姥的尊严，她是唯一一个没有离开白色庄窠的人。或许，周王氏姥姥在有生之年已经看到，迷乱的气息已经越过德鲁延伸到草原深处。在那里，赐予万千生灵位置的神已经远去，他们消失了，远遁了。

我和卢雅一直坐到下午五点多。堂屋里传出母亲剧烈的咳喘声。我们起身。我和卢雅走进堂屋，母亲停止了咳喘。她在慢慢恢复平静。卢雅走到母亲身旁，她轻抚母亲的后背。母亲整个下午都在堂屋里，她明白，我和卢雅这一对兄妹难有机会如此坐在一起。没有血缘的兄妹，在近距离的相坐中能有更多的话说。

又一个下午，卢雅、卡尔罗和我去卢加尼家。这是星期天的下午。在这之前，卢雅给卢加尼打电话，她说，她回来了，回到了白色庄窠。电话那头的卢加尼几乎是吼着问卢雅是什么时候回来的。卢雅在回答，同时，她说她要去他家里看他。卢加尼在电话里迫不及待地说，让卡尔罗和我一起来。

卢加尼已经退休。八年前，他跟一个叫阿莉的女人结了婚。婚后第二年，他们有了一个孩子。卢加尼在结婚前就从红土尕庄东山坡上的品字形房子里搬出了，他搬到了单位集资修建的家属楼里。他的女人阿莉以前结过一次婚，那段婚姻只持续了一年。阿莉因为经常挨前夫的打才离婚的。她的前夫是个二流子，阿莉跟他离婚时没有孩子。三年后，经人介绍她和卢加尼成了家。我每一次回德鲁都能见到卢加尼。卢加尼对我说，他一直害怕结婚，害怕极了。他说，多少年来，人们一直给他介绍对象，但他一直没有答应，后来有人给他一提介绍对象的事他甚至立马会躲开。他说，他害怕成天在油盐酱醋、锅碗瓢勺中搅和的生活。但卢加尼最终还是结婚了。阿莉是被人领到他楼上的家里的，来人进门后就对他说：卢加尼，给你领来了个媳妇。来人这么说过之后留下阿莉就走了。卢加尼面对阿莉手足无措，在他团团转着想怎么将阿莉打发走时，阿莉已经给自己泡了一杯茶，然后又给他泡了一杯茶。接下来，阿莉走进厨房对厨房一顿清洗，清洗后阿莉很快炒了几个菜放在了餐桌上。卢加尼一直睁着牛一样的眼睛一会儿跑到厨房里看阿莉干活，一会儿又跑回客厅想办法怎么打发走阿莉。等到炒好的菜端到餐桌上时，卢加尼只好坐到餐桌旁。他就这么接受了阿莉。

我们三个人敲开卢加尼家的门时，开门的是卢加尼。卢加尼睁着牛一样的眼睛一边让进我们一边朝卢雅嚷嚷为啥来了几天才来看他。还没有等卢雅解释，他又嚷嚷着说，要是知道卢雅从美国回来他一定会去车站接她。我们在卢加尼的嚷嚷声中坐在了客厅沙发上。这时阿莉从厨房里出来。阿莉上下打量卢雅，她说：卢加尼一直说你，说你现在是个大知识分子，说你是天下最漂亮的，现在见了你这真人我才知道卢加尼说的一点也不假。卢雅站起来说：嫂子好，我还是第一次见嫂子。卢雅和阿莉这么说的时候卢加尼在团团转，他不知道干什么好。卢加尼和阿莉的儿子卢一杰这时从里屋里跑出来，卢加尼逮住儿子让儿子叫卢雅姑姑。卢加尼的儿子叫了声姑姑又跑回了里屋。阿莉看卢加尼还没有倒茶时对卢加尼说：快给客人倒茶。卢加尼拍着脑门赶快给我们倒茶。

客厅连着餐厅，餐厅的餐桌上已经摆好了菜。整个房间里飘着煮羊肉的香味。阿莉说：卢加尼知道你们要来时，整个下午都不得安宁，先是跑街上买羊肉，买菜，然后又让我早早准备，我准备菜时让他洗衣服，他将儿子的白衬衫混着脱色的牛仔裤一起洗，结果白衬衫洗成了花衬衫。阿莉这么说时，卢加尼嘿嘿笑。现在，他用水果刀给卢雅削苹果。

坐到餐桌旁时，卢加尼显得庄重地从柜子里拿出一瓶酒。我早已知道结婚后他已戒掉了酒。我看着卢加尼，卢加尼目不斜视地拧酒瓶盖。我说：卢加尼，不喝酒了吧。卢加尼朝阿莉看了一眼后说：少喝点，少喝点。阿莉接着卢加尼的话说：今天你们少喝点。阿莉这么一说，卢加尼神情轻松起来，他给我们咕咕倒酒。

卢加尼过去不喝酒。他甚至对酒有一种畏惧感，每次他看见喝醉的人时都会远远走开。他走到远处，走到他觉得安全的地方站住，然后，他像看怪物一样看喝醉的人。在我没有离开德鲁前，我有几次喝醉时碰到过他，我知道他害怕喝醉酒的人，我拉住他。他惊恐地挣开我的手逃向一边。我追上去，他再次逃走。再次见面时卢加尼就说我喝醉时跟别的喝醉酒的疯子没有啥两样。我咯咯笑，我说，我在认识他的时候就已经开始喝酒。他睁大眼睛看着我，他说：你那时只有十六岁。我说：我是十五岁时就开始喝酒的，还喝醉过几次。卢加尼摇头。我当时看他摇头的样子猜不透是对我在那个年龄喝酒感到不可思议还是觉得我太过分了。德鲁的男人总是与酒相伴。德鲁街上到晚上时总有醉汉摇晃着走过。不喝酒的男人很少。不喝酒的男人无法跟更多的人交往。年轻人相聚的酒场就像相聚在战场，猜拳过关，酒气冲天。在拼酒的过程中豪气万丈。然后，有些人醉倒，有些人在醉中狂癫。喝酒在那时成为德鲁普遍的风气。在草原的城镇上，喝酒成了男人们一种必要的行为。

卢加尼是在我离开德鲁后开始喝酒的，他是怎样喝上酒的我不知道。离开德鲁五六年后，我有一次回到德鲁，卢加尼邀我一起喝酒。我感到吃惊，我问他是怎么喝上酒的，他说他也忘了。那一次，我和他喝得不多，两个人喝了半斤酒后，卢加尼眼睛便发直起来。他的眼睛一发直更像牛的眼睛。

现在，我能看出，阿莉担心卢加尼喝醉。卢加尼彻底喝醉时是什么样子我没有见过。阿姐周雪芹说过，卢加尼有几次喝醉酒找不到家门，找不到家门他就像牛一样在马路上吼来吼去。

卢加尼给我们每人敬三杯酒。我和卡尔罗喝下，卢雅不喝酒，她只是象征性地端了端酒杯。接下来，卢加尼伸出手要跟我划拳。卢加尼只会划小拳。我看着卢加尼感到不好拒绝。划了六拳后，他和我分别喝下。阿莉劝卢雅吃菜。卢雅一边吃菜一边看卢加尼。十年不见了，卢加尼喝酒的样子很可能让她感到意外。煮好的手抓羊肉端上来后，卢加尼将最好的胸叉肉放到卢雅的盘子里。卢雅说，她回到德鲁的这几天吃的肉已经太多了，太多了。卢雅这么说着还是拿起了卢加尼给她的肉。

吃肉之前的喝酒只是序曲。吃过羊肉后，卢加尼捋起衣袖又跟我和卡尔罗划拳喝酒。阿莉除了忙着端菜端肉倒水外一直坐在卢加尼身旁。能看出来，她在监视卢加尼喝酒。他们的儿子在餐桌旁没有停留多长时间，他任务性地吃了一些东西后便跑到楼下院子里玩去了。六七两酒喝下后，卢加尼突然停下来，他看着卢雅说：卢雅，和我喝几杯吧。卢雅忙摆手。卢加尼说：你从远地方来，不和我这老哥哥喝几杯我心里真的过意不去。卢雅只好端起酒杯抿了一下。卢加尼一饮而尽。接着，卢加尼又和卢雅喝。卢雅又抿了一下。卢加尼依然一饮而尽。如此三番后，卢加尼还要和卢雅喝时，坐在身旁的阿莉暗暗掐了一下卢加尼。卢加尼“哎呀”了一声后坐端了身子。他以此来显示他在控制自己的酒量。阿莉说，卢加尼有一次喝醉酒找不到家门后一直朝北走，他走出了德鲁城，走过了依冒梁，走到了依冒梁下的一片草滩里，他躺在那里。后来，被认识他的汽车司机路过那片草滩时将他拉了回来。阿莉这么说时，卢加尼嘿嘿笑。笑的同时，他又端起酒杯。阿莉看卢加尼又端起酒杯暗暗又掐了一把他，卢加尼放下酒杯，但随后他又端了起来，他对阿莉说：今天高兴，我少喝点，少喝点。

卢雅劝卢加尼再不要喝时，卢加尼装出生气的样子对卢雅说：丫头，我十年才见了你一回，让我喝几杯不行吗？卢雅笑着再没有说什么。我和卡尔罗又勉强应卢加尼的要求喝下去。我不知道现在的卢加尼到底能喝多少，但就现在的样子看，他还清醒着。酒瓶由卢加尼掌握着。一瓶酒喝完后他变魔术似的又从桌子下面拿出一瓶酒。酒瓶盖早已被打开，在他倒酒的时候我才发现他倒的是第二瓶酒。此时，阿莉在厨房里给我们准备晚饭。卢加尼是瞅准了这个空子换上第二瓶酒的。我和卡尔罗拒绝再喝下去。卢加尼睁着牛一样的眼睛看着我们，接着，他端起酒杯仰头将酒倒在他嘴里。他一连喝了三杯后又以牛一样的眼睛对着我和卡尔罗。我和卡尔罗只好各自喝了一杯。

又喝了几杯后，卢加尼眼睛发直起来。他看着我们，然后，他突然站起来说：我带你们回家。我们面面相觑，但有一点，我们知道，卢加尼喝醉了。我没有想到卢加尼这么快就醉了。我朝厨房喊阿莉。阿莉从厨房里走出后看到桌上新开的酒瓶立刻将它收起来。之后，阿莉轻声慢语地劝卢加尼坐下来。卢加尼没有听从阿莉的话，他对阿莉说：我要回家。阿莉说：这就是你的家。卢加尼使劲摇头。阿莉说：哪你说说你的家在哪里？卢加尼茫然四顾后没有目标地朝空中指了指。阿莉再次劝他坐下来时，他拉起了卢雅和卡尔罗的手说：咱们回家。我站起来拍了拍卢加尼的肩膀，我说：卢加尼，你的家到底在哪里？卢加尼放开卢雅和卡尔罗的手面对着我，他眼中是仍是茫然的神色。他似乎被家在哪里的问题问住了。我又说：你的家在印度尼西亚吗？卢加尼摇头。我又问红土尕庄山坡上的那个家是不是他的家时，他又摇头。

卢加尼一直嚷着要回家。他要往门外走时被我们一次次拦住。每一次我们问他的家到底在什么地方时，他都显得茫然而迷离。他以茫然和迷离的目光对着我们，他似乎在意识深处捕捉他意念之中的家，但那个家似乎遥远而缥缈。这种状态一直到他的儿子卢一杰站在他面前时才终止。七岁的卢一杰在院子里玩够了回到家中站在他父亲卢加尼面前时，嚷嚷着要回家的卢加尼以牛一样的眼睛对着他的儿子。儿子的出现似乎将他从魔幻的境地中拉了回来。他长时间地看着儿子，然后，他松弛下来，醉躺在了沙发上。

显然，卢加尼的潜意识中有一个虚幻的家，那个家他永远都无法回去，但它存在。从卢加尼家出来，卢雅沉默不语。在卢加尼家的情形肯定撞击到了她的某些思绪。夜色中，马路上的路灯光使目光所及的景物都有一种不真实感。我们沉默地向前走。在一簇炫目的路灯光下，我看到卢雅眼中溢出了泪水。

我和卢雅陪母亲去医院。去医院是几天前母亲就决定的事，她说，她的胃下部一直隐隐地疼。卢雅说：得到医院里检查一下。母亲犹豫再三答应去医院。但她又迟迟不肯动身。这个早晨，卢雅说再不能拖了，母亲这才随我和卢雅去医院。在医院里，做过B超，又做了一些检查后，大夫说，是胆囊有问题。他建议母亲做手术。大夫说，母亲的胆囊中有结石，结石尽管不大，但得动手术进行切除。母亲又在犹豫。卢雅对母亲说：不能再拖了，时间长了会出更大的问题。母亲最终同意做手术。大夫将手术安排到了后天。大夫说，现在这样的手术都是不用开刀的手术，很简单，一个星期后就出院。

从医院里回来，母亲说，趁她还没有住院好好做顿卢雅爱吃的饭。她知道卢雅一个星期后就得走。卢雅已经定了一个星期后的航班。另外，她也知道，卢雅再回来说不定又是几年或者更长时间以后的事了。一个在外的女儿，让她牵肠挂肚。

母亲决定要做的饭是包一顿藏式包子。这种包子只有母亲会做。我和卢雅做母亲的助手。做这顿饭是从下午四点开始的。我按母亲的要求剁羊肉馅，卢雅干一些力所能及的事。母亲在和面，藏式包子的面有特殊的要求，这事只有母亲亲自动手才能做好。馅子和面都准备好后，卢雅擀面皮，母亲在包。我又按母亲的要求准备几样凉菜的材料。三个人如此干，配合得还算默契。阿姐周雪芹和卡尔罗下班时，凉菜和第一笼包子已经端上了桌。阿姐显出兴奋的样子对卢雅说：好长时间都没有吃过自己包的藏包了。卡尔罗也显得兴奋。大家坐在餐桌旁后，母亲说：你们喝一点酒吧。卡尔罗起身走出屋子从他的屋子里拿来一瓶白酒。除了母亲，他给我们每人倒了一杯。大家举起杯碰了一下后都喝下。这样的气氛显得热烈，这样的气氛，也是母亲希望的。藏包的味道鲜美，大家称赞母亲的手艺。母亲说，这手艺还是周王氏姥姥教给她的。提起周王氏姥姥，大家都回忆起过去一家人吃藏包的情景，那是一大家口人，包一顿藏包就像进行一项大的工程。

第一笼包子吃完后，第二笼蒸好后被端上来。到第三笼蒸好后，大家已经吃好了。母亲停下筷子让我们喝酒。母亲说：喝一些酒可以帮助消化。我跟卡尔罗不断喝着。阿姐喝得不多，一杯酒要举几下才能喝尽。卢雅喝下几杯后，脸色发红。尽管如此，她还是不断地站起来给母亲敬，给我们每个人敬。母亲象征性地只端端茶杯。她看卢雅脸色发红的样子劝卢雅少喝一点。卢雅说：没事，今天醉了也没有事。

夜幕早已降临。母亲离开餐桌去了堂屋。餐桌旁的我们几个仍坐着。卢雅又给我们敬酒。她说：十年了，我没有见大家，今晚我给大家多敬几杯。我们不好阻拦，因为卢雅这么说的时候伴随着一种压抑声。她明显喝得有些多了。她给阿姐周雪芹敬酒时说：希望阿姐能再成一个家，一个幸福的家。卢雅这么说，我和卡尔罗转向阿姐周雪芹。阿姐周雪芹神情凝滞着，但随后她又显出自然的样子接过了卢雅手中的酒杯。

夜已深了。我们离开餐桌回到各自的屋子里。我倒了一杯开水喝时，卢雅进来了，她手中也端着一杯水。我说：你现在怎么样？她说：好多了，我不应该对阿姐说那么的话。我说：没有啥。她说：阿姐太苦了。我没有说什么。她喝了口水又说：不过今天还是高兴，难得有这样的时候了。我说：不要多想了，你在美国那边照顾好自己。她点了点头。接着，她说：明天母亲住院，后天做手术，还是早点睡吧。说着，她离去。

母亲的手术很顺利。手术过程没有费多大的周折。看护母亲的事主要由卢雅做，她跑前跑后，为母亲尽力。晚上，她又守在母亲的床前。两天后，母亲基本能下床，卢雅仍守在床前。母亲要她回去休息一下，她说她能支撑住。到了第四天，阿姐将卢雅硬拉回了家。同病房的患者和家属都啧啧称赞母亲有这么好的一个女儿。母亲说，是上天赐给她这么一个女儿。

卢雅离开德鲁的日子到了。母亲在这一天前也出院。早晨，大雪铺满院子。大雪是从晚上下的。上午十点多，等候了几个小时的班车开始放行。在白色庄窠，我们送卢雅出门。送卢雅出门的还有卢加尼。卢加尼一早就赶来了。他带来了阿莉做的风干牛肉。卢加尼见到我们并没有显出他那天喝醉酒难为情的样子。那天酒醒后，他对他的所作所为全然不知。那之后的第三天，他来白色庄窠，我们说起他要回家的事时，他只是笑。随后，他说阿莉对他说了他那晚上的狼狈相。

出了大门，卢加尼唠唠叨叨地嘱咐卢雅一路上要小心，要照顾好自己，看好自己的包。卢雅不停地答应着。到了车站，我们站在车窗旁看车窗里的卢雅。卢加尼一直挥手，也一直微笑。为了回应卢加尼，车窗里的卢雅也不停地挥手。我拉了拉卢加尼，卢加尼回头看我时，班车开动了，卢加尼又挥手。等班车驶出车站大门时，卢加尼突然哭了起来，他的哭声引来周围所有的人的目光。我拉起卢加尼的手朝车站外走去。

7

德鲁南边的大林廓叫当周山。当周在藏语里是白海螺的意思。我小的时候一直把它叫大林廓，德鲁人也都这么叫。当周山向西北延伸的山腰下，是一圈坟茔，坟堆密密麻麻有数百个。人们叫它烈士陵园。陵园用白色的墙围住。大门是双扇开的能通汽车的大铁门。

守陵园的是一个五十多岁瘦削的人，他住在烈士陵园里靠大门的一间白房子里。德鲁人叫他李醉醉。他真实的名字无人知晓。李醉醉是名副其实的酒鬼。每天他都要怀揣空酒瓶走到德鲁街上，他用他的空酒瓶在副食店里打上散酒，然后到饭馆里要一斤切好的牛肉边吃边喝。到了下午，他摇晃着，哼唱着，怀揣着喝空了的酒瓶又朝陵园走去。李醉醉每天都是如此，他清醒的时候似乎也是醉着的。他已经不像正常人。在我的记忆里，他甚至像一个飘然世外的人，人世的一切似乎与他无关，与他有关联的只是酒和那个白墙围住的陵园。人们说，自从那个陵园建起后，他就在那里，他没有女人，没有家。

当周山下是空旷的当周草原，一片不大的草原。陵园孤零零地处在山下。李醉醉每天下午在太阳落山前回到陵园，进入到他住的白房子后，他关上门便倒头睡去。半夜里，他会被敲门声吵醒。人们说，那是陵园里的鬼魂们在敲门。他们敲门是向李醉醉讨要吃的，讨要酒，讨要烟。他们生前与李醉醉熟悉，他们一同出入过草原，一同打过仗。被惊醒的李醉醉还给敲门声的是一只只皮鞋。他扔一只皮鞋，敲门声就会停一会儿。再敲时，他再扔一只，直到敲门声停止、鬼魂们嘟嘟囔囔离去时为止。李醉醉的床下面堆满了破皮鞋，它们是李醉醉每天晚上对付鬼魂敲门的。

卢加尼挂在当周山林廓的树上的那一天，我和卡尔罗将卢加尼从树上弄下来后便同卢加尼朝远处的公路走去。要走到公路上必须经过当周草原，必须经过那个陵园。先前那些跟随卢加尼的热气球到大林廓的孩子们已远远走过草原，他们的身影在公路忽隐忽现。

我们经过陵园大门时，李醉醉走了出来。那一天他似乎破例没有去德鲁街上喝酒，但他的样子是酒醉的样子，他走出大门盯着我们看。他的样子并不可怕，甚至，他显得有些和善。他看我们时一只手抖动着从衣兜里掏出一盒烟。他手又抖动着抽出一支对着我们说：抽烟。卢加尼摆手，他表示不会抽烟。但李醉醉让抽烟的对象并不是卢加尼，李醉醉是将抽出的一支烟对着卡尔罗的。卡尔罗接过了烟。李醉醉掏出火柴要给卡尔罗点烟时，卡尔罗从李醉醉手里拿过火柴自己点着。卡尔罗吐了口烟将火柴还给了李醉醉。李醉醉微笑着，他似乎对卡尔罗能抽烟感到满意。然后，他看着我们离去。

我和卡尔罗从上高一时就开始偷着抽烟。班上有三分之一的男生都是如此。在偷着抽烟的同时，我们也偷着喝酒，烈性的酒，酒精度数都在六十度左右。抽烟和喝酒，不仅仅是为了好奇，也有成为男子汉的意味在其中。

阿姐周雪芹出嫁的那一天，卡尔罗和守陵园的李醉醉在一起。卡尔罗是从天刚亮就从白色庄窠消失的，晚上，他回来时是一副醉醺醺的样子。

阿姐周雪芹出嫁的日子是一九八一年十一月，这个日子离李尕让被刺伤的日子过去了三个月。十一月，已是初冬时分。那一年的十月里下了两场大雪后，寒冷加剧了。从八月到十一月，李五十三和皮绳不断到白色庄窠来，他们为定亲，为周雪芹和李尕让结婚的日子而来。两个人每一次到白色庄窠都以恭敬、谦和的笑脸而来。周王氏姥姥拒绝和他们谈结婚的事。周王氏姥姥坐在堂屋的椅子上对他们的到来不闻不问。周特舅舅接待李五十三和皮绳。每一次，周特舅舅都僵硬着脸，没有过多的讨价还价。待到李五十三和皮绳满意而去时，周特舅舅便走出屋子站在院子里的大黑瓮前凝视瓮中的积水。他的鹰钩鼻子和他脸上的其他部位构成一种阴郁的神情。一年以后，当灾难再次降临时，他脸上的神情变成了僵硬的绝望。之后，他离开了白色庄窠。

阿姐周雪芹出嫁前的三个月里，白色庄窠一直持续着凝滞、沉重的气息。每一个人都能感觉到这种气息，包括小卢雅。阿姐周雪芹尽量装出平和的样子，她按时上班，按时下班。有时，她甚至应李尕让之约去和李尕让见面。十月的一天，她带李尕让来到白色庄窠。李尕让对白色庄窠的人毕恭毕敬，他梳着纹丝不乱的分头，上衣胸前的口袋里别着钢笔。李尕让被刺伤后，在医院里住了不长时间便出院了。出院以后，他对加告街的人说，他挨了一刀换来周雪芹算是赚了。这话从加告街传到我和卡尔罗的耳朵里，卡尔罗听了这话咯嘣嘣咬牙。但卡尔罗只能如此。自从他刺李尕让的事情发生后，他变得沉默、目光深幽起来。我和他住在一个屋子里，他有时从书桌前抬起头目光对着书桌前的墙壁，那样的情形中，他的目光中透着冷冷的凶狠之气。李尕让到白色庄窠的那一天，我和他都在家里，我们各自坐在书桌前。我们从李尕让的声音中得知他进到了院子里，来到了白色庄窠。卡尔罗听到李尕让的声音一动不动，而我在担心，我担心卡尔罗会拿起什么东西冲到院子对李尕让干什么。但卡尔罗一直坐着。李尕让给白色庄窠的长辈们打过招呼后走进了我和卡尔罗住的屋子。他推开门的时候，我站了起来，李尕让一脸笑容，他的目光对着一动不动坐着的卡尔罗。卡尔罗是背对门坐着的，李尕让说了句他来看看我们俩的话便很快转身走了出去。卡尔罗仍一动不动，他的脸紧绷着，嘴紧紧闭着。

肖连在十一月前就离开了德鲁。李尕让被刺的事情发生后，阿姐对他说明了情况，并断绝了与他的关系。肖连的父母是陕西汉中人，他们在那时已经从德鲁调回汉中。他们曾经也为肖连联系往汉中调，但肖连拒绝了。在阿姐周雪芹与他断绝来往后，他立刻通过他的父母联系调往汉中。他调动的事办得很快。十月底，他离开德鲁去了汉中。

阿姐出嫁的日子很快就要到来。时隔多少年后，我面对回到白色庄窠的卢雅时不时想起那时的情形。等待阿姐出嫁日子的来临对我来说是一种不痛不痒的煎熬，而对当时的卢雅来说是一种恐惧。在三个月白色庄窠沉闷的气氛中，她停止了她那个年龄应该有的笑声，停止了蹦跳和欢快的玩耍。她的那种样子也许只有周王氏姥姥在关注，但那时的周王氏姥姥无法给予她什么，也无力让她从那气氛中拔离出来。小卢雅像个成年人一样持重。多少年后我在蓦然回首那段时光时，她当时的样子总会陡然显现在我的脑子里，她背着书包沉默地去上学，又背着书包沉默地回到白色庄窠。她的一双眼睛透着水光，那是一双黑而又黑的眼睛。回忆之中的这个样子让我战栗，时间将我拉到很远时我才看清这个小小的妹妹在那个时候是孤独的，她惧怕孤独。白色庄窠沉重的气氛将她置于孤独之中。她在孤独中也惧怕阿姐出嫁日子的来临。或许，在她看来，那个日子的到来对她来说是更大的灾难。

我在那时还有一种沉落的感觉，白色庄窠在沉落，我在沉落。沉落中有一种荒凉感。荒凉感是慢慢生成的，它在周王氏姥姥怒而不发的状态中生成，在周特舅舅僵硬的脸上生成，在阿姐周雪芹不言的悲伤中生成，还在卡尔罗的负罪感中生成。还有什么呢？还有孤立无援的感觉——白色庄窠孤立无援。白色庄窠是一个王国，这个王国轻易被攻陷。作为这个王国的统领者周王氏姥姥在无法言说的愤怒中束手无策。十七岁，我觉得我已经老了，已经有衰弱的气息。在我的睡梦中，我逃向一个远离白色庄窠的地方，那个地方不明确，它是恍惚的，虚幻的。

鞭炮声在大门外响起来时，阿姐周雪芹已经收拾停当。太阳从东山头上升起，十一月九日的早晨就这样来临。在这之前，一家人在天不亮时就起身，德吉草舅母和我母亲为送亲做准备，准备陪嫁的东西，准备招待来客的菜肴等等。这一切准备停当时，德吉草舅母换上了她的藏式袍子。作为母亲，她在这一天要为女儿出嫁显出庄重来。德吉草舅母的藏袍是崭新的，它是镶彩边加貂皮领的藏袍，这身藏袍只有在重大喜庆的日子才会穿起。对于德吉草舅母来说，重大的、喜庆的日子并不多。

迎亲的队伍由加告街的皮绳带领而来。他们到来时我们没有按习俗在大门口放盛满水的水桶，没有要开门的礼钱。他们到来时我们便打开了大门让他们进来。招待他们的地方没有放在周王氏姥姥住的堂屋，而是放到周特舅舅和德吉草舅母的客厅里。在迎亲的队伍到来后不久，卢加尼也赶来了。卢加尼进门后拿眼睛到处瞅。卢加尼知道这是一种怎样的婚事，他小心翼翼地以他圆而鼓突的眼睛寻找他在这种场合中能起到作用的位置。在走入加告人聚集的客厅后，他很快退了出来。他又走进阿姐周雪芹的房间，很快，他又退了出来。最后，他走进了堂屋。周王氏姥姥逮住了他。周王氏姥姥对他说：尼家人（一家人），你就待在这堂屋里，再不要乱跑。堂屋里还有小卢雅，周王氏姥姥逮住卢加尼就是要他陪小卢雅。小卢雅从早上起来后便呆呆坐在一把小椅子上。大门外的鞭炮响起来时，她从小椅子上奔跳起来跑向屋外，跑向大门口，然后她又飞快地跑回来重新坐在小椅子上。周王氏姥姥目睹了小卢雅这种情形，但她什么都没有说。

卢加尼将小卢雅叫到桌子旁，他想与小卢雅重新进行上一次折叠青蛙的游戏，但卢加尼又觉得过于老套了，他面对小卢雅思索着，最后他和卢雅叠纸飞机。卢加尼将折叠的纸飞机掷在空中飞，纸飞机飘飞着，旋转着最后落到地上。卢加尼掷了一遍后让卢雅掷，卢雅对此似乎不感兴趣。卢加尼又折叠另一种飞机，一种更像飞机的纸飞机。折叠这样的飞机花去许多时间，小卢雅只是静静看卢加尼折叠。一个这样纸飞机折叠出后，卢加尼又折叠下一个。卢雅静静看着，只是静静看着。卢加尼要教她折叠这样的纸飞机时，卢雅一动不动。卢加尼挠着头看卢雅。之后，他找到周王氏姥姥的剪刀，又找到一沓白纸，他开始剪各种花样。一朵纸花被他剪出后，他又教卢雅剪。周王氏姥姥的剪刀对小卢雅来说太大了。小卢雅从她自己的小木匣里找出她自己的小剪刀，她学卢加尼的样子剪另一朵花。

看起来身体粗壮、面目凶狠的卢加尼不管用纸折叠鸟兽飞机，还是用纸剪出花样都显出令人惊叹的才能。他剪出的第一朵花稍作加工后就像一朵喇叭花。小卢雅费了几张纸后才剪出像样的花朵来。周王氏姥姥坐在火炉旁喝茶，她并不关心卢加尼和小卢雅在剪什么。在这个阿姐出嫁的日子里，堂屋的情形有种不谐调的意味，它甚至有些荒诞。

十点钟，迎亲的队伍在喧闹中离去。离去时，阿姐周雪芹和李尕让走进堂屋向周王氏姥姥告别。阿姐周雪芹穿着一身红色的嫁衣，在周王氏姥姥面前她面色平静，说话从容得体。然后，她弯下腰用脸贴了贴小卢雅的脸。在贴小卢雅脸时，小卢雅突然抱住了她的脖子。阿姐说一声“听话”后，又拍了拍小卢雅的身子，小卢雅这才放开她。大门外的鞭炮再次响起，迎亲的队伍在鞭炮声中走出巷道。马路上，停着几辆迎亲的吉普车。迎亲的队伍在马路上消失时，站在大门口的德吉草舅母突然大哭起来。我当时随迎亲的队伍已经坐到车上，听到德吉草舅母的哭声，我又下了车，我站在巷道口向巷道里望去，德吉草舅母被周特舅舅扶进了大门，但她的哭声仍在继续。在空中，她的哭声飞荡着，穿越着，具有了凄厉而尖锐的形状。

那个早晨，阿哥卡尔罗不在场。他在迎亲队伍到来前就走出了白色庄窠。那时，天还没有完全亮。

卡尔罗走出白色庄窠，走出巷道顺着马路朝南走去。他没有目标。德鲁中学那一天在上课，他不想去学校，他顺着马路一直朝前走。马路上的路灯还亮着。走到师范桥头时，天才大亮。他在桥上站住。桥下的河水清冽，十一月的河边草地上已是一片枯黄色。顺着从西而来的河望去，远处骑兵连的营房一片灰茫。那是一片灰色的营房。秋天的某些日子，骑兵们骑着剽悍的马在草地上飞奔。骑兵手中挥舞的战刀银光闪闪。军马反复踏过的草地黑土泛起。太阳出来时，卡尔罗又向南走去。到了当周山下的草地上时他迟疑着。然后，他又朝墨绿色的林廓走去。当周山下的草地空旷，卡尔罗在如此空旷的草地上行走。快到当周山下时，他停住。接着他又朝西走去。西面是陵园。卡尔罗路过陵园大门时想起一年前李醉醉给他烟抽的情形。他朝陵园大门的白房子看了一眼，房门紧闭着。白房子的烟囱冒着青烟。青烟表明，李醉醉这个时候在白房子里。

走过陵园，卡尔罗朝北走上了公路。公路对面有一排橘黄色的房子，房子孤零零地处在空旷的草地中。那是达沙道班。

卡尔罗走到达沙道班的房子前时，正好有一个二十多岁的工人从房子里出来，他端着一盆水要泼到院子里时看到了卡尔罗。卡尔罗的身上具有早晨的气息，受寒的气息，在野外长时间游荡的气息。工人盯着卡尔罗看，他似乎要看出卡尔罗来到达沙道班的意图。卡尔罗抖着牙齿，因为寒冷而抖着牙齿。工人问：找人吗？卡尔罗摇了摇头。有事情吗？工人又问。卡尔罗又摇头。工人转身走进了房子。卡尔罗站着，他牙齿仍在抖。工人又走出房子，他对卡尔罗说：进来吧。

卡尔罗走进房子。房子里还有另外两个工人。他们坐在火炉旁喝着茶，吃着锅盔。年轻的工人拽过一把椅子让卡尔罗坐在火炉旁。另一个工人递给卡尔罗一个锅盔。卡尔罗吃了起来。吃过锅盔，卡尔罗面对三个仍对他满腹狐疑的工人说，他是德鲁中学高中的学生，这个早晨，他不想去学校就在这野外游荡。一个年龄稍大的工人说：小伙子，你得好好念书。卡尔罗没有说什么。年龄稍大的工人又说：你将来打算干什么？卡尔罗看着工人。好久，他才回答，他说：没有想过。

从达沙道班出来，太阳高照。卡尔罗顺着公路朝德鲁城走来。他顺着中间的马路走到德鲁街上。在盘旋路，他朝东走去。他是没有目的地走着。十一点钟，他站在了东街的格河桥上，桥下是堆积的垃圾，河水在两边的垃圾中流过。卡尔罗返转过身。这时，他看到守陵园的李醉醉朝八大弟兄饭馆走进去。卡尔罗犹豫了一下，然后，他朝八大弟兄饭馆走去。走进饭馆，李醉醉坐在靠窗户的一张桌子旁。卡尔罗朝他走去。卡尔罗走向李醉醉的目的是想讨一支烟抽。李醉醉没有认出他。卡尔罗坐下来对李醉醉说：能不能给我一支烟？李醉醉盯着卡尔罗看。他没有给卡尔罗一支烟，而是给卡尔罗倒了一杯酒。喝酒，李醉醉笑眯眯地说。李醉醉仍没有认出卡尔罗，没有认出一年前他曾在陵园门口给一支烟的卡尔罗。李醉醉从来不记人，在他的眼中，见过和没有见过的人都一样的。卡尔罗喝下李醉醉给他的一杯酒。李醉醉又让卡尔罗吃肉。桌上摆着一盘切好的牦牛肉，卡尔罗夹起一块肉塞进嘴里时，李醉醉笑眯眯地看着卡尔罗吃。李醉醉又给卡尔罗添酒。卡尔罗又喝下。李醉醉说：你见过牛打架吗？卡尔罗夹起第二块肉往嘴里塞，他吃下牛肉后看着李醉醉。李醉醉又说：你见过牛在天上打架吗？卡尔罗说：没有。李醉醉说：我见过。卡尔罗看着李醉醉，李醉醉似醉非醉，似醒非醒。李醉醉说：两群白牦牛在天上打架，它们打了整整两个时辰，两个时辰后，它们没有分出胜负，加央大师恰好路过这里，他朝天上的两群白牦牛喝了一声，两群白牦牛夹着尾巴逃走了，它们其实逃到了地上，逃到地上后，它们变成了两股白云，这两股白云在地上又打，加央大师又喝了一声，它们顺着当周山跑到远处去了。你见过加央大师吗？卡尔罗摇摇头。李醉醉给卡尔罗倒酒。卡尔罗端起酒杯喝下去。李醉醉说：我见过加央大师，他骑着一头狮子，他骑狮子追上那逃走的两股云。加央大师将僧袍一甩，两股云变成了遍地的白石头。卡尔罗现在自己倒酒喝，他没有在意李醉醉说的加央大师和白牦牛。

半斤酒喝下后，李醉醉喊过堂倌要了两碗炒面片。这时已经是中午，窗外的街上人多了起来。放学的学生们一群又一群走过。卡尔罗感觉自己已经有些醉意，他面对李醉醉时，李醉醉仍是笑眯眯的样子。卡尔罗看着李醉醉，他想起早上离开白色庄窠到处游荡的情形。现在，他想他在早上游荡时其实是为了远离鞭炮的声音。他没有听到鞭炮的声音。接亲的队伍在白色庄窠大门前燃起鞭炮时他已经走到了当周山下。在那里，听不到德鲁城里任何的声音。

李醉醉又开始讲荒诞的故事。炒面片已经端了上来。卡尔罗埋头吃着。这一次，李醉醉讲什么他一句都没有听进去。他听到的是远处传来的鞭炮声，他知道这是幻觉，但这幻觉一直在持续。他要断绝这种幻觉。他一边吃一边端起了酒杯。他对李醉醉说：喝酒。李醉醉没有动酒杯，他仍在讲他的故事。卡尔罗只好自己喝下。一碗饭吃完后，卡尔罗朝窗外看着，他看到几个留着长发的中年牧民骑马从街上走过。恍惚中，他觉得这几个牧民是鲁日玛的人，他们曾来过白色庄窠。卡尔罗想起身到街上追上他们，但他又坐着没有动。李醉醉仍在讲他的故事：……岷州人的脖子上拴着一个鬼魂，他一扭脖子，鬼魂就吱哇乱叫。

卡尔罗给我说他那一天的情形是在一个晚上。夜深了，我和他都无法入睡。我唐突地问他那一天是怎么喝醉的时，他沉默了半晌，然后，他说了那一天的情形。他说，那一天他和李醉醉喝了多少酒他忘了。他和李醉醉一直喝到下午。从那家饭馆里出来后，他搂着李醉醉的脖子在街上走来走去。从东街走到盘旋路，又从盘旋路走到东街。他搂着李醉醉一边走一边唱。李醉醉也在唱。两个人各唱各的。路人都看他们，人们都认识李醉醉，但不认识他。后来，他的两个同学看到了他，两个同学对他癫狂喝醉的样子大为惊奇，他们不好走上前拉住他，因为他搂着的是每天晚上给敲门的鬼魂扔皮鞋的李醉醉。

李醉醉什么时候脱身而去他不知道。他稍稍清醒时发现自己坐在街边的道牙上。那时，天已黑了下来。路灯早已亮起。他感到头痛。接着，他摇晃着朝白色庄窠走来。

那一天，结婚宴席是摆在李五十三家的。娘家人这一方只去了我父亲、我母亲和我。宴席结束时，我们走进新房向阿姐周雪芹告别。她坐在床边，目光发呆。我父亲和我母亲叮咛了一番后准备离开时，阿姐突然抱住了我母亲，她说：姑姑，我心不甘啊。我母亲流着泪劝她。一会儿后，她放开我母亲，她擦干眼泪又坐到了床边。这一次她神情镇定，一副下决心就难的样子。

回到白色庄窠，院子里弥漫着马粪味。周王氏姥姥说，几个鲁日玛人来过，德吉草舅母为他们做了吃的。他们并不知道阿姐出嫁的事。周王氏姥姥没有告诉他们。

8

我父亲始终说一口河北口音的普通话。事实上，德鲁人单从口音上是听不出我父亲是河北人的。我父亲年轻时在北京上的大学，他原来的河北口音已经掺杂了普通话的发音。德鲁人对普通话的识别并不是很准，我父亲说的河北味的普通话就很少有人能听出河北味。我父亲是通过介绍人认识我母亲的。那时，我母亲家在加告街。周顺昌姥爷那时还活着。我父亲见到周顺昌姥爷和周王氏姥姥时，周王氏姥姥对我父亲河北口音的普通话只能听懂一半。周王氏姥姥问我父亲是哪里人时，我父亲说是河北沧州人。沧州人？周王氏姥姥从来没有听说过沧州，她甚至不知道河北。周王氏姥姥疑惑地看着我父亲，周王氏姥姥知道汉人聚集的地方除了河州、岷州和洮州外，再就是河南了。在鲁日玛的时候，她把汉人和回民都叫中原人。

周王氏姥姥再问我父亲是干啥的时，我父亲说是干桥梁设计工作的。周王氏姥姥听不懂我父亲所说的话，我母亲在旁边解释：是造桥的。周王氏姥姥“噢”了一声说：是造桥的嘛。接下来，周王氏姥姥又以疑惑的口气问我父亲：你这么个样子能造桥？我父亲无法回答，而我母亲也再不愿解释，因为她知道，她越解释，周王氏姥姥越糊涂。在周王氏姥姥看来，我父亲这样一个书生模样的人怎么能把桥造起来。

沧州是我父亲的老家。我父亲上大学时，他的父母都去世。他的老家只有一个哥哥。那个哥哥比他大二十岁。那个哥哥在我十二岁时来过一次德鲁，他来看我父亲。他比我父亲老得多。印象中，他沉默寡言。他在白色庄窠住了几天后便离去，此后，他再没有来过。从沧州到德鲁穿越好几个省，相距一千多公里。我父亲曾回去几次，但在他的哥哥去世后，他再也没有回去过。他的哥哥是在来德鲁的第五年去世的。他去世后，两家人就很少联系了。对于我父亲来说，他的哥哥去世意味着他对他的家乡再也没有什么牵挂了。故乡，对他来说，已经是一个逐渐远去和被遗忘的地方。

我父亲在上大学时绝不会想到他会来到德鲁。在来德鲁前他甚至不知道德鲁这么个地方。德鲁在遥远的西部，在青藏高原的东部地带，这样一个地方如果不是某种命运性的安排，他一辈子都不会到达。他是在北京上的大学，学的专业是桥梁建造。毕业分配的时候，他想他会被留在北京或分回到河北省，但分配名单公布时，他吃惊地知道他被分配到了西北的甘肃。分配名单无法被改变，在全班几十人中，他是唯一被分配到西北的人。几年后，他通过与别的同学通信中得知，当时，学校搞分配的人对上级部门要求分配到西北的一个名额无法定夺。他当时手里拿着钢笔，面前是毕业学生的名单。电话响起来时，他放下钢笔去接电话，接完电话他再次回到如何定这个名额时又陷入思索中，他目光对着学生名单，放下的钢笔压住了一个学生的名字，他想：就定下这钢笔压住的学生。他拿起钢笔，我父亲卢振威的名字赫然而现。我父亲就这样莫名其妙地被分配到了西北。我父亲得知这一过程时已经与我母亲成亲，并且已经有了我。

离开学院时，学院为我父亲举行了一个隆重的欢送仪式。他的胸前戴上了红花，坐到了主席台上。学院领导和系里的领导慷慨激昂地讲话鼓励和赞扬我父亲。他们说，我父亲能到国家最需要的地方是父亲的光荣，也是学院的光荣。我父亲当时有些激情澎湃，他也发了言，他的发言是表决心式的。欢送会在锣鼓声中结束。

在许多没有到过西北的中原和东部人的印象中，西北是广袤而荒凉的地方。在来西北的路途中，我父亲一方面豪情不减，另一方面也有畏惧感。经过几天几夜火车的奔驰，他到达兰州，兰州的景象和他想象得不一样。在来西北之前，他听说过几种关于兰州的描述，一种是，兰州是个瓜果之乡，既然有瓜果就会有丰饶的绿色。第二种描述是，整个兰州只有一棵树，这棵树还长在公园里，人们要看这棵树还得买门票到公园里去看。还有一种描述是，兰州靠近沙漠，风沙漫天，出门行走要骑骆驼。到达兰州后，我父亲脑子里的几种描述都不准确。兰州街上跟中国当时任何北方城市的街上没有什么两样。到兰州报到后，我父亲被安排到了一处招待所等待二次分配。招待所里住的都是像他这样从各处来的大中专学生，他们有的是自愿来的，有的因为家庭出身不好被迫而来，像我父亲那样莫名其妙地被分配而来的也不少。

在招待所待了几天后，我父亲被分配到了德鲁。分配的人对我父亲说，德鲁正在建设中，需要建设人才。我父亲服从了分配。他不得不服从，尽管他对德鲁一无所知。

我记得我小的时候，人们叫我父亲桥梁工程师。他到德鲁后就被分配到了交通部门，他成了桥梁设计的技术人员。到德鲁后第二年他与我母亲成亲。我母亲当时刚参加工作，她的工作是教员，是德鲁小学的教员。他们成家，我父亲从交通局的单身宿舍里搬到了加告街我姥爷家。周顺昌姥爷和周王氏姥姥对我父亲说不上特别的满意，也说不上不满意。在他们看来，我母亲是一个干公事的人，是公家人，公家人就得找一个公家人。在他们眼里，公家人是和他们完全不同的人。

桥梁工程师卢振威曾多次见过一个叫切央的喇嘛。桥梁工程师卢振威因为工作关系不断地在野外奔波。在靠近一个村子的路边，他第一次见到切央。切央当时坐在路边的一块石头上，切央对我父亲卢振威微笑。这微笑让我父亲注意起了他。我父亲走向切央。切央穿着破旧的袈裟。袈裟的下摆已成条缕状。我父亲卢振威站在切央面前，切央仍对我父亲微笑。我父亲问他是哪个寺院的时，切央朝着空中画了一个圆。我父亲不解。这时，我父亲注意到切央是赤着脚的，他的双脚粗糙而沾满泥土。同时，我父亲还注意到他拄着的木棍油光发亮。我父亲意识到面前的人很可能是一个游走四方的僧人。在我父亲如此打量他时，他向我父亲伸出了一只手。我父亲将随身带的几个锅盔给了他。他只拿了其中一个。切央将锅盔揣入怀中后起身朝前走去。三个小时后，我父亲乘工程车赶到另一个地方时，他又看见了切央。切央坐在河边的塄坎上。我父亲大为惊奇，他惊奇的是他乘的车到这河边基本上走的是直线，而步行的切央却在他之前到达这里。我父亲下了车直奔切央，切央看着我父亲微笑。我父亲问他是如何这么快到这里的时，切央只是微笑，不作回答。河边的一个牧民用生硬的汉话向我父亲解释，切央喇嘛不会说话，但能听懂别人的话。

桥梁工程师第二次见到切央时是在玛曲的黄河边。当时，一场持久的大雨刚刚过去。桥梁工程师看到切央搂起袈裟下摆要渡黄河时吃了一惊。他上前要劝切央时，切央双脚已踏在水上，一瞬间，切央如行走在平地上一般踏河而过。桥梁工程师卢振威睁大眼睛，他再看切央时，切央已经在对岸消失。当时，桥梁工程师感觉到自己刚才所看到的是一种幻象，这种幻象让他又恍惚起来。

第三次见到切央时，桥梁工程师再一次惊奇。当时是在离德鲁一百多公里远的一个县城里，桥梁工程师被他的一个同事叫到亲戚家，正好切央也在那个家里。切央是被请到那个家里为一个胳膊上长了脂肪瘤的人做治疗的。切央拿起一个普通刀片，没有进行消毒，也没有对患者进行麻醉等手段，他切开那个脂肪瘤时，患者没有疼痛的表现。切央将脓挤出后，用手轻轻一抹，伤口消失，胳膊如同正常一般。桥梁工程师卢振威吃惊地看着那胳膊，也看着切央。吃惊归吃惊，桥梁工程师还是怀疑切央是用了特别的方法治疗那脂肪瘤的。

一九七八年，桥梁工程师卢振威在德鲁街上遇到切央。切央仍赤脚，仍穿着破旧的袈裟。切央认出了桥梁工程师，他微笑。依然是十几年前在乡村路边的那种微笑。切央对桥梁工程师说：我们又见面了，我们有缘啊。桥梁工程师点头，同时吃惊。他吃惊的是他第一次听切央说话，而且说的是一口普通话。桥梁工程师问切央是不是内地人时，切央说：不是的，我是果洛人。桥梁工程师看着切央，他无法相信一个果洛喇嘛会说如此地道的普通话。他进一步询问。切央说，他从一九五八年开始就停止了说话，人们都叫他“果洛哑巴”，二十年后的现在，他才开始说话。切央说，他走过许多地方，拜访过许多寺院，包括内地的一些著名寺院。有些寺院在他去过不久便被毁掉了。因为他在内地游走了好长时间，他就学会了普通话。桥梁工程师再次看面前的切央。切央微笑着，他谦和，彬彬有礼。桥梁工程师卢振威邀请他到家里时，切央婉拒了，他向桥梁工程师告别。桥梁工程师站着看切央离去。

我父亲卢振威的这些经历他从来没有对人说过。最后一次在德鲁街上见到切央后，他仍怀疑自己所见的真实性。切央喇嘛在他的意识中似乎永远都亦真亦幻。不久，切央喇嘛在我父亲的脑子里渐渐淡去。后来，有人说，切央喇嘛不管走到哪里，人们都会向他讨要他袈裟的碎片，切央会毫不犹豫地从他的袈裟上撕下碎片给人们。人们要这些碎片是将它们当成护身和治病的法宝。我父亲听着这些谈论再次想起了切央，这一次，他觉得切央喇嘛是一个真实的存在的人。这之后，他才将他遇见切央的几次经历告诉了我母亲。我母亲说，她听说过切央喇嘛。我母亲接着说：他是果洛一个寺院的活佛。

切央喇嘛成为一个真实的人，这对于我父亲来说更显得不可思议。一个真实的人如何能比汽车走得还快？如何从黄河上瞬间踏过？又如何使开了刀的伤口一抹就平？我父亲曾对我母亲说过他这么一次经历：他骑马走在没有人迹的草原上，远处是连绵起伏的山。本来，他是和几个同事一起骑马从一条沟中走出的，几个同事是骑惯马的人，他们一出沟便将他落在后面，等到转过一个山弯时不见了同事的身影，他只好任由马向前走着。就这样，他走入草原深处。这个时候，他望着前面连绵的山脉时感到山脉在隐隐飘动。他勒住马缰绳对那远方的山脉再一次观望。山脉没有飘动，而是山脉之上的云朵飞一般向草原上压来。云是黑灰色的。那是雨云，它飘动着，将一片雨带到草原上。我父亲扭过头，在他身后的地方，也有一片黑灰的雨云飘来。空茫茫的草原上被一片又一片雨云占领。雨水倾倒在草原上。在雨云之间，太阳在草原上投下零碎片状的光影。草原看起来被一片明暗不同的色块分割了。接着，雨云弥合，草原成为了雨水的世界。我父亲骑马快行。一瞬间后，灰黑色的雨云被呼啸的风带走，阳光又照在草原上。我父亲凝望前方，前方的那一脉山此刻被一片白亮的云紧贴着，那是层次分明的云，整个天空和大地似乎被那白亮的云所主宰。我父亲感到虚弱和渺小。我父亲说：我当时害怕极了，不是害怕草原上有什么危险的狼或者别的什么，而是害怕那一朵朵巨大的黑灰色的云，也惧怕那昂着头的白亮的云。我父亲接着说，他当时第一次感到，他对草原一无所知。

那次经历对我父亲来说也是一个隐喻。他是外来者，是被偶然分配到德鲁的人。因为工作关系，他不断在林区和草原上奔波，但他始终都是一个外来者。德鲁或者草原隐含着根性的、久远的力量，这些力量他无法看到，也无法感觉到。多少年后，德鲁和草原对他来说依然是陌生的。正如切央喇嘛对我父亲来说，也是陌生的，不可理喻的。切央喇嘛对我父亲的微笑或许暗含了这样的意思：此生的我父亲只是草原上的一个过客。

9

阿姐周雪芹出嫁一个月后的一天，李五十三来到白色庄窠。他是来找周特舅舅的。自从阿姐周雪芹与李尕让成亲后，周特舅舅又与李五十三合伙做起了生意，仅仅是合伙做生意，我知道，周特舅舅在骨子里已经把李五十三看得一钱不值了，但为了做生意周特舅舅还是和李五十三来往起来。李五十三与周特舅舅站在院子里说话。李五十三约周特舅舅一起去西藏做生意。周特舅舅面色僵硬，在李五十三说的时候，他看着李五十三。李五十三说完后，周特舅舅点了点头，他算是同意与李五十三一起去西藏。他们商量定四天后动身。随后，李五十三说：欠咱们账的河州人来了，住在人民饭店里。周特舅舅以他阴鸷的眼睛对着李五十三。一会儿后，他什么也没有说和李五十三走了出去。

晚上，周特舅舅回来时胳膊上缠着绷带。德吉草舅母脸色发白地问：怎么了？怎么了？周特舅舅没有解释。他的另一只手提着一个包，包中装有一沓钱。德吉草舅母再问周特舅舅咋回事时，周特舅舅这一次开口了，他说：账要回来了，胳膊上受了一点伤，是在医院里包扎的。

下午，周特舅舅和李五十三走出白色庄窠后便到了人民饭店。他们找到了那几个河州人。河州人欠的账是几年前欠的，当时，周特舅舅和李五十三合伙和这几个河州人做成了一笔生意。生意做成了，但河州人欠下了周特舅舅和李五十三共同的账。几年时间里，周特舅舅和李五十三打电话讨要，专门跑到河州去讨要，都没有结果。这一次，几个河州人来到德鲁是李五十三和周特舅舅要账的一次机会。周特舅舅和李五十三走进河州人住的房间时，几个河州人感到意外地站了起来。随后，他们阴着脸又坐下。他们知道周特舅舅和李五十三是来要账的。

房间中间的桌子上放着酒和大盘的肉。河州人倒了两大杯酒递给周特舅舅和李五十三。周特舅舅没有动。李五十三端了端酒杯又放下。李五十三说：我们是来要账的，账已经欠了几年了，也该还了。坐在李五十三对面的一个圆脸人说：我们哪里欠过你们的账，几年前那笔生意早就给你们付过账了。李五十三阴笑了一下。他端起酒杯喝了一口说：人要讲个信誉呢，欠条还在我们手里呢。圆脸人说：要是有欠条拿出来我们看看。圆脸人这么说着又朝他的一个同伙说：阿三，你说是不是？要是有欠条咱们得看看。叫阿三的是一个额头有疤的年轻人。阿三附和道：就是，要是有欠条拿出来看看。阿三这么说着从腰里拔出一支手枪，他将枪口对着李五十三说：拿出来我们看看。李五十三头上冒起了汗。他的眼珠子转动了一下站起来指着周特舅舅说：欠条在我这连手（朋友）手里。李五十三说着朝外走去。

李五十三显然害怕那支对着他的枪而逃走了。剩下了周特舅舅，周特舅舅一动不动，他的脸僵硬着，他知道李五十三撇下他逃走了。这时，阿三的枪口对准了他。阿三要他交出欠条。

欠条不在周特舅舅的身上。但周特舅舅没有说。他看着对着他的枪口。他咧开嘴笑了起来。他笑得无声而古怪。阿三说：把欠条拿出来。周特舅舅仍在冷笑。他伸出一只手将对准他的枪管握住。他对阿三说：是儿子娃的话给我来一枪。阿三被周特舅舅的举动弄蒙了，他试图将枪从周特舅舅手中抽出来，但周特舅舅紧紧攥住枪管不放。阿三扭过头看圆脸人。圆脸人骂阿三：狗日的阿三，谁叫你掏枪的？阿三又扭回头再一次从周特舅舅手中抽枪。这一次周特舅舅松开了手。阿三松了口气将枪收了起来。圆脸人对周特舅舅说：拿不出欠条就说明你们在编屁谎，我们不欠你们的钱，你走吧。周特舅舅没有动，他又对圆脸人冷笑。他鹰一样的眼睛盯着圆脸人。圆脸人说：咋了，你还不走？周特舅舅说：不走。圆脸人对他的同伙说：你们听到了没有，咱们好好地喝酒吃肉呢，这个人闯进来要钱呢，你们说，咋办呢？

房间里的河州人有五六个。圆脸人一说，其余的包括阿三都说：赶将出去。几个河州人说着推搡周特舅舅。周特舅舅被推搡到地上。河州人要抬周特舅舅时，周特舅舅用脚蹬开了一个河州人。另一个要抓他的脚时又被他蹬开了。圆脸人站在一旁喊：打，打出去。河州人开始踢打周特舅舅。周特舅舅猛地翻起身来从一个河州人的腰里拔出刀子。他举起刀子时，河州人都愣住了。周特舅舅坐到桌子边，他挽起袖子用刀在自己胳膊上划开一道口子，血立刻流了出来。圆脸人看着周特舅舅骂道：家那日（日你妈），不要命吗？周特举着刀子一边冷笑，他胳膊上的血顺着胳膊流到桌子上。周特舅舅说：今天我把你们缠上了，欠下的账不还的话我这命就在你们手里了。一房子的河州人都静下来。过了好长时间，圆脸人说：算球子了。他转向另一个河州人：给他把账还上。那个河州人从一个黑皮包里拿出一沓钱放到了周特舅舅面前。周特舅舅阴着脸，他放下刀子将钱塞进他随身带的一个包里。接着，他拧过身用刀子将床单割开一个口子，他用牙咬住床单撕下了一绺，他用这绺布扎住了他的伤口。

这些经过，那时我并不知道。周特舅舅对谁也没有说过。多少年后，我搭运木材的便车到河州时见到了阿三。阿三那时在河州经营木材生意，他在路边有一个木材场。我搭的便车就是将木材运到他的木材场的。那是在晚上，卸过木材后，阿三、我和司机坐在一起。阿三向司机问起了周特舅舅。司机指了指我说：你问他吧。我说了周特舅舅的情况，我说他现在不在德鲁，他去了远地方。阿三说：我这一辈子没有见过那么不要命的人。然后，阿三对我说了那一天的经过。

我在人民饭店见过周特舅舅与人对峙的场面。他与河州人对峙的场面显然不同于我见过的那种场面。在阿三的叙述中，周特舅舅是一副生死不顾的样子。那个时候他总是沉默着，总是阴着脸。他会站在院子里的大黑瓮前长时间地盯着瓮里的积水看，他似乎要把水中隐藏着的什么看穿看透。时隔多年后，我觉得我在那时候对周特舅舅知之甚少。

有一天，吃饭时我母亲让我叫周特舅舅。周特舅舅站在院子里的大黑瓮前。在那个中午，他已经站了好长时间了。我走到他面前时，他双眼盯着大黑瓮中的水。我叫他去吃饭，他一动不动。我又叫了一声，他仍不动。过了几分钟，他转向我，他看着我。他的目光让我发怵。他说：卢里，要记住，能挨刀子、能拔刀子的并不是儿子娃。

周特舅舅在那段时间的变化是明显的。他本来是一个做事有狠劲的人，但在那段时间里，他的狠劲都集中在他沉默的神情中了。周王氏姥姥对周特舅舅不说什么，但她其实在关注着周特舅舅。周王氏姥姥有一天对我说：你阿舅的脑子往过拧着呢，你阿舅是个犟性子的人，他脑子往过拧说不上是好事情还是坏事情。

离开白色庄窠要和李五十三去西藏的那天早上，周特舅舅似乎心不在焉。德吉草舅母为他准备行装时，他坐在桌前慢条斯理地喝茶。李五十三走进来时，他仍在慢条斯理地喝茶。李五十三耐着性子等他喝完茶。一杯茶喝完，周特舅舅才起身。他提起行装和李五十三走出大门。他的样子似乎表明：他和李五十三跑长途生意对他来说已经是无所谓的事了。

从西藏返回的途中，周特舅舅在青海的黑马河下了车。

他对李五十三没有说他为什么要在黑马河下车。在黑马河，他住了几天。那时已是冬季，黑马河草原一片荒草萋萋，而他在那里为什么要待几天，没有人知道。周特舅舅回到德鲁后没有向家里的任何人解释他在黑马河下车的事。黑马河，对白色庄窠的人来说是一个遥远的地方。

婚后，阿姐周雪芹来过几次白色庄窠。有时她和李尕让一起来，有时她一个人来。李尕让来时，卡尔罗就离去。李尕让对白色庄窠的每一个人仍然是讨好的笑。对我和卢雅也是如此。这种笑，做作、空洞、不自然。尽管如此，在他觉得合适的时候仍要摆出做秘书、干公事的样子。周王氏姥姥在李尕让到来时永远都不说话。她把嘴紧紧闭住。和李尕让唯一能说几句话的是我父亲。我父亲是出于一般礼貌，他和李尕让说加告镇上的事，说李尕让当秘书的事。对于当秘书的事是李尕让感兴趣的话题。一扯到这话题上，李尕让便滔滔不绝。而我父亲只有听的份。

阿姐周雪芹一个人来的时候，白色庄窠的气氛会好一些。阿姐周雪芹第二次一个人来时，周王氏姥姥从她的柜子里拿出一个玉石镯子给她。阿姐周雪芹拒绝。她说她不要周王氏姥姥的东西。拿着，周王氏姥姥说。阿姐周雪芹仍拒绝，她说：你给我给过一个镯子了，这个我不要。拿着，周王氏姥姥又说。阿姐周雪芹仍没有拿，她知道这个镯子有补偿和怜惜的成分在其中，是周王氏姥姥对于她的一种亏欠性的弥补。阿姐周雪芹清楚这些。周王氏姥姥无法将手中的镯子给阿姐，周王氏姥姥开始对阿姐嚷叫，她说阿姐周雪芹不要镯子是记恨她，记恨她把阿姐许给了李尕让。阿姐大声辩解：我没有恨过你，也没有恨过任何人，是我自己自愿的。周王氏姥姥说：你这样子就是记恨着我。阿姐无法再辩解，她从堂屋里走出。周王氏姥姥气哼哼地坐在椅子上喘着粗气。随后，她追到院子里的阿姐面前，她又和阿姐吵。阿姐哭了起来。阿姐一哭，周王氏姥姥嘟囔着返回堂屋。

一家人都悄无声息。大家都明白，谁也劝不了周王氏姥姥和阿姐周雪芹。如果劝的话就会搅成一锅粥。阿姐仍在哭，周土氏姥姥在堂屋仍在嘟嘟囔囔。到了吃晚饭的时候，阿姐要离去，周王氏姥姥从堂屋里追出，她在大门道里拽住阿姐周雪芹的手求饶：阿奶错了，阿奶错了。阿姐周雪芹扑哧一笑。周王氏姥姥也笑了起来。

但我知道，阿姐心底里的痛苦是无法除去的。

阿姐周雪芹拒绝周王氏姥姥给的镯子，但她不拒绝周特舅舅给她的钱。周特舅舅给阿姐给钱的时候没有避白色庄窠的任何人，他将一沓钱放在阿姐的手上，他说：这钱你拿着。阿姐接过钱看着周特舅舅，她明白周特舅舅给她钱的意思：他牵挂着她，希望她能把日子过得平顺一些。阿姐接受了这钱也就接受了周特舅舅的牵挂和希望。这是她需要的。

阿姐的容颜在改变，改变的还有她整个的人。仅仅一两个月的时间，她仿佛度过了几年的时间，她先前的那精神气已经没有了。她似乎被涂抹上一层灰色，她不再轻盈地扭动身姿，流转明眸，也不再像女王一样命令我们。她这样子让我想起她在青草漫漫的格河边说过的话，她说她是鱼变的，鱼有眼睛却不会流泪，鱼有嘴却不会哭泣。

那个冬天最寒冷的日子还没有到来，但已经很冷了。高原的冬天，阳光在中午时分缓解了寒气，但在这一天的时间中总是很短。从十月到来年的五月，高原一直处在冬季中，冬季漫长。在过去，在我小时候，冬天的格河被冻成一条长长的白色冰河。那时的冬天，气温最低时在零下三十度左右。后来这样低的气温已经少见。格河在后来已经形不成严实的冰河。冬日中，仍能看到格河水在两岸薄冰的河道里流淌。再到后来，冬日中的格河已经不是一条河了，它干涸了，衰败了。阿姐出嫁的那一年，冬天一如既往地寒冷。阿姐来白色庄窠时总是穿着厚实的棉衣，她走进白色庄窠时显得臃肿，寒气萧萧。看着她这种样子，我突然想到她再也不会在夏天到河边洗衣服了。夏天的河边，金黄色的赛钦花密集地铺在草地上。

10

我和华尔丹坐在一起。他说：听说卢雅来过。我说：她来待了十几天就走了。他要拿出酒，我拒绝了。我说：不喝酒了，喝喝茶就行了。他没有勉强。我能看出来他也不愿意喝酒。他曾经说过，他现在能不喝酒就不喝酒。他一直在控制。他的妻子卓玛也极力反对他喝酒。我和他相对而坐。这一次，是在他的家里。他的妻子卓玛不在。在这个家里，现在只有我和他两个人。他的神情有些萎靡，他斜靠在沙发上。我说：不舒服吗？他稍稍抬了抬身子说：没有啥。他接着说：卢雅走得太远了，回来一趟真不容易。我说：她现在挺好。他说：不过走远一些也好。他这么说过后似乎又陷入沉思。然后，又好像不是在沉思，而是处于一种连他自己都拿不住的恍惚之中。这是他近几年来一贯的神情。在这种神情中，他无力对在他面前的我再说些什么。

不管是在玛曲还是在德鲁，他一直是被人尊敬但又被人不断非难的人。尊敬他是因为他脊梁始终不肯弯曲，非难也是因为他不肯低头，或者，不肯混合在卑劣的阿谀之流中去，但他本身又成天在这种气息之中。

因为他鲜明，德鲁以外的许多人都知道他。德鲁的华尔丹，人们这么说。

沉默、恍惚，这就是他现在的状态。在我的感觉中，他在他逼仄的内心中没有回头的余地，只能如此生存或者陷落。几年前，他还跟我谈他的状况，现在，他不谈了。谈与不谈对他来说都不重要了。一旦将人所受的煎熬用语言表达出来，这煎熬就变得轻而又轻。因此，他知道用语言来表达已经达不到真相之处，他宁愿让他的煎熬封闭起来。

真相之处，也是幽深之处，是惶恐之所在。惶恐是因为自己在幽深之中下降着，空间性的物相在破碎，在失去原有的坚硬，这些物相包括语词、概念和人们赖以活着的信条和依怙的对象等等。在破碎之中幽深变得更加幽暗，幽暗之中的真相隐而不现，惶恐由此产生。在这样的过程中，神的衣袂隐约可见，神在物象的世界中早已消失，在此幽暗中，在惶恐中人或许能切近他，但幽暗似乎没有尽头，神的衣袂似乎也只是飘然而过。惶恐重叠着惶恐。幽暗之中，不断下降成为一种旅途。这个旅途本身成为真实的。

华尔丹表面上已经不是过去的华尔丹。表面的华尔丹现在穿戴着涣散的盔甲。坐在我面前，他依然穿着这样的盔甲。这种盔甲他已经无法卸下，它们已经与他整个人连在一起。但从这盔甲中我仍看出他过去的样子。过去的他隐藏在盔甲下，他长久蛰伏。或者，他的心在盔甲下仍然在鼓动。这是一颗伤痕累累的心。

我在二十五岁那一年去玛曲看他。他在那里工作。他是在大学毕业后分配到那工作的。我去时，他已经在那里待了三年了。对于德鲁来说，那里是一个偏远的地方，是在草原上建起的一个小县城。那个县城更像一个镇子。那时，那个小城里的人口大概在两千左右。两千人的小城街道上行人寥寥可数。偶然出现的一些人大都是草原上的牧民，他们骑马而来，马拴在电杆上，他们走进饭馆。有时，他们聚在街边的空地上相互调笑。玛曲草原上的汉子高傲、诙谐。

华尔丹接到我要去他那里的电话后在他宿舍的门口等我。我找到他时，他坐在宿舍门前的台阶上拿着一个歌本在唱歌。华尔丹喜欢唱歌，喜欢吹口琴。他唱低沉的歌，旋律优美而伤感。在中学里，他就如此。为我的到来，他准备了酒，酒是江津白酒，四川酒，六十多度。在他的宿舍里，我和他喝到夜晚降临。七月玛曲的夜晚，依然有寒气。华尔丹燃起火炉，火炉中添加的是牛粪饼。房间里热了起来，我和他继续喝，一直喝到凌晨。然后，我和他沉沉睡去。

我醒来时已经是第二天上午九点多了。华尔丹上班去了。我躺在床上浑身难受，酒醉后的难受。六十多度的江津白酒，我和华尔丹喝掉了一瓶多。到了十一点多，华尔丹回来，他说，单位上没有啥事，他就回来了。我起床。之后，我和他走出宿舍到街上。街上阳光炽烈。华尔丹带我到一家回民饭馆里。我们要了茶，点了炒面片。

从外面走进几个牧民，他们身材高大，其中一个额头上有明显的刀痕。刀痕汉子看到华尔丹打了声招呼。华尔丹还以问候。其他几个汉子也与华尔丹打招呼。华尔丹也还以问候。之后，几个汉子围坐在一起向堂倌要茶要饭。戴着白色圆帽的堂倌应承着给他们倒茶，同时向后堂大声报汉子们点的饭。在堂倌向后堂报过汉子们要的饭后，刀痕汉子又对堂倌说：多加些肉。堂倌应承后又向后堂喊了一声：多加些肉。刀痕汉子这样说过之后又问华尔丹要不要加肉。华尔丹说不要了。华尔丹和这些汉子们说藏话，我只能听懂其中的几句。我注意到几个汉子中的一个一直沉默着，在他们进来时，这个汉子只对华尔丹微微点了一下头，他的脸上没有笑容。汉子们点过饭后说笑着，这其中，刀痕汉子说的话不断让汉子们嚯嚯大笑。而那个沉默的人一直沉默。他坐在汉子们中间顾自喝茶，对其他人的说笑似乎没有兴趣，但当他有意无意地咳嗽一两声时，其他汉子便立刻禁住声。我能看出来，那个沉默的人在汉子们中间是个有威望的人。

吃过饭，从饭馆里出来，华尔丹说那个沉默寡言的人和其他几个汉子都是侧科尔部落的人。华尔丹说，他去过侧科尔草原，所以认识那几个汉子和那个沉默寡言的人。华尔丹说：那个沉默寡言的人叫桑吉。

八年前,桑吉已经在侧科尔草原上闻名。他是放牧的能手,又有一手好枪法。据说，他打草原上的野狼时，说打狼的眼睛狼的眼睛就会中弹，说打狼的腿狼的腿就会被打断。那时候的桑吉是一个爱讲笑话的人。有一天，他在草原上遇到了加唐部落的拉毛吉。拉毛吉是加唐草原上公认的最漂亮的姑娘。拉毛吉知道侧科尔的桑吉,桑吉也知道加唐草原的拉毛吉。那天，他们相遇时，拉毛吉对桑吉说：听说你有百发百中的本领，除了这本领你还能干什么？拉毛吉的话具有挑衅性。桑吉说：我还有和姑娘调情的本领，只要我愿意，姑娘们都喜欢我。拉毛吉脸红了，她转过身对桑吉说：有本事到我们加唐的帐圈来，加唐人的刀口是上了钢的。拉毛吉说后便骑马扬长而去。桑吉看着拉毛吉远去的身影微笑。他爱上了这个姑娘。晚上，他只身去加唐，他没有带枪，他怕用枪惹出事端。

侧科尔和加唐是两个世代有仇的部落。桑吉去加唐意味着要冒被加唐人用枪打死或者用刀子砍死的风险，但桑吉顾不上这些，按照拉毛吉白天所说的话，她在这个晚上肯定等着他到来。桑吉明白，他必须得去，因为爱，也因为他是一个男子汉。在还没有到拉毛吉的帐篷前时，他吹起了口哨，这是他给拉毛吉的信号。口哨声刚刚落下，狗便从各处奔来。桑吉挥动打狗棒击退狗。这时，拉毛吉从帐篷飞奔而出。桑吉将她揽上马后六七个加唐汉子从不同方向围过来。拉毛吉对桑吉说：带我走，今天要是不带我走，你会后悔一辈子的。桑吉驱马撞向围上来的几个人，黑暗中，有三个人被撞倒，没有被撞倒的向桑吉攻击。桑吉的头上挨了几棒，血流了出来。身后的拉毛吉用她的外衣裹起了他的头。然后，桑吉和拉毛吉将加唐人和加唐的狗远远甩在了后面。

回到侧科尔，桑吉和拉毛吉一起生活。他们相爱，他们幸福，但他们得时时防着加唐人。桑吉将加唐草原上最漂亮的姑娘带走对于加唐的男人来说是一种巨大的耻辱。一个晚上，桑吉和拉毛吉在帐篷外的草地上尽情相爱后闲聊时猛听到隐约的马蹄声。在桑吉还没有反应过来时，拉毛吉已经将桑吉扑倒在地，一颗子弹飞来，打中了拉毛吉。子弹是加唐人从黑暗处射来的。这颗子弹是对着桑吉的，但却打中了保护桑吉的拉毛吉。拉毛吉在那个晚上死去。

拉毛吉死去后，桑吉跟着一个从阿里来的弹唱歌手离开了侧科尔。几年后，他只身又回到侧科尔。他回来时变成了一个沉默寡言的人。

在华尔丹的宿舍里，华尔丹结束了桑吉的故事。沉默好久后，我又问他那个额头上有刀痕的汉子是否也有过不凡的经历。华尔丹说：那是和人打架留下的，那个人叫智华，他没有精彩的故事。

我在第三天离开玛曲。离开时，华尔丹在车站送我。班车开动时，我透过车窗向华尔丹招手。华尔丹只挥了一下手。他站在那里，从容安静地看着我乘坐的班车驶出车站。

此刻，我和华尔丹坐在一起。他的样子已经不是二十多年前他在玛曲的样子。关于玛曲草原上男子汉的故事他后来还给我讲过一些，这些故事中没有他的影子。但我能感觉到，他是草原上的人，他在讲述草原汉子们的故事时同时也在讲述他自己。多年后，我慢慢理解了这样的华尔丹。

西斜的太阳光照进客厅。我和华尔丹坐了两个多小时了。因为不喝酒，华尔丹变得越来越沉默。我和他如此沉默相对。时间似乎凝滞起来。沉默之中，我能感觉到他身上巨大的下坠感，然后，他下坠的过程被抹去。犹如走进一间幽暗的房间后，门被关闭。在这幽暗的房间里，他与幽暗融为一体。房间的门被关闭后，他不愿再打开，不愿再向外张望。而我被这种幽暗的气息所浸染。这气息如漫漶的水，它浩大，深不见底。我在其中只能感觉到我自己的呼吸，同时，我有一种被迫感。

这样的时刻，奇特而又沉重。沉重中又有虚渺无着的性质。透进窗户的光照在华尔丹的脸上，他的脸在阳光中灰暗，即使这样，这张脸仍透出高贵的气质。这个形象是饱受了风霜而无法言说风霜的形象。面前的华尔丹不再说是与非，对与错，他似乎被损耗殆尽。是与非，对与错就像一直相互撞击的石头，在他幽暗的内心中，这些相互撞击的石头此刻静止了下来，但它们存在着，它们不会消失，它们的硬度、形状和力量都存在。

11

一九八二年发生的事在记忆中无法抹去，它留在每一个白色庄窠人的心中。

肖连出现在大礼堂前广场上时是一九八二年的夏天。我在那个夏天看到了肖连。他骑着自行车通过广场向东面的路上走去。他没有看到我。在看到肖连的那一刻，我站住，我意识到他是为阿姐周雪芹而来的。他调往陕西的汉中近一年时间了。在他到汉中第三个月时，他给我写过一封信，他在信中委婉地问阿姐周雪芹的情况。我将这信给卡尔罗看。之后，我和卡尔罗商量给他回了一封信。在信中，我说阿姐过得很好，希望他再不要惦记我们的阿姐。信发出去后，我和卡尔罗意识到肖连不会就此结束他与阿姐之间的情感，他能给我写信也就能直接给阿姐周雪芹写信。

阿姐周雪芹是否也收到过肖连的信我不得而知。阿姐与李尕让结婚时只有十九岁。十九岁对她来说太年轻了。她还没有将与肖连的情感进行下去就成了李尕让的妻子。她的爱被终止。现在想来，她那时肯定在心上一直有肖连。她心中的爱并没有因为与李尕让的婚姻而结束。一九八二年，阿姐周雪芹还没有身孕，她刚刚二十岁，她有的是时间。

在大礼堂前见到肖连时是八月初。七月，我参加了高考。卡尔罗参加了中专考试。八月初，我和卡尔罗都收到了录取通知书。我被省城的一所师范学院录取，卡尔罗被德鲁的畜牧学校录取。我们都被录取算是白色庄窠的大事。收到录取通知书的那一天，周王氏姥姥露出了自阿姐出嫁后从来没有过的笑容。这笑容包含着这样的意思：我和卡尔罗因为能考上大学和中专对白色庄窠的人来说是一种荣耀。周王氏姥姥笑的时候拍打着我和卡尔罗的肩膀。在她拍第二下时我感觉到她的手明显慢了下来。我看她，她的目光没有对着我和卡尔罗，而是对着堂屋门外的天空。我能看出这目光的意思：作为她的外孙我很快就会离开白色庄窠，而卡尔罗上的中专虽然在德鲁，但他将来是否能留在德鲁是一个未知数。周王氏姥姥的忧虑是明显的，她从我和卡尔罗身上已经嗅出了白色庄窠第三代人远离的气味。

周特舅舅扛来了一只宰好的羊。这只羊是他在德鲁的街上买的。他要好好庆贺一下我和卡尔罗考上学的事。周特舅舅依然做生意。有时他自己单干，有时与李五十三合伙干。他不再喝酒，他将酒戒掉了。德吉草舅母说，周特舅舅有一天突然去见阿克益西加措，阿克益西加措让他将酒戒掉。阿克益西加措对周特舅舅说：你心里的迷乱太多，先把酒戒掉。周特舅舅就这样戒掉了酒。戒掉酒的周特舅舅目光依然深幽。他和李五十三合伙做生意时从来不将李五十三引到白色庄窠来。能看出来，他和李五十三来往仅仅是为了做生意。

宴席摆在堂屋里。除了家人，我们还请来了卢加尼和邻居尔撒。卢加尼一进院子，小卢雅便扑上去。卢加尼对卢雅做鬼脸，然后又当卢雅的坐骑。卢加尼背着卢雅满院子跑。卢雅挥动着想象中的马鞭吆喝卢加尼。这种情形已经好长时间没有了，自从阿姐出嫁后就没有了，现在，小卢雅又恢复了她以前和卢加尼在一起时的样子，她这样子让我们感到欣慰。尔撒家在白色庄窠的对面。尔撒是穆斯林。周特舅舅从街上清真饭馆里给尔撒买了煮熟切好的牛肉和另外几个菜。尔撒不喝酒，不抽烟，他的茶杯是他自己从他家里带过来的。到来的还有阿姐周雪芹和李尕让。阿姐在厨房里忙乎，李尕让坐在宴席上。

一盆煮好的羊肉端上来时，宴席开始。羊肉快吃完时，我父亲给卢加尼倒酒。我父亲能喝一些酒，而卢加尼依然怕酒，但不管怎么样，他皱着眉头能喝一些。周王氏姥姥见不得李尕让，这一点大家都清楚。李尕让自己也清楚。李尕让礼貌性地喝了几杯酒后便离开了堂屋。之后，他在院子里说他还有事便走了。

宴席上喝酒的只有我父亲和卢加尼。卢加尼喝了二两酒后便面红耳赤。我父亲再劝他喝时，他连连摆手，他说，他再不能喝了，再喝就醉了。卢加尼这么说时，周特舅舅让我和卡尔罗喝酒。周特舅舅说：你们少喝一点。周特舅舅这么说过后看周王氏姥姥。周王氏姥姥没有说什么。我和卡尔罗给在座的再敬酒。之后，我和卡尔罗各自喝了一些。

天色暗下来时，周王氏姥姥离开桌子，她挪到了炕上。尔撒也离去。穆斯林尔撒是一个谨慎守教规的人，因为不能喝酒，他只能离去。卢加尼拒绝喝酒后，我父亲仍在喝，他有了醉意，话多了起来。他以河北口音的普通话讲他见切央喇嘛的事。我感到不安。我不安于他说话的方式和他醉意中的啰唆与拖沓。他一边说一边自斟自饮。周特舅舅看着他但无法阻止他再喝下去。

那个晚上最后的结局是，我父亲讲完切央喇嘛的事后离开了堂屋。我们都以为他出去方便去了，但十几分钟过去后，仍不见他返回。我和卡尔罗去找他。院子里的厕所里没有他，其他屋子里也没有他。一家人慌了起来。我母亲说：说不定他出去了。我和卡尔罗跑出大门，跑出巷道。紧随我们后面的是周特舅舅和卢加尼。巷道外的马路上没有我父亲的影子。我和卡尔罗顺着马路奔跑。我们一边跑一边呼喊。我们如此奔跑喊叫着一直到再没有路灯照亮的马路上。这已经到了郊外。那个晚上是一个有月光的晚上，马路边的草地上空旷、寂静。我和卡尔罗停下脚步。不远处格河流淌的声音清晰可听。我朝格河望去时隐约看到一个人站在河边。我和卡尔罗朝那里走去。那个站着的人正是我父亲。我和卡尔罗走到他身边时他凝目对着格河。格河似乎挡住了他走向某处的路，他因此在思考如何过河而去。

第二天，我父亲对他在晚上的事一无所知。显然，他在那个晚上喝醉了。

这样的情形对于我父亲来说从来没有过。他酒量不大，喝醉的次数不多。即使喝醉了也没有干过太出格的事。这一次算是他最出格的一次，他为什么会到格河边？他如果要越过格河会到什么地方去？这些问题我在那时无法得知。我的母亲对此也百思不得其解。

我父亲那时已经不是设计桥梁的工程师。由于他材料写得好，他被调到了州委宣传部。他在宣传部的工作就是写材料。这些材料和他的桥梁设计没有任何关系。他在交通局写材料是偶然为之的，这偶然为之的材料上报到宣传部时，被宣传部看中。被调宣传部后，他成天钻在各种材料中，这些材料是文件、报纸、各种讲话等。我父亲为此绞尽了脑汁。有一个晚上他从睡梦中惊醒，惊醒后他一直发呆。然后他爬下床坐到书桌前又发呆。天还未亮时他赶往办公室重新写前一天没有通过的材料。他在那个晚上被惊醒是因为他梦到他写的材料中的每一个字都动了起来，它们慢慢肿大，变成了张着獠牙的狗，这些狗向他扑来。他就这样被惊醒。我母亲曾对我说：你阿大（父亲）快变成了疯子了。

阿姐周雪芹在另一个星期天来到白色庄窠。她是一个人来的，是带着她的谋划来的。她的谋划藏在心里。与周王氏姥姥简短寒暄后，她将注意力放在了小卢雅身上。小卢雅在写作业。阿姐周雪芹在小卢雅身边检查她的作业。阿姐对小卢雅说：等你写完了作业我带你去街上买发卡。小卢雅曾向阿姐要过发卡。小卢雅要过之后也许忘掉了，但阿姐记着。这一次，她以发卡作为卢雅完成作业的奖励。这奖励合情合理。我对阿姐周雪芹说：等小雅写完了作业我和你们一起去街上。阿姐感到意外，她看着我。她说：你去街上干啥？我说：买一支钢笔。我买钢笔是为上大学准备的。阿姐看着我时，我没有在意她的神情。她带小卢雅一个人去街上就够了，她不需要我。但我不知道这一点。在她的谋划中，她带小卢雅是要将小卢雅当作一个挡箭牌，当一个借口。她与肖连约好在街上见面。这种见面被阿姐谋划成不期而遇的情形。这种不期而遇的情形需要一种安排，小卢雅便成了这种安排中的一个理由、一个道具。这些，我不知道。

小卢雅写完作业后，我、阿姐、小卢雅走出白色庄窠。关于我在大礼堂前见到肖连的事我没有向阿姐提起过。在走出巷道走到马路上时，我想到了肖连，我拿不准阿姐和肖连是否见过面，也拿不准他们是否通过电话。一九八二年，要通电话只能通过单位的电话，或者到邮电局去通电话。一九八二年，私人家还没有电话。

走过招待所，走过州委大门，走过银行和民族贸易公司，我们来到了街上。阿姐在这一路不时左右张望，她似乎在寻找或者等待某个人。这种神态是明显的。我隐约感觉到她在寻找肖连的身影。尽管如此，我还是没有想到她与肖连的约定。在百货大楼前，我说我要到百货大楼里面挑选钢笔。小卢雅也要进百货大楼。但阿姐犹豫着，随后她对小卢雅说：前面的商店有更漂亮的发卡。她让小卢雅留在她身边。

百货大楼是两层楼。它建于上世纪五十年代，它和德鲁街上其他重要的建筑一起建成。在德鲁街上，它是最显眼的建筑。一直到一九八二年，它依然是德鲁街上最大的楼。它是用青砖建起的。后来，它被拆掉了。在它原来的地方建起了新的大楼。它的命运和德鲁街上旧有建筑同样，其他建筑——电影院、食品公司、人民饭店、照相馆等都先后被拆掉了。现在，德鲁街已看不到过去的一砖一瓦。

我到百货大楼买钢笔是因为它里面有一排柜台都是卖文具的。我走进它里面仔细挑选。挑选一支好的钢笔对那个时候的我非常重要。上大学意味着要不断地用钢笔，因此我在柜台前费去了十几分钟的时间。我走出百货大楼时看到阿姐周雪芹和肖连站在一起。肖连推着一辆自行车，他与阿姐说话。他们看起来是偶然遇到的。我看到这一幕稍稍愣了一下。这个时候我才意识到他们是约好在这街上见面的。我还意识到，这是肖连到德鲁后第一次见阿姐。

小卢雅并不配合阿姐，她嚷嚷着要去给她买发卡。她拽阿姐的手。阿姐没有挪动脚步。小卢雅又嚷嚷。阿姐专注于与肖连说话。小卢雅看到了我，她喊我，同时她要挣开阿姐的手。阿姐不松手，阿姐需要她这么一个挡箭牌，需要她这么个道具。小卢雅挣脱不开阿姐的手便喊我。阿哥，她喊。我只得顺着台阶往下走。阿姐和肖连看着我。在我走到最下面一层台阶时，肖连向阿姐说了句什么，然后，他推着自行车走了。阿姐看着肖连的身影在街上消失。她回过头看了我一眼，她的脸微微泛红。她问我：钢笔买了吗？我朝她亮了亮手中的钢笔，我说：买上了。她转向小卢雅：咱们去买发卡。

在另一个商店，小卢雅买发卡的心愿得到满足。她看中的是一个橘黄色发卡。发卡戴到她头上后她立刻变得灿烂起来。小卢雅到白色庄窠已经两年，到这一年的秋天，她将上三年级。两年时间中，她一直生活在白色庄窠人们的呵护中。她的亲生父母在她的脑子里逐渐淡去。记忆中她最清楚的是她坐在德鲁小学她家门前的情形，她的面前是一只公鸡和几只母鸡。然后，在那种情形中我和卡尔罗将她带走。她记得这些。这些情形刻在了她的脑子里。她成年后仍对我说起那些情形。她说的时候，面容平静。

六岁时，她还太小。不管怎么样，她父母离去的灾难在她心中留下了阴影，这阴影在后来的日子里变成了她对一些不好的事情将要发生时的预感，这预感她自己无法说清。小小的卢雅，在不好的事情将要发生时她突然会变得急躁不安，她会莫名地哭喊，莫名地走动，还有，她会做一些奇怪的梦。在买了发卡的回家路上，她突然对阿姐说：阿姐，刚才在百货大楼前那个男的还会找你，你不能见他。阿姐的脸红了一下。阿姐说：胡说。阿姐这么说时松开了小卢雅的手。小卢雅又牢牢将阿姐的手拉住。她拉住阿姐手的样子似乎害怕阿姐会从她身边跑掉。阿姐仍装出生气的样子。小卢雅哭了起来。这是突然的情形。阿姐和我都感到意外。小卢雅的哭声引起了一些路人的注意。阿姐站住蹲下来对小卢雅说：不见了，不见了。但小卢雅仍在哭。她的哭似乎来自一种更深的原因。阿姐继续安慰和劝慰小卢雅，小卢雅渐渐停止了哭泣。那一天的晚上，小卢雅做了一个梦，她梦见了血，还梦见了打斗的场面。第二天，她对我说了那个梦。她说：阿哥，我害怕。

肖连住在师范上面林场的家属院里，那是他朋友的家。他朋友一家人去了外地，肖连暂住在那里。我的一个同学家也在那个家属院里。我去那个同学家还一本书时见到了肖连。他没有看见我。我看到他时，他正好走进那个家门。我看到的是他的背影。

阿姐周雪芹继续与肖连见面。各种传言像散乱的风忽来忽去。我最先听到阿姐与肖连的事是我的那个住在林场家属院的同学说的，他轻描淡写地对我说，他看见我阿姐找过肖连。我装出不在意地说：她和那姓肖的是同学。我这么说过后他再没有说什么。但我内心慌乱。我知道危险所在。慌乱的还有我母亲，她也听到了关于阿姐与肖连来往的事。我母亲的慌乱显现在她的脸上。她问我见过肖连没有。我说见过。我母亲装出随意的样子离开我。

我将阿姐的事说给卡尔罗。卡尔罗坐在书桌前，他抬起头看着我。他没有说什么，从他的神情中我看出，他也知道了阿姐和肖连来往的事。一会儿后，他对我说：阿姐是个可怜人。我看着卡尔罗，我被他的话扭向了另一个方向。阿姐嫁给了李尕让，她进到了一个她不愿意进的家里。现在，她依然需要爱，需要肖连的爱。她因此不顾一切。危险的后果已经挡不住她，即使面前是地狱，是烈火，她也会扑向它们。多少年后，时过境迁，我在回望那个时候的阿姐时浑身寒意顿起。白色庄窠的大部分人都无力站在阿姐周雪芹一边，包括我在内的大部分人都惧怕和担心阿姐和肖连的来往。那个时候，似乎只有阿哥卡尔罗能理解阿姐周雪芹，但他什么也做不了。对于阿姐，他还有深深的亏欠感。

那个时候，周王氏姥姥对阿姐周雪芹与肖连来往的事是在李尕让跑到白色庄窠寻找阿姐时才知道的，在这之前没有人对她说阿姐的事，她自己虽然感觉到阿姐有些不对头，但不知道阿姐不对头在哪里。血腥的事情发生后，周王氏姥姥有一天坐在堂屋的椅子上梳理事情的经过。当时，我坐在她的身边。在梳理事情的经过时，她看到了阿姐在这事情经过中的艰难和困顿，看到了阿姐心中爱的炽烈与持久。周王氏姥姥深感自己无力，也深感白色庄窠所有的人对阿姐周雪芹的无力。无力站在阿姐周雪芹一边就是罪责，周王氏姥姥在那一天对我表达了如此的意思。周王氏姥姥说：扎西（周王氏姥姥一直如此叫我，扎西是我的小名），在你阿姐的事情上，咱们啥都不是啊，咱们对你阿姐有罪呢。

有一天母亲将阿姐周雪芹叫到白色庄窠她和父亲的屋子里，她劝阿姐周雪芹尽快了断与肖连的联系。我母亲在屋子里嘀嘀咕咕地劝说，而阿姐没有任何声音。当时，我和卡尔罗坐在堂屋前的台阶上，我们知道我的母亲在对阿姐进行劝说。德吉草舅母站在院子里，她也知道我母亲在干什么。德吉草舅母成天待在家里操劳一家人的生活，但她已经知道阿姐和肖连的事了。她站在院子里显出焦急的样子，能看出来，她不希望我母亲对阿姐周雪芹多说什么，但她又担心阿姐和肖连的事。周王氏姥姥在堂屋里，她听到阿姐来了，阿姐长时间待在我母亲的屋里使她心存疑惑。她走出堂屋看坐在台阶上的我和卡尔罗，她试图从我们的脸上看出阿姐这么长时间待在我母亲屋里的原因，但她在我们的脸上没有看出什么。她朝着我母亲的屋子喊了一声阿姐的小名。阿姐应了一声后并没有出来。周王氏姥姥又喊了一声，阿姐和我母亲这才出来。

阿姐从我母亲的屋子里出来时神情坚定，她平静地应对了周王氏姥姥探询的目光。接着，她与周王氏姥姥周旋了几句后便匆匆离去了。

周王氏姥姥看着阿姐离去的背影，她从阿姐的身上没有看出什么端倪来。

几天后，李尕让怒气冲冲地撞进白色庄窠。他一进来便问阿姐周雪芹在哪里。走进堂屋，走进别的屋子后，他没有找到阿姐。在院子里，他问我和卡尔罗：你们阿姐在哪里？我和卡尔罗摇头。李尕让吼道：她和那个姓肖的不干净，我要杀掉那个姓肖的。李尕让吼过后朝大门外走去，他腰里挂着一把刀一晃一晃的。周王氏姥姥走出堂屋，她脸色铁青，她对我和卡尔罗说：去把你们阿姐找回来。

我和卡尔罗奔出大门。卡尔罗一边奔跑一边嘴里喊着：阿姐，阿姐。我们朝林场家属院方向奔去。李尕让的影子已经不见。显然，他是乘吉普车去寻找阿姐的。

我和卡尔罗奔到林场家属院大门口时看到了李尕让乘坐的吉普车。这是我和卡尔罗不愿看到的。我和卡尔罗奔过吉普车时，司机坐在驾驶室里。奔进大门，阿姐头发散乱地朝我和卡尔罗跑来。她朝我们喊：快去，快去。她喊着朝肖连住的屋子指着。我和卡尔罗奔进屋子。屋子里是暴烈的场面。李尕让手握着七寸长的刀子刺向肖连，肖连举起一把椅子抵挡着李尕让的刀子。卡尔罗扑向前抱住李尕让的腰，李尕让挣扎着用刀把砸卡尔罗的手。卡尔罗疼痛难忍松开手时，李尕让握刀再次刺向肖连。肖连仍用椅子抵挡。我冲向李尕让时，李尕让眼睛发红地朝我踢了一脚。我被踢倒在地。在这一瞬间，李尕让的刀刺向了肖连的大腿。肖连被刺中，他举起椅子砸向李尕让。椅子落在李尕让的身上。肖连趁机上前夺过李尕让手中的刀子，他将刀子刺入李尕让的腹部。李尕让慢慢倒地。

暴烈的场面结束。在场的人都愣住了。倒在地上的李尕让一只手捂住腹部，血从他的手指间渗出。肖连腿上也流着血。他没有看李尕让，他看着我和卡尔罗。他对我和卡尔罗说：快扶他去医院。我和卡尔罗反应过来，我们架起李尕让朝门外走去。

大门外的司机飞跑朝着我们迎来。阿姐看到这情形脸色发白。她和我们一起将李尕让扶上车。在这过程中她问我肖连怎么样了。我说肖连的腿上挨了一刀。阿姐从吉普车前奔向那间屋子。

李尕让被我们送到了医院急救室。在进急救室前，李尕让已经昏迷过去。吉普车司机让一个加告街的熟人去叫李尕让的家人。我和卡尔罗待在急救室门前。我脑子里一片混沌。一会儿后，卡尔罗拉起我朝医院外奔去。卡尔罗说：去看看阿姐。医院离林场家属院有漫长的距离。我和卡尔罗一直跑。跑过东路的格河桥，跑过城建公司，跑过东一路，跑过大礼堂，接着，我们又朝南跑。二十多分钟后，我们跑到了林场家属院大门前。我们看到了阿姐周雪芹，她从家属院里跑出，她对我们说：肖连不见了。

肖连是在阿姐周雪芹出去到附近诊所买消毒液和绷带之类的东西时离开家属院的。他的腿受了伤，但能行走。阿姐说，是肖连让她出去买消毒液和绷带的，她回来时不见了肖连的身影。她接着说，肖连应该不会走得太远。我们寻找肖连。顺着另一条路寻找，接着又在附近的地方寻找。林场家属院的南面是一片大草滩，草滩的远处连接着向南去的公路。我们奔跑，打问，没有找到肖连的踪影。

那天晚上，有人看见肖连在乳品厂大桥前挡了一辆运木材的汽车离开了德鲁。当天晚上，他到达河州。他住进了一个不起眼的私人小旅店。小旅店的老板对后来到达的警察说，肖连在住进小旅店时腿有些拐，他住进后三天没有出过门，到了第四天，小旅店的老板感到不对劲，他打开门，房间里的肖连已经死去。警察断定肖连是因为刀口发炎而死的。

肖连为什么要逃走？那个时候我不得而知。惊恐、慌乱、逃避刑事责任都可以解释他逃走的原因。在事情过去一年后，阿姐开口说：我知道，他是为了我才逃走的。阿姐这样说的时候，只有我和卡尔罗在她面前。阿姐的眼睛对着面前的桌子。她说过这句话后又恢复到她僵硬的神情中。从事情发生的那一天起，阿姐再也没有去过加告街。那一天我们一直找肖连找到天黑。之后，我、卡尔罗和阿姐回到了白色庄窠。接下来的几天，我、卡尔罗和阿姐不断被警察叫去询问。阿姐神色恍惚，头发一直散乱。这期间，李尕让在医院里死去。李尕让死去时，阿姐周雪芹仍神色恍惚。又是几天过去，她得知肖连死在河州时她恍惚的神情变成了僵硬的神情。这僵硬的神情持久地留在她的脸上，留在她的语言和她的行为动作中。

李尕让和肖连同一天死去。从急救室转到重症监护室后，李尕让一直昏迷着。他挨的一刀是致命的。周特舅舅那几天几乎天天都在医院里。李尕让停止呼吸的那一天，李五十三发疯般地揪住周特舅舅的衣领将周特舅舅往墙上撞。李五十三一边撞一边哭嚎。周特舅舅脸色发青。他任由李五十三撞他。待到李五十三整个身子软下去后，他顺着过道走出了医院。之后，他回到白色庄窠。在白色庄窠，他独自坐在屋子里。他双眼发直，一动不动。这种情形一直延续到晚上。德吉草舅母一直陪在他身旁。德吉草舅母还不知道李尕让死去的事。

第二天早上，周特舅舅走进堂屋，他跪在周王氏姥姥面前。他对周王氏姥姥说了李尕让在医院里死去的事。周王氏姥姥呆坐着，她看着面前跪着的周特舅舅。周特舅舅低着头说，他愿意去抵命。他接着说，如果李五十三家要白色庄窠的人抵李尕让的命，他愿意去。周王氏姥姥没有说什么。这突如其来的事情让她震惊，也让她难以说什么。在周特舅舅说出李尕让死的事后，她全身的骨头似乎在往下塌。接着，她明白事情是由她的孙女周雪芹引起的，这是几世都无法消除的罪孽。周王氏姥姥始终沉默不语，她的左手紧捏着念珠一动不动。周特舅舅在周王氏姥姥面前慢慢抬起身。他再没有说什么，他走出堂屋朝大门外走去。

周特舅舅去了加告街。他走进了李五十三家。李五十三家处在丧事的阴沉之中。周特舅舅进去后看到李五十三坐在堂屋前的台阶上，他的身旁是他的家人和亲戚。李五十三两眼发直，神情呆滞。周特舅舅站在他面前时，他抬头看了一眼，他的目光是苍白和陌生的。他似乎认不出周特舅舅来了。周特舅舅看出，李五十三的神经和意识已经有了问题。他无法对这种状况的李五十三说什么。片刻后，他找到李五十三的一个亲戚，他说他有事给他们说，这个亲戚叫来了别的几个亲戚。周特舅舅说：我愿意抵命。李五十三家在场的亲戚没有人说话。这是人命关天的大事，况且，他们已经知道肖连在河州的旅店里死去的事。按公家的处理办吧，在场的一个上了年纪的人说。

周特舅舅从李五十三家返回。他脸色依然阴重。他在屋子里又坐了整整一天。到了晚上，他走进堂屋。周王氏姥姥说：你白天去了李五十三家？周特舅舅点点头。周特舅舅接着说：他们说按公家处理的办。周王氏姥姥沉默。过了一会儿，她说：磨人的事在后面呢。

两个当事人都死去。警察再无法追究什么，阿姐周雪芹的过失是道德方面的。事情虽然由她引起，但她不负刑事责任。警察将这一结果告诉给李五十三的家人时，李五十三家人没有说什么。在警察到李五十三家后，李五十三仍是意识不清的状态。

白色庄窠有一种下沉感。白色庄窠之上是黑暗的乌云。乌云随白色庄窠的下沉而下沉。乌云在挤压着白色庄窠。白色庄窠的每个人都似乎罪责难逃，连小卢雅都变得悄无声息起来。她以她自己的方式尽量隐没自己，她不出现在大人们面前，不大声说话，走路都小心翼翼。周王氏姥姥知道这些，她让我母亲叫来了卢加尼。卢加尼知道发生了什么事，在他知道后的当天他就来到白色庄窠，他鼓突着他的眼珠看白色庄窠的每一个人，他似乎要从每一个人的脸上看出灾难的程度有多深。同时，他自己因为恐慌显得手足无措。在他意识到他的到来起不了什么作用后又匆匆离去。但周王氏姥姥因为小卢雅又让他来到白色庄窠。周王氏姥姥说：尼家人，给小雅叠鸟吧。卢加尼明白周王氏姥姥的意思。他走出堂屋找到小卢雅。他给小卢雅一盒用来捏泥人的软泥。这是他来之前从文化用品商店里买的，是专给卢雅买的。他知道小卢雅这个时候的处境，他知道小卢雅惧怕所发生的事情。

一大一小两个人在我和卡尔罗住的屋子里开始捏各种各样的东西。他们以这种方式将沉重的气息加以忘却和推拒。周王氏姥姥要的就是这种效果。

患有心脏病的德吉草舅母胸口一直隐隐发疼。她只能用药来缓解这种疼痛。在她布满血丝的眼睛里，显出了一个鲁日玛女人持久的忍耐力和承受力。我有时在看德吉草舅母时会想到草原上那些弯腰背水或者背负其他东西的女人。她们负重行走，无怨无艾。

12

时间就像错位的齿轮嘎嘎咬动。时间让人难耐。那段日子，我就是如此感觉。事情的结果将阿姐周雪芹置于事情本身的中心里，也置于人们议论的中心里。阿姐周雪芹得承受一切。在白色庄窠，她几乎每天都待在她自己的屋子里。这屋子在她出嫁前是空着的。现在，她回到白色庄窠，没有像出嫁以前那样和周王氏姥姥、小卢雅一起住在堂屋里，她住进了先前空着的屋子里。周王氏姥姥不好说什么，她知道这个孙女现在需要一个人待在一间屋子里。除了周王氏姥姥，白色庄窠其他人都担心阿姐周雪芹，这其中包括我和卡尔罗。担心归担心，我们其实谁都无法劝慰她，她自己将自己封闭了起来。时间就这样难耐起来。这种时间，我希望它尽快过去。事情过去后的每一天，我都盼望着阿姐走出那间屋子，盼望能看到她。吃饭的时候，按惯例一家人都坐在一起。德吉草舅母在吃饭时将阿姐周雪芹叫出，她一出现，大家就松一口气。吃过饭她又走入她的屋子里。

卡尔罗眼圈发青。晚上他总是难以入睡。我知道他整夜都睁着眼睛。他变得更加沉默。在同一间屋子里，他很少与我说什么。我知道，他在想阿姐，想他自己的罪责。或许，他把全部的罪责都追究到他身上，如果没有他在一年前的莽撞行为阿姐就不会嫁给李尕让，不嫁给李尕让就不会有现在的事情。有一个晚上他突然叫醒我，他说：卢里，去看看阿姐。我说：阿姐怎么啦？他说：赶紧去看看。我披衣走出屋子到阿姐门前。我敲门，我说：阿姐，你没有事吧。阿姐屋子的灯亮起，她说：没有事。我返回到屋子里，灯光下，卡尔罗喘着粗气看着我。我说：阿姐没有事。卡尔罗的神情松弛下来。他说，他刚才迷糊了一阵，做了个梦，梦中阿姐出了事。我看着他，我看到了他的恐惧和沉重的忧虑。

事情过去半个月后，阿姐又重新上班。人们会注视她，会谈论她。这都是预料中的。上班的那一天早上，周王氏姥姥对阿姐说：人们的舌头会嚼个不停，但总有嚼消停的时候，你把你自己放在人面前啥都不要怕。阿姐对周王氏姥姥的话似听非听。事实上，她能上班就说明她已准备好了让人们嚼舌头，让人们指指点点。她早上去上班，我们盼着她中午回来。她下午去上班，我们盼着她下午回来。她回来时，我们看她的神色。几天后，我们紧绷的弦松了下来。阿姐尽管依然是沉默僵硬的样子，但她已平静下来。

她脸上的神情在那个时候被定格。随后的日子里，她一直是那种神情，僵硬、干枯、呆板。她是鱼变的，有眼睛不会流泪，有嘴不会哭喊。

李五十三有一天突然来到白色庄窠大门前，他用石头和砖块砸大门。周特舅舅走出大门时李五十三朝周特舅舅扑来，他抱住周特舅舅往地上摔。李五十三嘴里喊道：还我的儿子。周特舅舅任由李五十三摔着。李五十三摔了几下后转身朝巷道外走去。他一边走一边唱着。周特舅舅看着李五十三离去的背影，他知道李五十三一直是半清醒半癫狂的状态。

这仅仅是开始。此后，每隔几天李五十三都要来白色庄窠大门前用石头砖块砸大门，同时，他喊：还我儿子。周特舅舅不断走出，不断与李五十三周旋。接着，李五十三似乎程序化又唱着歌离去。

加告街的李五十三疯了。德鲁人如此说。李五十三是加告街上有名的富汉，这个富汉的儿子死了，他自己成了疯子。这个人什么都不是了。

周王氏姥姥说过，磨人的事在后面呢。李五十三不断来到白色庄窠大门前砸大门成了我们烦心的一件事。石头和砖块砸击大门的暴烈声响让白色庄窠的一家人总是心惊肉跳。德吉草舅母一听到砸门的声音就捂胸口，喘粗气。周特舅舅在李五十三砸门时不再出去，他任由李五十三砸下去。李五十三在周特舅舅不出去的情况仍叫喊，然后，像每次一样唱着歌离去。白色庄窠的大门伤痕累累。白色庄窠的大门是藏式的，门板厚实，风吹雨打多年后它已经是焦黄的颜色。这样的门板上留下了石头和砖块砸击的许多坑窝。

灾难又一次降临。德吉草舅母在一个下午要出去，她拉开大门一下子贴在了李五十三的脸上，德吉草舅母惊叫一声倒在门槛上。我和卡尔罗跑到大门口看到李五十三飞快地朝巷道外跑去。德吉草舅母脸色发青，双眼紧闭。随后跑出的家里其他人看到这一幕都惊慌起来。周特舅舅从德吉草舅母的衣兜里搜出救心丸塞到德吉草舅母的嘴里，接着，我母亲从邻居尔撒家借来了架子车。德吉草舅母被送到医院后没有救过来。她在那一天死去。她死于心脏病突发。

德吉草舅母的去世将白色庄窠的人引向了更深的悲切之中。悲切本身变得深不见底，在这种境况中，悲切似乎主宰了一切，主宰了白色庄窠所有的人。由此，悲切凝固在每个人的神情中。阿姐周雪芹的脸更加僵硬，卡尔罗是一副走到绝境之中的样子，他眼中再也没有了愤怒的光，没有了冲动的贲张，他沉默，神情涣散。周特舅舅深眼窝中的一双眼睛变得迷离而迷离，他有时会长时间地盯着一个地方看，盯着院子里的大黑瓮看，或者盯着远处的天空看。

周王氏姥姥躺在堂屋的炕上，她被击倒了。在过去的一年中，眼花缭乱的事情让她意识到她坚守的一切都变得脆弱而不堪一击。白色庄窠是她用心血筑建起的一座堡垒，这座堡垒在她的心中已经坍塌，已经被攻破。周王氏姥姥在德吉草舅母去世的第二个晚上对我说：扎西，你说说这庄窠的人还会有啥事？我看着周王氏姥姥，我惊异周王氏姥姥会问我这样的问题。我无法回答她这样的问题，我只能看着她。她接着说：扎西，这世道变得我已经看不清了。周王氏姥姥对我如此说的时候是躺在炕上的，她显得虚弱无力。我坐在炕边，我看着她，我感到她惧怕灾难会再次来临，而且，她已经看不清灾难的气息会来自何方。

小卢雅在这个时候表现得令人惊奇，她成天待在周王氏姥姥身边。她从炕上跳下跳上拧毛巾为周王氏姥姥擦拭脸和脖子，为周王氏姥姥端饭端水。在劝周王氏姥姥吃饭时她就像在劝一个孩子。小卢雅甚至命令周王氏姥姥打起精神来。这样的时候，周王氏姥姥偶尔会对抗几句，但随后，她又会服从小卢雅的命令起身吃饭或喝水。有时，她也会在小卢雅面前呻唤几声，以此来招来小卢雅更多的照顾和指责。卢加尼坐在堂屋的椅子上看小卢雅陪伴和照顾周王氏姥姥。在小卢雅命令或者指责周王氏姥姥时，卢加尼甚至想笑。

那一年，我十八岁。那时，我希望时间过得快一些，希望尽快老去。老了，一切都会终结，一切都会过去。但我知道，我还得面临许多。逃离的想法在那个时候也强烈起来。说是想法，其实是我内心强烈的倾向。这倾向就是离开白色庄窠，离开德鲁。我已经被大学录取，大学成为我离开德鲁的目标，一种短期的目标。我以这种状态进入大学。八十年代的大学，充满了想象，充满了争论，人们在不断扩展自己求真求知的空间。这样的大学对我来说只是一个暂时的栖居地，在眼花缭乱的各种思潮中我什么都不是。我更像一个柔弱的观者。我不是有意如此，我的幽暗感让我始终处在空荡荡的境地中。在这个境地中我依然是一个孤独者。这个孤独者畏惧群体，畏惧权威，畏惧那些将准则拿在手中的言说者，而且，我宁肯远离他们。我更宁愿往更幽暗的地方去。

在幽暗中也寻找出路。我在那时甚至在想寻找一条能安顿自己的道路。安顿自己意味着依怙某种可以通达到终极境地的力量。道路总在前方，在空间意义的前方，可以依怙的力量也总在前方。后来，在我已经迷乱多年后，我看清我自己依然什么都不是。寻找出路的意识和我十八岁以前对宏大志向的执著是一样的，我在幽暗中并没有走多远。

回望白色庄窠，它隐秘的命运要比我认知的自己的命运深远得多。现在，我回到白色庄窠在往事中沉思。只有沉思，我或许才能得救。

德吉草舅母被天葬。天葬台在德鲁西边的一个山洼里。向南过一道山梁的一个山洼是汉人的墓园，向北过一道山梁的一个山洼是穆斯林的墓园。三种葬人的地方仅仅以两道山梁隔开，这种奇怪的景象或许只有在德鲁有。

天葬的那一天，天葬台上桑烟升起。桑烟引来骨叉（秃鹫），骨叉在天葬台上空盘桓。在这之前，我们给德鲁寺院做了布施。僧人为德吉草舅母进行了诵经超度。天葬开始，骨叉落地，德吉草舅母升天而去。这是庄严和静谧的时刻，没有哭声。按藏人的风俗，亲人的哭喊会影响亡者的升天。在无声中，让亡者无牵挂地离去。

德吉草舅母去世时，鲁日玛的亲戚们到来，他们骑马而来。鲁日玛的亲戚们有些我熟悉，有些只见过一两面。这些亲戚们都是男人，他们的脸都是赭红色，高原的颜色。他们用藏话问候周王氏姥姥，用藏话与周特舅舅交谈。在他们这样的问候和交谈时，我突然意识到白色庄窠一直与鲁日玛联系在一起。鲁日玛就像白色庄窠的一个强大后盾，这个后盾不仅仅是鲁日玛那个村子，它还包括由鲁日玛放眼望去的草原、山脉、天空和河流。尽管如此，白色庄窠远离鲁日玛。白色庄窠是德鲁西山下的白色庄窠。白色庄窠的人在形式上已无法返回到鲁日玛那片草原上去。

一九九二年我从德鲁离开后很少再见到鲁日玛人。自那以后，我也再没有去过鲁日玛。自周王氏姥姥去世后，鲁日玛的人也很少再来白色庄窠。或许，鲁日玛也在改变，但更多的是，白色庄窠与鲁日玛的联系日渐淡化。早先的那种鲁日玛在时光中渐渐向后隐去。离开德鲁在外漂流的日子里，我有时会想起鲁日玛，想起鲁日玛的人。对我来说，鲁日玛更像一个隐喻，它是我向后回转趋向的故乡，但我无法回去，我早已被抛离在返回的路径之外，况且，不管它现在多么繁荣，过去的那个鲁日玛已经隐没。

德吉草舅母的丧事结束后，周王氏姥姥不再成天躺在炕上了。她走出堂屋在院子里转动。她看每一排房子，看房子的窗户、门，看院子里的马棚，看那个周特舅舅用羊皮换来的大黑瓮。这个庄窠是她力主建成的，但现在她就像在看一个陌生的地方。显然，她在看白色庄窠到底哪里出了问题。

在院子里转了整整一个上午后，周王氏姥姥走进堂屋的佛堂，她伸展身体一次又一次地磕长头。她磕长头的地板处光滑，木质的纹路清晰可辨。在这处地板上，她已经磕了十二年的长头，光滑的地板已经明显地凹陷了下去。

我在佛堂门前看周王氏姥姥磕长头。在白色庄窠，只有周王氏姥姥在这佛堂里磕长头。佛堂的中间挂着释迦牟尼像的唐卡，下面右边是一座铜质的绿度母。佛像下面的供桌上摆着盛清水的铜碗。在以往的日子里，我从来都没有将周王氏姥姥磕长头的事放在心上，在我的意识中，周王氏姥姥磕长头就像她日常的其他事一样平常，是她的一种习惯。但现在，我看着周王氏姥姥磕长头却有了另一种感受，周王氏姥姥在对她坚固信仰的依怙者面前以虔诚的行为来减少她过去现在的罪孽，也以此来减少白色庄窠所有人的罪孽。

我想，一种更加幽秘的力量或许在看不见的地方。

几天后，周王氏姥姥在堂屋里对周特舅舅说：你和我得去趟寺院。周特舅舅看着周王氏姥姥。周王氏姥姥又说：去寺院里请益西加措。周特舅舅点点头。周特舅舅明白周王氏姥姥去寺院叩拜益西加措为的是让益西加措给以指点。

益西加措历经磨难。一九八二年我对益西加措的历史知之甚少。在德鲁，我时常能见到益西加措，当时只知道他很早就被从寺院下放到加告街。自他被下放到加告街以后，他一个人一直住在加告街，他成了加告街一个普通的劳动者。

在加告街，人们尊敬他。周王氏姥姥一直将益西加措看作是一个德行很高的智者，周王氏姥姥对益西加措的尊敬更是超过了一般人。

德鲁寺院在一九八二年还没有恢复起来。这座寺院有近四百年的历史，它的大部分原址在上世纪六十年代被其他单位占去。它著名的九层佛阁毁于一九六七年。那一年，周顺昌姥爷去世。一九八二年，益西加措重新穿起袈裟恢复了僧人的身份,他回到了德鲁寺院。他住在寺院一间狭小的僧房里。

周王氏姥姥和周特舅舅去寺院叫上了我和卡尔罗。我和卡尔罗不得不服从。在去往寺院的途中，周王氏姥姥一直在念嘛呢，她的左手搓动念珠。周特舅舅背着布施的东西，手里提着一小捆柏枝。一路上，他一直沉默。他的一双眼睛始终对着前方，这双眼睛在此刻沉静而虔诚。他这种神情是从来没有过的。

荒废的寺院旧址上土石狼藉。益西加措的僧房在废墟边一排新建的房子里。离这排房子不远是一个白色的煨桑台。我们走到煨桑台前，周特舅舅从随身带的包里拿出煨桑的糌粑等。我们点燃柏枝。随后，周王氏姥姥让周特舅舅带着我和卡尔罗去见益西加措。周王氏姥姥在桑台前，她一直在念六字真言。

益西加措接待了我们。我们匍匐在他面前磕了头。然后，我们跪在他面前。益西加措示意周特舅舅到他面前。周特舅舅跪行到他面前时，他拿起一卷经书轻轻按着周特舅舅的头念诵起来。之后，他以略带磁性的声音说：离开德鲁吧。周特舅舅一直低着头。益西加措说过后，周特舅舅再磕头。我和卡尔罗也仓促跟着周特舅舅磕头。从益西加措的僧房里走出后，周特舅舅步履有些艰难，而我处于懵懂之中，我不知道益西加措对周特舅舅说的“离开德鲁”是什么意思。周王氏姥姥站在桑台前看着我们朝她走去。周特舅舅走到周王氏姥姥面前时一直沉默。这时，我看到，周特舅舅已经泪流满面。随后，他对周王氏姥姥说了益西加措对他说的话。周王氏姥姥表情没有什么变化，她似乎已经准备好了接受任何可能的结果。

我目睹了这一过程，但我一直懵懂。周特舅舅在益西加措面前还未说出他的意思来时，益西加措就说出了周特舅舅要问的，而且说出了结果。益西加措显然知道白色庄窠发生的一切。在我们到他面前时，他已经知道我们的来意。我们家在没有搬离加告街时，他熟知我们家的情况，他知道我们的来意或许是因为这一点。但我仍困惑于他对周特舅舅说的话。

周王氏姥姥和周特舅舅对益西加措的话深信不疑。周王氏姥姥或许早已想到了这种结果，在周王氏姥姥的思虑中，白色庄窠的人难逃这一劫。离开德鲁是一种撤离，是一种后退，也是一种自净的过程。这不仅仅是出于因果流变，它更是一种幽冥之处的指令，这指令通过智者益西加措说出，智者益西加措只是这指令的通过者。这样，白色庄窠人的命运在时间的更替中具有了更深广、更幽秘的背景，白色庄窠的人在这背景下不得不离去。

周特舅舅在做离开德鲁的准备。一家人的生活在正常进行。但大家都在关注周特舅舅。谁都不说什么。我父亲有时会站在周特舅舅身边看周特舅舅做什么。那几天，我父亲对我母亲说，他对周特舅舅要离开德鲁的事心有疑虑，他不明白这是为什么。我母亲无法回答我父亲的话，她对周特舅舅离开德鲁的事也说不出所以然来。到周特舅舅准备行装的第三天，我父亲对我母亲说，他在德鲁生活了二十年了，但还是看不透许多事和许多人。我母亲说，她也看不透。

周特舅舅将要离去的事似乎只与周特舅舅一个人有关。多少年后，我想起益西加措对周特舅舅说那句话的情形，益西加措当时并没有说是周特舅舅一个离开德鲁，他或许指的还有白色庄窠其他的人。周特舅舅离开后，我、卡尔罗相继离开。后来卢雅离开，阿姐周雪芹离开，我母亲离开。我父亲是白色庄窠继德吉草舅母死去的第二个，他离开得更加彻底。这种结果，我在一九八二年根本不会想到。我在这种回想中恍若梦醒般明白，离开或者逃离是白色庄窠除周王氏姥姥外所有人的状态。

雨下了起来。八月的雨，急促而猛烈。雨过去后，又是澄碧万里的天。这情形一连持续了三天。到了第四天早晨，天空依旧明朗。周特舅舅起身要离去。他穿起靰有草绿色布面的皮袄，皮袄用红色的束腰带束起。他脚上穿着他在桑曲买来的牛皮长靴，肩上搭着黑色的褡裢，然后，他戴上咖啡色的礼帽。周特舅舅神色从容。他向周王氏姥姥告别。接着，他朝大门走去。在拉开大门的那一瞬间，他回过头看了一眼阿姐周雪芹。阿姐周雪芹呆立在门道里。他想阿姐周雪芹此刻会发出撕心裂肺的哭来，但她没有哭。她一直呆呆站着看周特舅舅走出大门。

周王氏姥姥早已告诫我们，让我们不要送周特舅舅到大门外。她说：让他一个人走出巷道，让他少些牵挂。

周特舅舅的身影在大门外消失。我们从大门道里返回时，阿姐仍站着。我母亲上前拉住她的手。阿姐这才回过神来。她看着我母亲，然后，她紧紧抱住我母亲。我母亲说：哭出来吧。阿姐的脸发白，她浑身颤抖，但她没有哭出来。几天来，她一直帮周特舅舅准备东西。她烙饼子，包裹酥油和炒面，晾晒周特舅舅穿的皮袄。她默默做着这些。现在，在周特舅舅离去后，她浑身颤抖。她的泪水似乎早已流尽了，干涸了。她变成了一条沉默的鱼。

我在九月初离开德鲁去省城大学。卡尔罗也是在那些日子到德鲁的畜牧学校的。他住在学校的学生宿舍里。每隔几天，他都要回到白色庄窠。那一年，加告街的李五十三在德吉草舅母去世后再也没有来过白色庄窠，他的病时好时坏。

13

我站在师范桥边。我显得无所事事，像一个闲荡者。自卢雅离开德鲁回美国后，德鲁的天气一直很好。卢雅离开时的那场大雪是今年第二场雪。大雪过后，气温稍稍有些上升，但初冬的气息越来越浓了，早晚已是寒气逼人。师范桥已经不是过去的模样，它已被重建，因为马路被拓宽。桥下的河堤与延伸至远处的水泥墙融为一体。水泥墙是某些单位的围墙，围墙现在已经建在河堤之上了。河边延伸至远处的草地早就没有了。草地被楼房、被混凝土铺就的地面和筑起的墙壁占去。城市扩展到这里，并向更远处延伸。站在师范桥边已看不到草地的迹象，甚至，连几里外的达沙道班也消失了。原来的达沙道班在一片旷野之中，现在，那片旷野已店铺林立，旷野也消失了。我想起阿姐在河边草地上晾晒衣服的情形，她的那种身姿在此刻我的回忆中变得缥缈而虚幻。我还想起那个时候的格河。格河的水清冽，格河在那时本身就像一个自在的舞者，它在草地上舞动，旁若无人。现在，它什么都不是了。

关于格河，我已写过多次。格河与我在德鲁度过的许多时光有关，它现在被漫长的堤坝箍在一条肮脏的河道里。它像一具被遗弃的尸体，它散发着恶臭的气息，而且，它在某些日子里不再有水流淌。它的命运就是如此。当德鲁城出现在草地上时，它就被预先规定成了现在的命运。

我在十八岁前对德鲁以前的情形一无所知。我出生时德鲁城已初具规模。那时，德鲁是一个阴湿的地方。冬天寒冷而漫长，夏天多雨，晴朗的日子总是很少。单位和家属院的围墙之外是草地，草地连着草地，远处是绵延的山。德鲁的四周都是山，一些山洼处是小小的村庄。这些村庄，分属于不同的部落。德鲁四周有二十几个部落。在街道、楼房和一个个大院出现之前，德鲁是一片有着许多水泽的草原。德鲁草原是放牧的地方，是牛羊吃草或栖息的地方。更早的时候，羚羊也在此出没。这些，我在十八岁以前不知道。十八岁以前，没有人告诉我德鲁以前的事情。我六岁时家从加告街搬到西山下的白色庄窠时也没有人告诉我加告街的历史。一切似乎都在理所当然地存在着，没有人会关心它们的过去。那时的德鲁街是土砂铺成的，街上行人寥寥，汽车偶尔驶过时，尘土飞扬。牧人骑马可以在街上任意纵驰。孩子们可以随意走到任何地方去。

同样，在多少年后，我才知道横亘在德鲁北面的阿尼念青山是青藏大地上的神山之一。它东西走向上百公里。一年的大部分时间里它都被云雾遮去真实的面目。一旦晴空万里时，它灰色的峰脊便嶙峋而现。阿尼念青神山化身的王妃叫曼杰旺姆，王妃生有八位女神，六位男神。阿尼念青神山的化身是骑一匹青灰色战马、右手持带钩的矛、左手持宝石、身穿虎皮斗篷、胸部佩戴有绿松石胸甲、右臂插令箭、腰挂豹皮箭袋的战神。这位战神后来被莲花生大师降伏，莲花生大师允许他进入智慧坛城，享用灌顶甘露。从此，阿尼念青山神统领天上的天神、地上的年神、水下的龙神等三界大神护佑青藏东部的万千生灵。这些神迹往事我是通过书本才知道的。我也曾看到过祭拜阿尼念青山神的情形。男人们手持长箭骑马朝阿尼念青山奔去。那是连绵不绝的队伍。英武的男人们都是武士般的神情，他们手持的长箭上五色经幡迎风飘动。当时，我目睹了那些情形，但我不知道那骑马走过德鲁街的男人们是干什么去的。

德鲁，被阿尼念青山神护佑。当德鲁城在德鲁草原上建起时，阿尼念青山神或许就收起了他眷顾的目光。

一个九岁的男孩在一个早晨爬上拉原木的汽车，他钻入原木的空隙中。他藏在那个空隙中没有人注意到他。他的目的是要乘车到外边去。这是个德鲁的孩子，他在这个早晨离开了德鲁。拉原木的汽车经过一天的行驶到达兰州。这个孩子在司机还没有发现他时跳下车逃走了。他向人打问了火车站后便朝火车站走去。这个孩子是第一次走出德鲁，他最终的目的地是山东的枣庄。他去那里是为了找铁道游击队。关于铁道游击队的事他是从连环画和电影上看到的。连环画、电影是外面的世界给予德鲁孩子们的信息，德鲁的孩子们了解外部世界就是从这些形式中获得的。这是三十年前的事情。这个孩子在兰州的火车站乘上了去山东的火车。几经周折后，他到达了山东的枣庄。他在枣庄的街上打问铁道游击队时被民警带到了派出所。民警说，他要找的铁道游击队早就没有了，那是抗日战争时候的事，抗日战争早就结束了。这个孩子不相信民警的话，当民警问他家在哪里时，他随便编了一个地名。他之所以要编一个地名是因为他不愿回去，他还要找铁道游击队。民警听了他说的地名后在地图上寻找，他们寻找到与这个孩子说的地名相近的一个地方，那地方在内蒙古。民警准备将他送往内蒙古时，他才说了他的家在哪里。民警给他的父亲打了电话，他父亲奔赴几千公里到山东领回了他。

在那同时，德鲁的几个孩子在谋划一件大事，他们商量着从东山下挖一条地道去解放台湾。他们认为，东山的那边就是台湾，他们谋划的这件大事最终成为泡影，因为从枣庄被领回来的孩子告诉他们，中国大得难以想象，他走了好多天才到枣庄，而枣庄离台湾还远得难以想象。

还有一个爱动脑筋的孩子将一块铜矿石埋在菜地里，他给铜矿石接上直流电，每天又给矿石浇水。他想以这种办法来使铜矿石变成金子。一个月后，他刨开土后铜矿石变成了一块石头。他百思不得其解。后来，另外一个孩子告诉他，他的铜矿石早就被邻居的一个孩子挖出来卖给废品收购站了，那个孩子将铜矿石挖出后换了一块石头埋了进去。

这些孩子我都认识，他们有的跟我同龄。后来，他们中的有些离开了德鲁。几年前，我在外地见到那个当年到枣庄的孩子，他现在经营着一个汽车修理店，生意还可以。

对于生活在德鲁的人来说，德鲁始终是一个似是而非的地方。生活在德鲁的人大部分都是顺受命运的安排而定居下来的，这些人不管是藏人还是汉人，或者是穆斯林，都有一种拼凑在一起的感觉。德鲁日益繁华，地盘不断扩大，人口也越来越多，但德鲁毕竟是一个从空旷的草原上建起的城市，它根基性的东西早就消失了，在道路纵横时，在楼房建起时，在外来的人越来越多时，它们就消失了，正如在这片草原上存在过的羚羊，它们在人的脚步轰轰烈烈到来时便远遁了。云集的人们带来各种各样的东西，带来了异质而炫目的文化的衍生物，带来了各种气息。因为如此，生活在德鲁的人从来都没有把德鲁当作自己真正的故乡，自己的故乡永远在远处，或者在虚无之中。德鲁属于高寒地带，人们也将这种气候作为不能终老在德鲁的理由，有钱和有积蓄的公职人员便想办法在外地购置养老的房子，一旦退休便从德鲁撤离。德鲁，就像一个暂栖地，一个繁华而日益热闹的驿站。

我离开师范桥。我继续漫无目的地走着。通过向东的一条路，我到达东路上。东路边到处都是建新楼的工地，道路变得坑坑洼洼，汽车驶过时尘土飞扬。这个下午，我顺着东路走到北边的加告街。加告街已经被改变，它的街道被拓宽成一条直通省道的公路。加告街以前那种狭窄之中的诡秘消失了。拓宽的柏油路似乎将加告街一下子晾晒在光天化日之下。街道两旁的房子变得一目了然。这样，整个加告街变成了德鲁城不起眼的一个角落，但汉人的二郎神庙还在，穆斯林的两座清真寺还在。那个由传教士组织建起的基督教堂已被迁到别处。顺着加告街我越过公路到达德鲁寺院。德鲁寺院的建筑金光耀眼。九层佛阁巍然矗立。我望着九层佛阁，它的存在与藏传佛教历史上著名的大成就者米拉日巴有关。一九八八年，它重建时，周王氏姥姥与众多的信教者一个个背负着青石块一步步走向施工工地。现在，这座昂然挺立的佛阁中有周王氏姥姥背负过的石块，它们融进佛阁的庄严之中。

从德鲁寺院我又朝西走去。这一天，我想走遍德鲁。离开德鲁已经十几年了，虽然我离开的十几年中每年都会回来，但每一次回来都又匆匆离去。这一次，我想真实地再感受它，在散漫的游走中贴近它。德鲁道路的走向没有多大改变，只是道路的样式变了，或者它们向更远处延伸。从德鲁寺院向西几百米，是一个重要的丁字路口，丁字路北面的地质队已经消失，它原来占有一大块地方，有七八栋家属楼，与家属楼毗邻的是地质队办公大院，大院中原来有几栋办公楼，现在，这些都没有了，消失了，代之而起的是另外一些新的楼房，还有德鲁寺院的几座金顶佛堂。从丁字路口我继续朝西走去。西边是南北走向的西山，我走上了山坡。初冬季节，山坡上紧贴地皮的草早已经枯黄。然后，我看到了穆斯林的墓园。翻过一道山梁，是藏人的天葬台。周王氏姥姥和德吉草舅母都在这里升天的。天葬台的上方，经幡飘荡中有一间僧人修行的房子。我想一些僧人在这死亡之地修行的情景，他们面对死亡而止观，静虑，修持。我站在天葬台前，此刻我宁静。远处，德鲁寺的一座白塔异常醒目，它矗立在一个隆起的山包上。它与赭红色的米拉日巴佛阁遥相呼应。

向南再越过一道山梁，便是汉人的墓园。我父亲葬在这个墓园里。他的墓中葬的是他的骨灰。他于一九八六年死于弘克草原。他死后被火化，然后，他的骨灰盒被葬在这里。现在，我坐在山梁上，我能看见我父亲的坟，它在众多的坟茔中显得矮小，不起眼。

然后，我顺着山梁向山下走去。

山下的道路一直向前便会到白色庄窠。我走进路边的一家酿皮店。开店的是一个回民老人，他的胡须已经发白。十几年前，他挑担游走街巷卖酿皮。现在，他老了，便开起了这样一个店。我要了一碗酿皮。在我坐下时，一个客人起身，他认出了我，问我什么时候回来的。我说我已经回来好多日子了。我和他又说了几句话他离去。这个人叫云丹，十几年前我在德鲁时和他相识。

云丹是藏人。但他不会说藏话。十几年前，他对我说，他有两套藏服，只能在重要的日子穿。平时，他如果穿起来会感到惶恐。这种惶恐是因为他不会说藏话。如果有人以藏语与他对话，他会感到羞愧。在他的老家，会说藏话的只是老一代人，年轻一代都说汉话，这是自然形成的。他说，他的母语在他这一代身上逐渐消失，一个不会说母语的藏人在身份认同上始终都底气不足。我在云丹面前没有说什么，在他面前，我是一个汉人，但这个汉人的身上又流着四分之一的藏人血液，以血脉划分族别，我可以是汉人，也可以是藏人。我看着云丹，他的忧虑在他以语言为基础的族别认同上。语言，在云丹看来是族别分辨上的重要标志。而我的忧虑在于我在多年逃离之后的迷乱状态仍在持续。与云丹交谈是在一个夜晚，当时，我和他都喝了些酒。云丹知道我的出身，知道我身上有藏人的血统。在云丹悲切的述说中，我想到了语言作为返回故乡的作用。语言被阻断，返回故乡的通道变得迷乱起来，不会说藏语，云丹在某种程度上已经回不到他古老的故乡，那个故乡，是语词的故乡。

现在，在这一天，我在德鲁漫游。我在游走中意识到我其实在重新勘量德鲁，我在寻找一些熟悉的景物。四周的山是我熟悉的，天空是我熟悉的，除此之外，一切都改变了。作为故乡的德鲁，在本质上已面目全非。我朝北望去，远处的阿尼念青山在冬日中似蒙着薄雾，它灰色的面目朦胧不清。我想，我恒常的故乡或许在更遥远的地方，在神眷顾的地方。而那样的地方又似乎远不可及。

14

整整五天时间，卢加尼从德鲁消失了。那事发生在我上大学的第二年。卢加尼消失的第三天，供电所的人到白色庄窠来打问卢加尼的下落。供电所的人知道卢加尼与我们家关系密切。我们家的人告诉供电所的人不知道卢加尼的下落。卢加尼已经有一个月时间没有到白色庄窠来了。

卢加尼是跟着一个铁匠离开德鲁的。铁匠是德鲁街上铁匠铺的，铁匠二十五六岁。德鲁的人都知道这个铁匠。他是在德鲁的孤儿院里长大的。成人以后，他被安排到铁匠铺当了一名铁匠。铁匠铺临街，常年火花四溅。烧红的铁块在铁砧上被翻来覆去地锤打。铁匠铺的里面始终是黑黢黢、深不可测的。年轻的铁匠有时会站在铁匠铺前吹口哨，或者朝远处望。铁匠望远处时眼睛有一种虚幻的空泛。有时他面对人时也是这种目光。他跟人说话，但目光却越过跟他说话的人朝着远处。远处似乎总有他寻找的东西，那东西又似乎总是虚无缥缈的。

卢加尼第一次到铁匠铺收电费时就注意到了铁匠。铁匠在挥舞锤子锤打铁砧上的一块铁，吸引卢加尼的是铁匠每挥舞几下铁锤都要从他的衣兜里飞快地摸出一颗大豆（蚕豆）

丢进嘴里。大豆在铁匠的嘴里被咬得咯嘣嘣响。卢加尼注意到铁匠是连大豆皮一起嚼碎的，也连嚼碎的大豆皮一起咽下。卢加尼站在铁匠面前看铁匠一连将几颗大豆丢进嘴里嚼碎咽下。铁砧上的铁块失去火色后铁匠停下手里的锤子面对卢加尼，他给了卢加尼几颗大豆。卢加尼将其中一颗丢进嘴里使劲嚼，但大豆像一颗圆滑的石头难以咬碎。铁匠一本正经地对卢加尼说：你的牙齿硬度不够。铁匠说着将一颗大豆丢进自己的嘴里，顷刻间，铁匠便将大豆咯嘣嘣咬碎。卢加尼就这样和铁匠熟悉起来。铁匠说，他的牙齿是在孤儿院里练硬的。在孤儿院挨饿的时候就嚼大豆，他的牙齿在那时就像钢一样硬了。关于孤儿院，铁匠给卢加尼只说过这么一次。和卢加尼熟悉后，铁匠给卢加尼说别的，他说，他从来没有离开过德鲁，但他知道德鲁以外的好多事情，这些事情都是他在梦里知道的。比如说，他知道在德鲁外的一条河里有一种鱼长着四条腿，这种鱼既会在水里游，也会在地上爬。他还知道德鲁以外的一片草原上有一种人会在草尖上飞，这种人飞不高，也飞不远，每飞一段都要停下来攒够力气再飞。铁匠这么说时卢加尼睁着牛一样的眼睛听。卢加尼从不怀疑铁匠所说的人和物的真实性。卢加尼被铁匠讲述时的神情迷住。铁匠在说他通过梦的所见所闻时，目光总是朝着远方，他的神情专注而真切。

在德鲁，我对铁匠的印象深刻。去电影院去人民饭店都要经过铁匠铺。经过铁匠铺的次数多了，就知道铁匠铺里一共有三个铁匠，另外两个铁匠都是四十多岁的汉子，他们两个似乎总是为别的事吵吵嚷嚷——一边打铁一边吵吵嚷嚷，只有年轻的铁匠始终闭着嘴沉默打铁。他似乎总在想他的事，从不在意另外两个铁匠争执、吵嚷的事。有一次，我经过铁匠铺时看到年轻的铁匠手握铁锤呆立，他的目光对着一匹拴在铁匠铺门前的马，他的一双眼睛对着马的一双眼睛。马头朝着他似乎也在注视着他。我站住，看着这一情景。从那一天起，我就觉得年轻的铁匠是个怪人。而那匹马，也是一匹怪马，它居然能长时间地与年轻铁匠对视。

卢加尼和年轻的铁匠坐在电影院门前的台阶上。这是下午下班后的时间。铁匠对卢加尼说，他自己还有一半在别处。卢加尼没有听明白。铁匠接着说，他的另一半长得和他一模一样，他和他的另一半只能在梦中相见。他们相见时不说话，只是面对面地站几分钟，然后，他的另一半就走了。卢加尼这一次似信非信，他睁着他牛一样的眼睛看铁匠。铁匠接着说，他的另一半披着一张黑色的氆氇在离德鲁很远的草原上，他住在帐篷里。卢加尼问铁匠：他没有来过德鲁吗？铁匠说：没有，他只在我的梦里头来过。铁匠接着说：我也只是在梦里头去过他那里，进过他住的帐篷。铁匠这样说过后卢加尼有些怀疑，他想，铁匠说的毕竟是梦里头的事情。

卢加尼跟着铁匠离开德鲁是件令人不可思议的事情。在铁匠说过他的另一半之后的第三天，卢加尼在他东山坡上的品字房里迎接了到来的铁匠。铁匠说，他的另一半叫他去他那里，去那片草原上。铁匠问卢加尼愿不愿意跟他一起去。卢加尼看着铁匠，铁匠的神情显得真切，不容怀疑，而且，卢加尼被铁匠的目光收摄住。铁匠的目光闪亮、清澈。那一天，卢加尼向单位请了两天假，他想，两天后他和铁匠就会回来。第二天，他们去汽车站乘上了去尕海草原的班车。铁匠说，他的另一半就在尕海草原上，那个草原上有一顶白色的帐篷，他的另一半就住在那帐篷里。

下午，他们到达尕海。他们下车后面对的是一片茫茫水泽。这是一片水域宽广的海子。时值十月，海子以外的草原衰草茫茫。站在海子边他们朝远处望去，接着，他们朝草原深处走去。卢加尼和铁匠都是第一次到这样的草原来。天地阔远，远山苍苍，他们寻找白色的帐篷。十月，牧人们从远处的夏季牧场往冬季牧场迁徙。黑色的帐篷形成了一片帐圈在草原上醒目起来。那里有白色的帐篷，白色的帐篷的不止一顶，它们零星地扎在帐圈中。铁匠和卢加尼远远望去，显然，那些白色的帐篷不是他们要寻找的。

往草原深处走，他们有些畏惧。远远望那些黑色的毡房，除了牛羊在毡房附近外，还有像牛犊一样的藏獒。在德鲁，凶猛的藏獒一般都用粗铁链拴在人家的院子里。他们退回到公路上。草原上的公路，行驶的汽车很少。他们顺着公路向前走。这是空茫的时刻，大地的空茫褫夺一切。卢加尼和铁匠感到了这种空茫，他们都沉默着。草原的空茫似乎让他们失去了言说的能力，或者，他们都知道，一旦他们开口说什么，空茫会随着他们的言说侵入到他们的心脏中去。他们的目光都迷离起来。但他们继续往前走。一个小时后，他们看到前方路边有一顶白色的帐篷。铁匠的眼睛闪亮起来，他回头看了一下身边的卢加尼，他用目光告诉卢加尼，他要找的白色帐篷终于出现了。此刻，卢加尼仍处在空茫的感觉中。从下车到一个多小时的行走和寻找中，他被铁匠煽起的热情早就没有了，他不是不相信铁匠，而是他被无声的寂静和无边的空茫完全拿住，他甚至畏惧起来。

他们走近那个白色帐篷。铁匠拽着卢加尼进了帐篷。帐篷里半坐半躺着几个人，他们看着走进来的铁匠和卢加尼。铁匠愣住，帐篷里的人没有一个像他说的他的那一半。卢加尼小心翼翼地转动他的大而圆的眼珠子，他也没有看到像铁匠一样的人。

帐篷里的人是修路的民工，铁匠和卢加尼走进帐篷时他们以审视的目光看着这两个人，两个人中的卢加尼面目凶恶，这让他们有了防备和警觉之心。但随后他们放下心来，因为铁匠以谦和的口气说明来意。铁匠说，他来找一个长得和他自己一样的人。民工们摇头。其中一个说：没有见过。铁匠沮丧起来，他拽着卢加尼走出帐篷。帐篷外除了公路便是茫茫草原。他们坐在了离帐篷不远的地方。铁匠神情黯然，他知道，他如此寻找下去不会有结果。这时，帐篷里的民工们走了出来，他们看到铁匠和卢加尼坐着不动时便走过来问他们为啥要在这草原上寻找人。铁匠犹豫着，他无法向民工们说明他的梦，即使说出来，他想他们也绝不会相信。民工中的一个这时认出了铁匠。这个民工曾在德鲁干过活，曾去铁匠铺里打过一把铁钎。认出铁匠的民工说，他们在这一带已经干了几个月的活了，从来没有见过像铁匠一样的人。铁匠看着这个民工，随后他低下了头。民工从帐篷里拿出两个锅盔给铁匠和卢加尼。从早上到现在，他们没有进过一口食，现在，他们狼吞虎咽地吃了起来。

一辆汽车开来停在路边，民工们将帐篷里的东西搬出放在汽车车厢里，接着，白色的帐篷被拆去。民工们临上车时对铁匠和卢加尼说，他们要到前面的工地上去，走的方向正好与去德鲁的方向相反，不然，他们可以带他们一截。

寻找梦中的另一半的历程到此结束。现在看来，这种历程近似荒唐。那一年，我在假期回到德鲁时卢加尼给我说了他和铁匠在草原上的经历。卢加尼在叙述时并没有显出对那段经历荒唐的感觉，他似乎依然相信铁匠真的有另外一半，只是铁匠还没有到找到那一半的时候。

那一天，民工的汽车离去后他们决定回德鲁。铁匠对卢加尼说：咱们先回德鲁，等以后再找。铁匠这样说过后从口袋里摸钱，他的口袋里空空如也。卢加尼也忘记了带钱，他们从德鲁出发时没有想返程的事，他们直奔梦中的另一铁匠，其他的都抛在脑后。太阳已经西斜，去德鲁的班车这个时候已经没有了。铁匠和卢加尼希望在路边挡一辆便车，他们站在路边。一辆从德鲁方向来的汽车呼啸而过，接着又是一辆。

这之后，公路上再也没有汽车的声音。十几分钟后，从远处拥过来一群羊。羊群顺公路边而来。羊群走近时，卢加尼和铁匠看到每一只羊身上都涂着红色的记号，这记号表明这些羊是选择出赶往屠宰厂的。赶羊的人背着一个大包，肩上还挎着一支枪。羊群经过卢加尼和铁匠身边时，赶羊人认出了他们。赶羊人是德鲁肉联厂的职工，二十多岁。此刻，他面色黝黑，完全是一个牧人的模样。他站住问卢加尼和铁匠在这里干什么。铁匠说，他们要回德鲁去。年轻的赶羊人挥了挥手说：那就跟我走吧。

赶羊人知道卢加尼是德鲁收电费的。赶羊人也知道铁匠。但卢加尼和铁匠不知道在肉联厂上班的赶羊人，他们对和赶羊人走在一起感到别扭。别扭的是，赶羊人有一张生硬的面孔，这面孔上还有一道隐隐的刀痕。赶羊人的肩上挎着的是半自动步枪，腰里还挎着一把带鞘的刀子。别扭归别扭，卢加尼和铁匠还得跟着赶羊人走。行走是缓慢的。赶羊人不时要将跑到一边的羊赶回到羊群中。羊群在慢行，慢行中又在吃草。天色暗下来时，赶羊人找了一个避风的地方将羊拢在一起，然后，他打开背包，扯出一个白色的小帐篷。小帐篷扎起来后，勉强能容纳三个人。

卢加尼说，他和铁匠跟着赶羊人走了四天才走到德鲁。第一个晚上，赶羊人给他们拌了糌粑后便点起了蜡烛，在烛光下，赶羊人从怀里掏出一个白色的海螺，他将海螺贴近耳朵听，他听得仔细而认真。卢加尼和铁匠看着这情形感到莫名其妙，他们看不懂赶羊人贴着海螺在听什么。第二个晚上，赶羊人仍听他的海螺。在赶羊人听海螺的时候，卢加尼和铁匠都沉默着，赶羊人全神贯注听海螺的神情有一种静默的摄力，他们只能沉默。到了第三个晚上，赶羊人从背包里拿出一瓶酒，他让卢加尼和铁匠喝，卢加尼那时依然不会喝酒，而铁匠只能少喝一点。赶羊人将酒倒在拌过糌粑的碗里三个人轮流喝。卢加尼不得不喝。赶羊人将碗端到他面前时有一种凶狠劲，这种凶狠劲让卢加尼心怯。一瓶酒快喝完时，赶羊人脸上突然绽放出笑容。他放下酒碗拿起海螺对卢加尼和铁匠说，他从海螺中能听到一些遥远的声音，是风的声音，是人唱歌的声音，还有一种是他的祖先发出的声音，他祖先发出的声音雄浑柔和。卢加尼和铁匠如坠云雾，但赶羊人却说得津津有味。到第四个晚上，赶羊人既不听海螺，也不喝酒了。几天过去，三个人已经熟稔起来。这个晚上，赶羊人说起了他的一些事，他说，他曾是德鲁街上有名的打架高手，两年前，他身边聚集着和他年龄不相上下的一帮人，他们穿着半高靿的皮靴，皮靴上钉满闪闪发亮的金属扣，靴底又钉着铁钉。他们成群走过或者跑过德鲁街上时，脚底发出响亮的金属声。他们腰里别着刀子，怀里揣着自制的钢砂枪。他们呼啸而去，又呼啸而来。那时，德鲁街上有几个帮派，几个帮派相互斗殴，拼杀，然后，有一天，他厌倦了。他打过好多次架，用刀子捅伤过人，用钢砂枪让人的手流出过血，但他对这些都厌倦了。没有厌倦的是酒，他本来就是一个酒鬼。有一天晚上，他半醉半醒中抓起了白色的海螺，他将海螺贴近耳朵，他听出了其中的声音，奇妙的声音。那个晚上，他一直听到凌晨。他就这样对听海螺痴迷起来。赶羊人这么说时，铁匠记起了赶羊人。铁匠对赶羊人说，他记得赶羊人在德鲁街头的一些事情，那些事情与拼杀、打架、喝酒有关。赶羊人笑了起来。然后，他突然问铁匠：你的家在哪里？铁匠愣住。这样的问题很少有人问过他。他是在孤儿院长大的，他是怎么到孤儿院的他不知道，他的家在哪里，他也不知道。赶羊人又问卢加尼：卢加尼，你的家在印度尼西亚吗？卢加尼摇头。赶羊人又问：那么，你的家在哪里？卢加尼又摇头。

接下来，三个人都沉默。

卢加尼说，那个晚上赶羊人问他家在哪里时他的心抖了一下，接着，又抖了一下。家对他来说就是一个可以回去的地方，但他没有这样的地方。卢加尼说到这里身子前倾对着我，他睁着牛一样的眼睛问我：卢里，你们的家可以是我的家吗？我要点头时，卢加尼又将身子向后仰去，接着，他自己摇了摇头。

那个赶羊人我知道，他叫昂杰。我和他在德鲁见面时只互相点头或者打声招呼。我和他认识的程度仅仅如此。关于他打架、拔刀子、弄枪的事我都知道。他住在肉联厂的单身宿舍里。那个宿舍常常聚集着一帮年轻人。后来，也就是在和卢加尼、铁匠他们走在一起的几年后，他突然对人们说，他的祖先是西藏人，他要到西藏去。他这么说过后，便不辞而别。他离开德鲁时怀里揣着那个能听到各种声音的白海螺。

人们后来说，昂杰曾对人说过，他是从他的白海螺中听出他的祖先的声音的，他的祖先告诉他，他的故乡在西藏的琪尔玛洋河畔。

从草原上回来后，铁匠不再说他的梦。卢加尼说，从草原回来后，他时常还和铁匠见面，他们见面时铁匠变得寡言少语了。

几年后，铁匠也从德鲁消失了。他也是不辞而别，谁也不知道他到哪里去了。后来有人见过他，是在公路边一个孤零零的旅店看见他的，当时是黄昏时分，一辆运木材的车驶进旅店的停车场，车停下后，从车槽木材的上面爬起一个人，这个人头发蓬乱，身上披着黑色的氆氇毯子。他从车上跳下时披在身上的氆氇毯子垂在他的脚踝处。他的样子就像一个浪人。这个人就是铁匠。

15

周特舅舅一去再无音讯。他离开白色庄窠那天就决意不再回来，因此，他也不会给家里给任何信息。许多晚上，我想象周特舅舅在旷野中踽踽而行，他的眉宇间凝成的是承受一切的决绝和坚定的神色。这也是把受难当作是修行的神色。对白色庄窠的人来说，周特舅舅的离去就像心中的围墙再次垮塌一般，这种垮塌开始时只是一面，接着是全部垮塌。到周特舅舅离去后，这种垮塌就成了更大、更宽的陷落，这种陷落在白色庄窠每个人的心里。白色庄窠的人互相只要瞅一眼就知道对方心里的这种陷落。每个人都是如此，神情游移不定，说话底气不足。每个夜晚的梦中都是阴冷的事件和令人惊悸的一些面孔。白色庄窠人共同生活的基石被抽去了，每个人活着的理由被拿走了。

邻居尔撒有一天走进我们家，他说，他在青海的刚察县见到过周特舅舅。尔撒在那几年做羊皮生意，他去过青海许多地方。他说他是在刚察县的街上看见周特舅舅的。周特舅舅依然穿着草绿色面的长袍，肩上仍搭着离开德鲁时的褡裢，只是他的头发变长了，眼窝更深了。尔撒说，他看到周特舅舅时没有马上认出来，等到周特舅舅从他身边走过时他才猛然想到是周特舅舅。他转身赶上周特舅舅，然后，他和周特舅舅一同走进一家小饭馆。他给周特舅舅点了饭。周特舅舅坐在饭桌前有些呆。他们一起吃饭时，他给周特舅舅说了白色庄窠的情况。周特舅舅平静地吃着，也平静地听着。周特舅舅自始至终都没有主动问什么。尔撒说：他满脸胡子拉碴的，他变老了。尔撒接着说，他们从小饭馆里走出后，周特舅舅背着他的褡裢朝前走了，他没有说他要到哪里去。

尔撒到我们家说这事是在我放暑假的时候。那时，我已经是大二的学生。尔撒说见到周特舅舅的事是自周特舅舅离开白色庄窠后我们得到的唯一有关他的信息。那时，他离开白色庄窠已经两年了。那一天，尔撒离去后，周王氏姥姥进入佛堂，她长时间地磕长头，长时间地喃喃而语。我猜想，她在祈求佛陀保佑远在青海的周特舅舅。

三个人手拉着手。这三个人是我、阿哥卡尔罗和卢雅。那是我上大二暑假回到德鲁的情形。卢雅在那一年夏天已经十岁，她的个子比她那个年龄的女孩子高。三个人手拉着手朝体育场走去。卢雅在我和卡尔罗中间，我和卡尔罗分别拉着她的左右手。这已经是很少有的情形了。这也是小卢雅一直期盼的情形，因此，当我们揣着进体育场的门票时，卢雅拉起了我和卡尔罗的手。她似乎要以这种方式重新找回两个哥哥为她做陀螺、做任何让她高兴的事的感觉。这也是在找回昔日的温暖。在周王氏姥姥、阿姐周雪芹变得越来越萎靡时，卢雅将找回温暖的希望放在暑假回来的我和卡尔罗的身上。两个哥哥，已经成为大小伙子了，两个小伙子个子都高，都挺拔，都是可以向路人炫耀的两个男子汉了。

拉着两个哥哥的手，卢雅像个淑女。马路上，涌向体育场的人很多。这些人中夹杂着许多孩子，卢雅向她认识的孩子点头，不断地点头。总是别的孩子向她打招呼，然后她以点头来回应。有时她也和别的孩子说几句。说的同时，她紧紧拉住我和卡尔罗的手。我和卡尔罗都明白她在这时的骄傲。她拉着我们的手也足够骄傲。

体育场要进行一次大型的演唱会。演唱者是来自省城的。在德鲁，省城以上的明星很少来。一旦他们到来，德鲁就有一种节日的气氛。进到体育场，我们坐到了看台上。卢雅坐在我和卡尔罗中间，她显得有些兴奋。她撕开彩色的鱼皮花生袋倒出几颗给卡尔罗，卡尔罗说他不吃。卢雅又给我，我说我也不吃。卢雅自己吃了起来。鱼皮花生是进体育场前卡尔罗给她买的，他买了一袋鱼皮花生，一袋杏干。我们身后的一排看台坐着卢雅的几个同学，他们都是男生。这几个男生喊卢雅。卢雅回过头看到他们，她给他们每个人散发鱼皮花生，每个人只能得到有限的几颗。几个男生咯嘣嘣嚼鱼皮花生时其中一个悄声问卢雅坐在她身边的两个人是谁，卢雅大声说：是我的两个阿哥。几个男生对卢雅伸舌头，意思是卢雅看演出能让这么两个大男人陪着真够气派的。

一个身前挎着货箱的小贩在看台上走动。看台足够宽，足以让他毫不费力地在人前面走过。他一边走一边吆喝。他胸前的货箱里挤满了形形色色的东西，有糖果、香烟，还有一元钱能买十个的气球。小商贩走过我们上一级看台时，卢雅的几个同学买了十个气球。演出在全场嗡嗡的吵闹声中开始。男女主持人穿着白色的衣服在话筒前以高声贝的声音讲了一段话。接着，来自省城的一个女歌手唱了起来。歌曲是人们熟悉的，也是流行的。女歌手开唱时，全场安静下来。第一首歌唱完，全场的掌声响起。女歌手又唱第二首。这一首唱完时全场有掌声，也有尖锐的口哨声。口哨声此起彼伏。有几股尖锐的口哨声是从我们身后不远处响起的。女歌手退下后，一个头发梳得油亮的男歌手登场，他唱到一半时，全场的口哨声便响了起来。

演唱会进行到一半时，全场的气氛涣散起来，嗡嗡的声音弥漫在整个体育场。小卢雅已经吃完和散尽了她的鱼皮花生，现在她又吃和散她手里的杏干。在我们身后的卢雅的几个同学开始吹气球。一个个气球鼓胀起来。其中的一个突然爆裂，爆裂的声音让周围的人都注视这几个男孩。在这几个男孩身后的一排看台上坐着三四个十七八岁的小伙子，他们是加告街的小伙子。他们每人手中都夹着一支烟。他们笑着，显然，男孩的气球是被几个小伙子中的一个用烟头烫爆的。接着，他们中的其他几个又将其他男孩吹胀的气球用烟头烫爆。男孩们转身看了几眼身后的小伙子嘴里咕囔了几句。一个小伙子抬起身聚起手指在其中一个男孩的头上狠狠弹了一下，男孩双手捂住头嘤嘤哭了起来。卢雅转身看到她同学被欺负的情形，她拉了拉卡尔罗的衣袖，接着又拉了拉我的衣袖。

卢雅的意思是让我和卡尔罗替她的同学教训几句那几个小伙子。我看着卡尔罗，卡尔罗面无表情，他没有动。卡尔罗不动，我也就没有动。

又一个男孩被加告街的小伙子弹哭了。卢雅一会儿转向卡尔罗，一会儿转向我。在这同时，隔了一个看台的加告街小伙子们吹口哨，尖锐的口哨声肆无忌惮。卡尔罗站起来时，我也站起来。我们向后跨过几个男孩坐着的看台站在了加告街小伙子们的面前。卡尔罗弯下腰对几个小伙子说：你们认识我吗？几个小伙子认出了卡尔罗，他们知道卡尔罗用刀捅过加告街上的李尕让。他们认出卡尔罗后向卡尔罗点头。卡尔罗又说：规矩一些，不然你们一个个会少一只耳朵。卡尔罗说着揪住一个小伙子的耳朵。被揪耳朵的小伙子龇牙咧嘴顺着卡尔罗的手抬起了身子。其他几个小伙子翻着白多黑少的眼珠子看着卡尔罗。他们其中的一个夹着烟的手在抖。卡尔罗放开了小伙子的耳朵，我和他回到我们的座位上。我们坐下来后，卢雅悄悄拉住了我们的手。她的脸上是一脸的骄傲。我们身后的几个男孩在这之后叽叽喳喳嬉闹起来。他们不再吹气球。他们互相抢着卢雅先前给他们的杏干。加告街的那几个小伙子在演出还没有结束时就溜走了，他们的确害怕卡尔罗。

假期里，很多时候我都和卡尔罗在一起，但我们说话很少。我们甚至避免目光相对。仿佛只要目光相对，一些难以回想的情景就会跳出来。这些情景我和他都不愿面对。我和他在一起时是一种奇特的情形，我们坐在同一间屋子里，我们都沉默。我和他都接受这种沉默，就像一对泥塑的人。这种情形有时能持续一两个小时。只有卢雅插在我们两个中间才能改变这种情形。卢雅让我们干这干那。我和卡尔罗乐意听从卢雅的指令。在体育场看演出之后，卢雅似乎从白色庄窠沉闷的气氛中走了出来，她因那天的骄傲似乎恢复了她在我和卡尔罗这两个哥哥面前的任性，她有时会与我们一起待很长时间。她指派我和卡尔罗干的除了帮她听写生字，修理鸡毛毽子，绾橡皮筋外，还让我们说我们各自学校的事。她有时也说她在学校的事。母亲是她的班主任，从一年级开始一直是。卢雅不说她的班主任，不说母亲，她只说班上同学的事。

两个人对坐在一起沉默的情形已经习惯了，似乎在很早以前就习惯了。沉默的时候，我不知道卡尔罗在想什么。十几年后，我和卢雅去青海看他时，他说，他在十几年前与我待在一起沉默时就想着离开德鲁的事。

卡尔罗在畜牧学校上了三年学。第三年，他毕业。他对周王氏姥姥说了他的打算，他说，他要到青海去。周王氏姥姥没有问为什么。周王氏姥姥清楚这个孙子去青海是要和周特舅舅在同一个地方，他要接近在青海流浪的周特舅舅。卡尔罗又把这个决定说给了我父亲和我母亲。我父亲和我母亲无法劝阻他，因为他们从卡尔罗的话中听出，卡尔罗早已做了远去青海的决定，劝阻他是无用的。

那是一九八五年的夏天，我放暑假回到德鲁时卡尔罗已经走了。他只身去了青海。一个月后，白色庄窠收到他的来信，他在信上说，他在青海海北州的畜牧站上班了，他毕业时的派遣证在青海用不上，但海北州接受了他，那里需要学畜牧的中专毕业生。

白色庄窠的人又一个离开了。

孩子气的天真和为两个哥哥感到的骄傲是短暂的。卡尔罗离去的那一天，卢雅哭了整整一个上午。之后，她像突然成熟起来不再随意发出笑声。三年后，她小学毕业上了德鲁中学。六年后，她高中毕业考入西安的一所大学。

卡尔罗到青海的经历难以叙述，他去青海一直到他调回到德鲁这二十多年的时间里，他一直没有回到过德鲁。这期间，我父亲去世，周王氏姥姥去世。这些亲人去世的消息都是在事后我写信告诉他的。他接到信后都回复了我。在信中，他说，愿逝去的亲人在来世好一些，幸福一些。他回复的信都很简短，然后，他说，他还是老样子，一切都正常。在青海，他一直在寻找周特舅舅，只要有机会和时间他就奔赴海北州所在地附近的几个县寻找。最初，他到过刚察，但一连两天他都没有打听到周特舅舅的下落。刚察，是邻居尔撒见过周特舅舅的地方，因此，卡尔罗首先到刚察。接下来，他又跑过其他地方，在那些地方他都没有找到周特舅舅。

卢雅大学毕业的那一年夏天我和她相约在兰州见面。那时我已经在兰州工作。卢雅和我约定去青海看望阿哥卡尔罗。我和卢雅在兰州见了面。第二天，我们便乘班车到西宁。之后，我们又乘车到了海北州所在地海晏县西海镇。到西海镇时已是傍晚时分。一路上，卢雅说话不多，她总是注视着窗外。二十二岁的卢雅已经是大姑娘了，她留着直发，这是她从小到大的发型，简单、素雅。她的个子几乎与我一般高。在女孩中，她算是大个子了。那个夏天，她已被四川大学录取为硕士研究生。九月，她将去四川大学。关于去青海看望阿哥卡尔罗的事，她早就给我说过。对于这事，我和她约了几次，但几次都没有成行。这一次，我和她终于成行。从西宁转车后，我让她穿上了我的一件外衣，这件外衣是我在兰州为她准备的。在兰州，她说，她离开西安时走得匆忙，只带了一件外衣。她离开西安时，西安还热得要命。她说，她应该想到在青藏高原上的气候。就这样，我多带了一些衣服。为她，我还准备了一件羊毛衫。羊毛衫是我的。

我们没有通知卡尔罗，也无法通知他。他没有手机，宿舍里也没有固定电话。能与他通信息的方式只能是写信。信走得太慢。傍晚时分，我和卢雅在西海镇的街上打问畜牧站。畜牧站坐落在城边，那是一个占地很大的院子，院子里杂草丛生。在院子的最里边，是几排白色的平房。我和卢雅走进院子，院子里看不到人。走过靠前的一排平房我们到了后一排平房前。我们看见了卡尔罗，他站在一间房子的门口，他看着我们，他认出了我，他走下台阶朝我们跑来。在他紧紧抓住我的胳膊时卢雅叫了一声“阿哥”。卡尔罗愣住，之后，他认出了卢雅，他又伸出另一只手抓住了卢雅的胳膊。此时，卢雅已泣不成声。

三个人相拥在一起，三个人都在哭泣。这似乎是劫后余生的相见。夜幕降临，我们相互搀扶着走进卡尔罗的宿舍。宿舍里的灯亮着。屋里的陈设简单。一张床，一张书桌，几把椅子。还有一个火炉。火炉上放着锅，锅里是吃过饭的碗筷。在墙根下，还有两个隔层的架子，一个架子上放几格书，一个架子上放着餐具和用来做饭的米面油盐等。这是一个有些荒凉的屋子。我们走进这屋子后，卡尔罗又飞快地跑出屋子，他说他去街上买一些吃的东西。我和卢雅坐在椅子上。卢雅环视屋中的一切。之后，她脱下外衣挽起袖子洗起了炉子上的锅。锅里泡着的几个碗似乎已经泡了几天了。卢雅洗的时候又哭了起来。我在卢雅的哭声中起身，我想干一些另外的事情，比如整理两个书架上的东西，但我没有干，我走出屋子点燃一支烟。卢雅的哭声让我难受。在来的路上，我已感觉到卢雅积压在心中的悲伤。她望着车窗外。从兰州到西宁的班车上她是如此，从西宁到海晏的班车上也是如此。十几年了，一个在外的哥哥没有见过面，一个远在他方的哥哥，一个被灾难驱走的哥哥会是什么样子这是我和卢雅一路所想的。

卡尔罗回来时卢雅已经洗完了锅，她在整理架子上的东西。她仍在哭泣。卡尔罗看着卢雅显得有些呆滞，他手里提着两塑料袋东西。他将这些东西放到桌子上后说：没有想到你们来，先凑合着吃一些。他说着将塑料袋打开。塑料袋子里是一只卤鸡，一块煮好的牛肉，另一只袋子里是饼子。卡尔罗摆好这些又看着卢雅。卢雅仍在默不作声地整理。卡尔罗说：小雅，不用整理了，来吃吧。卢雅停下来，她背着卡尔罗擦拭她的脸。接着，她从她带来的包里拿出她的毛巾又擦了一把脸。她捋了捋头发坐到桌子旁。

卡尔罗和我一样已经三十三岁。他一直单身，没有结过婚。他看起来要比他的实际年龄大得多。他的脸是高原人特有的颜色，黑红——黑到皮肤深处的黑红。十几年不见了，他的样子已经变了，变得老成了。他动手给我们撕肉时说，他在这一天一直感觉有人会来。这一天他一直心绪不宁。傍晚时他站在门口，接着，他看到了我们。吃了一阵后，他看着卢雅，他说，卢雅一转眼就长成大姑娘了。他说，他为卢雅能考上研究生高兴。他说着拉开桌子的抽屉拿出卢雅给他写的信。他说，这封信他是几天前才收到的。他放回信后从桌下拿出一瓶酒。他倒了三杯，一人一杯。他端杯子时对卢雅说：小雅，要是不能喝就抿一下。卢雅说，她能喝一点。

周特舅舅的踪迹难以寻觅。卡尔罗说，他到过青海许多地方，但都没有找到周特舅舅。在有些地方，一些人说，他们见过他说的那么一个人，那个人穿着草绿色的藏服，戴着一顶咖啡色的宽边礼帽，那个人有时在工地上干一段时间的临时工，有时候为人扛运东西，有时候也替人放一段时间的羊。卡尔罗说，他和周特舅舅距离最近的一次是在德令哈那个地方，他在一个工地上打问周特舅舅时，周特舅舅在另一个工地上受雇挖下水道。他赶到那个挖下水道的地方时，周特舅舅刚刚离去。卡尔罗在德令哈找了整整两天没有找到。卡尔罗说，周特舅舅在青海的情形大致如此：他居无定所，走到哪里有临活干的时候就干一下，没有活干的时候，他就掮着褡裢漫无目的地游荡。这样一个游荡者不能回去，不能回到德鲁。他离开德鲁，还有将凶险和他身上的恶业带走的性质。多少年后，我意识到，周特舅舅是承担着罪责离开白色庄窠的，当益西加措对他说离开的话时他就明白，白色庄窠的罪责应该由他来承担，他因此毫不犹豫地离去了。

我想，罪责不仅仅在周特舅舅身上，罪责在更深远的地方。罪责也在加告街，也在比加告街更远的地方。

许多次，我都回想起周王氏姥姥在灾难发生后的神情，她紧紧闭住嘴目光朝向远方，这目光越过了受难的阿姐周雪芹，越过了白色庄窠，越过了现世的是与非，她的目光朝向前世的轮回中，那是她无法看透的世界，但她坚信前世造就了现在的一切，因此，她承受和忍耐着。在后来的日子里，她变得沉默和柔弱起来。

我和卢雅去卡尔罗那里是一九九七年。那一年，周特舅舅早已死去。他死于一九九二年。一九九二年深秋，周特舅舅死亡的灵识到达白色庄窠，他的灵识先进入周王氏姥姥的梦中，接着，他以隐约之形在院子里的大黑瓮中拍击积水，水哗哗而响，周王氏姥姥站在堂屋门前看着那瓮中哗哗响着的水。同时，周王氏姥姥看到了由灵识聚成的周特舅舅的隐约之形。周王氏姥姥浑身战栗起来，她知道远在青海的周特舅舅死掉了。那一年，卢雅在上高中，周王氏姥姥在周特的灵识回归的第三天说周特舅舅死去的事时，卢雅手中的饭碗跌落在地上。

三个人喝酒。我和卡尔罗喝得多一些。这个晚上，我想喝酒，我喝完杯中酒后自己拿起酒瓶又倒了一些。卡尔罗看着我。我放下酒瓶时对卡尔罗说：我们知道舅舅已经去世了，五年前就去世了。卡尔罗僵硬地看着我，接着他又僵硬地转向卢雅。卢雅端起了酒杯，她的泪水再次流出来。沉默了一会儿，卡尔罗说：是我找见他的，我找见他时，他已经死了。卡尔罗接着说，那一年的深秋，他到黑马河乡，他去那里还是为了找周特舅舅。在这前几天，一个从黑马河到海北的人说，他在那里遇到一个像卡尔罗要找的人。卡尔罗就这样赶到黑马河乡。他在镇上打问。人们说，见过他说的这么一个人，这个人似乎病了，成天坐在路边晒太阳。卡尔罗在镇上到处寻找。一个放羊人说，他刚刚看到过卡尔罗说的人，他是在离镇子不远的草地上看到的，他躺在那里。卡尔罗赶到那里，周特舅舅躺在那里已经死去。

周特舅舅被火化。卡尔罗说，是他让人将周特舅舅火化的。

我继续喝酒。卡尔罗几乎再没有动酒杯，他说周特舅舅的事时显得平静之极。卡尔罗接着说，他没有将周特舅舅死的事写信告诉家里人。说到这里，他看着我和卢雅。我说：是姥姥梦见舅舅去世了，她又看到院子里那口黑瓮上舅舅在拍动积水，水哗哗响着。

夜深了，卡尔罗安顿卢雅睡在他的床上。卢雅已经疲惫不堪。安顿好卢雅，卡尔罗带我离开房间，我和他到隔壁的一间客房里。客房是临时性的。我和卡尔罗走进客房，我倒头在床上沉沉睡去。

我和卢雅在卡尔罗那里住了三天。第三天，我劝卡尔罗回到德鲁去。我说：你该回去了。他说：不回去了。他这么说时没有看我和卢雅。我又说：最起码你一年回一趟家。他沉默着不说什么。后来，他说：不了，我写信就行了。我再没有说什么。我知道我无法劝他回去。他不说明他长年待在海北的理由，这个理由似乎也难以说清楚。

第四天早晨，我和卢雅离开海北州。卡尔罗送我们到车站。我和卢雅上车坐定时，卡尔罗站在车下，他显得孤单凄凉。卢雅隔着玻璃窗向他挥手。卢雅挥手的意思是让他回去。卢雅在挥手时禁不住又哭了起来。她一只手捂着嘴，一只手使劲挥动。班车开动时，卢雅和我向窗外的卡尔罗再次挥手告别。卡尔罗跟着班车走。他一直随着车走在能看到我们的地方。班车出了车站，卡尔罗仍跟着。这时他跑了起来。我看到他一边跑一边哭泣。班车驶离城区时，卡尔罗还跟在车后，他飞快地跑着，一边跑一边哭。我让司机停下车。我快速到门口时，卡尔罗从下面跳了上来。他紧紧抓住我的手，随后又抓住从座位上伸到门口的卢雅的手。司机和助手看着这一情形。然后，他们问卡尔罗是不是也要乘这趟车。卡尔罗点了点头。他掏出钱给助手补了票。班车又开动。

先是卢雅止住泪水，然后她对卡尔罗说：阿哥，不要哭了。卢雅说着递给卡尔罗一叠纸巾。卡尔罗止住泪水。他说：我送你们到西宁。接下来，我们都沉默。我在沉默中想，卡尔罗已经不是过去的那个卡尔罗了，过去的卡尔罗从不流泪，现在，他的泪水能流成一条河。班车向前行驶，我们三个都闭着眼睛。此刻，我们都无法说什么。语言，在这个时候变得轻而又轻了。几个小时后，班车到达西宁汽车站。卡尔罗替我们买了到兰州的车票。我接过票时再一次劝他跟我们一起回去。卡尔罗摇了摇头。我和卢雅与卡尔罗告别。他像在海北州车站那样站在车下，班车开动，这一次，他只是缓步跟着班车走了几步，然后，他站住，他的身影越来越远。他的手一直举在空中挥动。卢雅这一次没有哭，她一直回望站在停车场里的阿哥卡尔罗。她的眼中是凄迷的神情。

卢雅后来说，她一想起阿哥卡尔罗跟着班车跑的样子心就像被一遍又一遍撕扯着。

卢雅在那一年的九月从德鲁到了成都。她开始了她读研究生的生活。开学不久，她就给卡尔罗写信。卡尔罗很快给她回了信，信上说，他一切都好，一切都正常。卡尔罗的回信简短，没有更多的内容。在收到阿哥卡尔罗的信的同时，卢雅还收到了阿哥卡尔罗给她的一张汇款单，汇款单上的钱足够卢雅用两三个学期。卢雅后来又不断地给阿哥写信，但卡尔罗隔很长时间才回一封。信的内容依然简短。

16

我醒来，我看到窗户上的亮光。这亮光让我眩晕。我又闭住眼睛。但眩晕还在持续。眩晕让我难受，是那种头脑和五脏都难受的感觉。这是酒醉后的难受。我继续闭着眼睛，一旦睁开眼睛，窗户透进的光亮会让我更加眩晕。对于窗户透进的光,我拿不准是早晨的光还是下午的光。我在晚上喝醉，在我躺着的这个宿舍里喝醉。晚上，七八个人坐在这宿舍里，一瓶瓶酒被喝光。七八个人围坐在一张书桌周围，椅子不够就坐在床边。七八个人形成的酒场就像战场，这样的酒场充斥着暴烈的气息。这是我的宿舍，是我将这七八个人招来的。我是第几个醉倒的，我说不上，人们是什么时候离去的，我也不知道。

这是我在德鲁工作时的情形。大学毕业，我回到德鲁。我不得不回来。因为分配的去向已经定好，我不能到其他地方去。那是一九八六年的情形。我在那一年的七月回到德鲁。九月，我父亲死在几十公里外的弘克草原上。他去世后的三个月里，我没有喝酒。然后，又开始喝。回到德鲁，我被分配到文化馆。我在文化馆里要了一间宿舍。这样的宿舍，往往是酒徒们聚集的地方，这些酒徒大部分是我在德鲁中学的同学，喝酒时，他们又会带来他们的朋友。喝过两次酒后，他们的朋友又会成为我的朋友。

酒场不断变换，我有时也会到别的酒场去。在酒气冲天、烟雾升腾中我坐在其中。这种情景每一周都有。有时候，一连几天晚上都坐在酒场中。不同的酒场中，有些人也是不熟悉的。这样的日子中，总是醉着。第二天在眩晕中醒来，眩晕一直持续。待到能行走，能用嘴说话时仍是一副魂魄在身外的样子。许多时候，在这种状态中骑自行车回白色庄窠感觉到不是自己在骑自行车，自己似乎在别处，在我无法控制的地方。到了下午，稍稍感觉到自己能控制自己时又被约定到晚上去另一个酒场。夜晚来临时，迫不及待地到约定的酒场。豪情再次被激起，酒醉后的痛苦，难以忍受的眩晕感被抛在脑后。然后，再一次醉倒。

在一些酒场上会遇到一些腰里别刀子的人，这些人有的我熟悉，有的不熟悉。他们喝一阵酒后呼啦啦离去。他们穿着半高鞫的靴子，靴底钉满铁钉。他们呼啦啦离去后不到一个小时又呼啦啦而来。一个小时中，他们在德鲁街头跟人打架。打架是约定的，双方在白天约好，在街上什么地方相拼。相拼时都用刀、打狗棒或者枪。有时他们中的一两个受伤，有时对方的人受伤。他们回到酒场时继续喝酒。这样的酒徒，这样的朋友在喝酒时也显得暴烈。两年后，在全国进行的严打中，这些人中的一些被逮走，一些被拘留了一段时间后又出来。他们继续喝酒，但不再带刀带枪，也不再和人拼杀了。

从大学毕业到离开德鲁我的状态一直是这样，总是喝酒，总是醉了醒，醒了又喝。虽然住在宿舍里，但我每天都要回白色庄窠。周王氏姥姥和我母亲从来不说我什么，她们知道我喝酒喝得很凶，但她们从不劝阻。阿姐周雪芹说过我几次，她说：得少喝些酒，不然的话容易出事。阿姐一直住在白色庄窠。那时，她已经离开了汽车修理厂，她调到图书馆当了一名管理员。当了图书馆的管理员后，她显得更加少言寡语，她似乎再无所求。

华尔丹有时会从玛曲回到德鲁。和他在一起，依然是喝酒。有时我和他两个喝，有时和有限的几个同学喝。华尔丹知道我们家发生的事，但我和他在一起时对这些事谈得很少。他知道卡尔罗去青海后唏嘘不已，然后，他不再说什么。我也不说什么，不说卡尔罗的事，不说周特舅舅的事，也不说我父亲得了精神病最后死在弘克草原的事。和华尔丹在一起，我和他有时沉默，在沉默中慢慢端起酒杯。这种沉默有一种空白感，空白中，他和我各自在无言中对待一些悠远的东西。在我和他身处的生活中，失效的东西太多，而迷乱的情景同样多。然后，我有时会沉入我个人的幽思之中。我在幽思中面对的是一片荒凉之境，我站在这种荒凉之境中。华尔丹看着我，他能感觉到我身上的荒凉气息，他说：男人应该就是男人。他这样说过又觉得不合适，他又说：你得从你的阴影中走出来。我笑了起来，随意笑着。但这笑又是尖锐的，它将华尔丹的话消解成了碎片。华尔丹又看着我，他将话题转向别处，转向别处的话题都是轻描淡写的话题。他避免和我在一些尖锐的问题上交锋。

我去玛曲看望他后的第三年，他调回到了德鲁。从此他一直在德鲁。他的身上有两个华尔丹，一个是根生于草原的华尔丹，一个是臣服于职业性规训的华尔丹，后一种华尔丹是穿着盔甲的华尔丹，他要防人们的明枪暗箭。前一个华尔丹始终隐藏在深处。即使在我面前，他也隐藏。隐藏的华尔丹骄傲，也脆弱。华尔丹如此让他身上的两个华尔丹煎熬着。

喝酒，眩晕，再喝酒，再眩晕，这不是我所希望的生活。但我只能如此。在德鲁，我和我的朋友们不断喝酒已经成为一种常态。喝酒时的肆无忌惮使我们处于癫狂状态，癫狂中忘记一切，癫狂中其他的都消失了，没有了，不存在了。然后，在酒醉后又处于眩晕恍惚和不能自持的状态。而且，在这种状态中变得萎靡、浑浑噩噩。这种状态一直持续了七八年时间，在这七八年时间里，和我喝过酒的人中有几个死掉了。他们都是因为喝酒死掉的。有的在酒醉中拔刀与人相拼，结果被人刺死。有的在酒醉中撞到水泥桩上或者跌倒撞在台阶上死去。还有一个因为长年喝酒，成为酒精中毒者，他离不开酒，最后得了肝病死去。回想这些死去的喝酒者，我有一种震颤感。死亡在我那段岁月里如影随形，它们可以随时将我扳倒。

有一种梦一直出现。梦中的我总是奔跑。奔跑是为了逃走。奔跑中，身后总有追赶者。这些追赶者似乎都不是善类，他们或者要将我砍杀和撕裂，或者要将我推搡到深堑里。我奔跑，前方总是有阻挡我的东西，它们是悬崖，是一片茫茫水泽，是绊我倒地的栏杆和土坎。我在这样的时候往往会被惊醒，惊醒后我再难以入睡。在难以入睡中，我仍处于一种空落状态，意识是空的，仿佛我被悬在空中。在这样的黑夜中，我睁着眼睛，我感觉我飘浮在空中静止不动，记忆中一些景象，一些片断次第而来，它们是碎片式的，是翻飞的一些影子，这其中又夹杂着一闪即逝的一些亮光，还有声音。声音是某种尖叫，是坚硬的器物划过玻璃和金属的声音。然后，这些都消失。消失在幽暗之中。而我，随着以上情景的消失沉落在荒凉中。我变得轻而又轻，像羽毛，像透明的影子。我想抓住什么，想抵达到一种踏实的地方，但这不可能，幽暗无边，我被幽暗淹没。

一个晚上，我醉倒在一个朋友的家里。第二天我醒来后骑着自行车赶往单位。在走过肉联厂门前的丁字路口时我看到了周王氏姥姥。周王氏姥姥弯腰躬背艰难行走，她的背上是一块青石头。青石头足有三四十斤。她的身前和身后都是和她一样背石头的人。这些人大都是上了年龄的人。他们是往德鲁寺院背石头的。德鲁寺院要重建米拉日巴九层佛阁。看到周王氏姥姥，我停下自行车跑向她。她早已看到了我，在我跑向她时她在微笑。我跑到她面前要替她背时，她拒绝了。她没有停下脚步，她一步一步向前挪动。她说：你去上班吧。

然后，她走过我，朝寺院走去。

背石头的队伍绵延不绝。这些人都是自愿而来的，为建佛阁背一块石头就是积一份善的资粮。这些人大都来自附近的村庄。石料场在德鲁西北面的山下，从石料场到德鲁寺院有几里路的距离。那个早晨，是我第一次见周王氏姥姥如此背石头。那是一九八八年，那一年，周王氏姥姥已经六十五岁。

周王氏姥姥往寺院背石头的事到那一年的初冬才停下来。她背了近两个月的石头，中间曾累倒过。累倒后，她休息了几天。几天后她又走向石料场。最初，她一天从石料场到寺院来回能背三四趟，到后来，她只能背一趟。尽管如此，她还是坚持了下来。对她背石头的事，白色庄窠的人没有多说什么。我们都明白，周王氏姥姥是在以此种行为来诚心向佛，并以此来减消看不见的罪业。除了周王氏姥姥和周特舅舅，白色庄窠别的人都是从事公职的人，都是在无神论的灌输中长大的。德鲁寺院对于我来说是一个不相干的地方。我那时甚至不知道米拉日巴佛阁的历史，更不知道藏传佛教历史上著名的米拉日巴尊者。

米拉日巴九层佛阁在一九九二年建成。这是一项漫长而复杂的工程，它完全是藏式的建筑，与被毁前的佛阁大致一样。它整体呈赭红色，远远望去，它雄伟壮观。

我在米拉日巴佛阁建成的第二年离开了德鲁。那一年，卢雅考入了西安的一所大学。我和母亲一同送卢雅到西安。

本来，母亲完全可以不去，但她执意要去，她的心思我明白，她送卢雅到西安的大学里表明她完成了当年卢雅亲生母亲给她的托付，她养育卢雅十几年，将卢雅一直当作自己的亲生女儿来对待。在卢雅拿着入学通知书给她看时，她禁不住泪水长流。而周王氏姥姥坐在堂屋门前的台阶上看着这一切。卢雅走到周王氏姥姥面前时，周王氏姥姥以一只苍老的手抚摸卢雅的长发。周王氏姥姥眼中是忧郁的神情，她知道，又一个白色庄窠的人要离去了。那一天，周王氏姥姥还不知道我将要离开德鲁的事。

在西安，九月的天气依然闷热。我和母亲在大学旁的一家宾馆登记了两个房间。吃过晚饭，我们三个人到了宾馆。母亲说她想早点休息。经过长途奔波，又加上一个下午为卢雅入学的事奔忙，母亲已显疲惫。母亲躺在床上后，我和卢雅走出房间。时间还早，我们不想逗留在房间里，而唯一可去的地方是卢雅要就读的大学。校园里到处都是学生。我们走进有树木的地方。在一处石凳上我和卢雅坐下来。下午兴奋和紧张的神情在卢雅脸上已经退去。她显得沉静下来。我说我上大学的情形，说的目的是让她对大学的生活有个准备。她在听，又似乎心不在焉。她的目光散漫地对着前面的小路。小路上不断有人走过。待我说完时，她转向我，她说：你也要离开德鲁了。我看着她，我没有想到她说我离开德鲁的事。关于我离开德鲁的事，她已经知道，我母亲也知道。不知道这事的只有周王氏姥姥。我说：我迟早会离开德鲁。她没有说什么。

我沉默起来。这个时候，我不想和她说我离开德鲁的事。离开德鲁意味着逃离，逃离白色庄窠，逃离灾难留下的阴影和迷乱。卢雅撩了撩她的长发又转向我，她说：阿哥，你是不是早就有离开德鲁的打算？我看着她，我似是而非地点了点头。我已经二十九岁，依然单身，母亲曾张罗给我介绍对象，但我拒绝了。卢雅很可能因为我拒绝成家而猜想我一直在做离开德鲁的打算。

夜色来临，校园里各处的灯光闪亮起来。我和卢雅仍坐着。这个妹妹，在上高一的时候已经少言寡语，她似乎老在想超出她那个年龄所想的一些事情。我明白她现在想着白色庄窠，白色庄窠的人一个个离去了，剩下了三个女人。面对这种情景，我无言。一会儿后，卢雅说：还记得益西加措给舅舅说过的话吗？我颤了一下，我说：记得。我们又沉默。

我在十月份离开德鲁。十月的青藏高原已进入冬季。我离开时没有向更多的人告别。班车驶离车站通过了德鲁西边的公路。接着，经过德鲁寺院，经过依冒梁后，德鲁在身后消失。坐在车上，我有一种沉重感，白色庄窠只剩下了周王氏姥姥，我母亲和阿姐周雪芹。三个女人，她们中的一个或者两个或许也要离开。我闭上眼睛，我不愿再多想。

我在兰州新的单位是一家出版社。我是通过招聘到这家出版社的。招聘是在几个月前进行的，那时，我签订了聘任合同。然后，几个月后我离开德鲁正式上班。

我和卢雅大概一个月通一次信。有时候相隔的时间长一些。卢雅在给我的来信中说，她给阿哥卡尔罗也写信，但阿哥卡尔罗一直没有回过信。卢雅在信中说，她一直担心阿哥卡尔罗，不知道他现在变成了什么样子。我在回信中说，我也曾给阿哥卡尔罗写过信，也没有收到过回信。我接着说，阿哥很可能不愿说他自己的情况，因此，他不回信。卢雅在信中还说她在大学里的生活，她说，大学生活和她想象的不一样，但不管怎么样，还是挺好。她说，大学相比中学自由了，也轻松了，空间也大得多了。

卢雅放寒暑假都要经过兰州才能回到德鲁。每次她回来，我都要在火车站接她。我租住的房子是她的中转站。在我租住的房子里她住一晚上，第二天，我又将她送上去德鲁的班车。第一个寒假她在兰州逗留期间给我说，她的同学一直认为她家境优越，是一个知识分子的家庭。她说，她不好说自己的家，不好说白色庄窠。后来，她给她的同学们说，她的家在草原的城镇上，她的家里有一个马棚，草原上的亲戚们骑马到来时就将马拴在马棚里。她还说，她家的姥姥是藏人，说一口流利的藏话。她这么说时，她的同学张大嘴巴，他们难以想象，也难以相信卢雅的家会是那样。卢雅这么说时，我能想象出她的同学们的神态，在他们眼中，卢雅是一个有书卷气的姑娘，她娴雅、平和、清爽，这样一个气质的姑娘的家应该是知识分子的家，但卢雅的家是白色庄窠，是一个对所有内地的学生来说都陌生和难以想象的家。这样的家里有马棚，有草原上来的牧人。卢雅眼中暗含的忧郁神情是难以消除的，只有在她笑的时候才能看出她小时候的样子，那是骑在卢加尼身上的样子，是在周王氏姥姥面前撒娇的样子，还有在阿姐和两个哥哥的呵护中咯咯笑和蹦蹦跳的样子。忧郁的神情是在她六岁时注入的，是在白色庄窠一连串的灾难中被注入的，它们在后来的日子里不断被叠加。

在兰州逗留的时候，我会和她在吃过晚饭后去黄河边散步。黄河大多时候都是浑黄的。在散步中，我总是问她的学业。她简短地回答。事实上，她不愿谈她的学业，不愿谈这些学究气的话题，她在想白色庄窠的人，这一点我能看出来。但关于白色庄窠，我和她又都不愿谈起。在这种沉默中，我和她都面对着黄河。黄河浑黄的水平缓地流过。

第二年的寒假，她在兰州逗留的晚上对我说，她谈了一个男朋友，是她的同学。她说，她从上大学开始就把周围的男生都看成男孩，在她眼里，他们幼稚、不谙世事，因此，让她心动的男生几乎没有。她现在的男朋友和她不在一个班，他们认识时在开水房里，当时她在打水，不小心让水烫了，这个男生当时也在水房里，他以爱怜的目光看她，然后帮她打好水。他们的目光在这时相撞，然后，他们相爱了。这个男生是一个优秀的学生，身材高大。卢雅说：我们相处得不错。她接着说：他叫李凌，家在成都。

一九九七年，卢雅大学毕业考上四川大学的研究生。那一年，我和她一同去青海看望阿哥卡尔罗。两年后，周王氏姥姥去世时，卢雅和她的男朋友李凌赶到德鲁参加了葬礼。二零零零年，她和李凌去了美国。

17

我在后来才意识到周王氏姥姥在我和卢雅离开德鲁后要独自坚守白色庄窠。白色庄窠的人都要离开，这种宿命式的定势一直在周王氏姥姥的脑海里。自李尕让死后，阿姐周雪芹一直住在白色庄窠。阿姐周雪芹在我离开德鲁时已经过了三十岁。她已步入中年年龄阶段。周王氏姥姥有一天将我母亲叫到堂屋，她对我母亲说：该给雪芹找个男人了。我母亲沉默着，她知道这是一道难题，弄不好会让阿姐周雪芹认为是她和周王氏姥姥一起要让她离开白色庄窠。周王氏姥姥看出了我母亲的心思，她说：给她找男人的事你去办，她的心思我往通里说。

周王氏姥姥如何说通阿姐再嫁的我不得而知。周王氏姥姥将阿姐周雪芹叫到堂屋里说了一个晚上，然后，阿姐同意了。我母亲得知阿姐周雪芹同意后便四处托人物色对象。最后，有人介绍了一个男人，男人叫柴胜利，在邮电局工作。柴胜利是离过婚的男人，有人给他介绍阿姐周雪芹时，他犹豫着，他了解周雪芹，他与周雪芹是中学同级同学，因为不在一个班，接触的机会不多，但还是有一些了解。关于肖连的事，关于李尕让的事，他都知道，他犹豫也就是犹豫在周雪芹身上发生的事上。肖连和李尕让的死当时是轰动德鲁的大事，与这些事有关的周雪芹当然也是人们一直关注的对象。柴胜利的心思在于他如果与周雪芹成家是否能承受起人们的关注和闲言碎语。柴胜利考虑了三天后终于答应与周雪芹先谈谈。阿姐周雪芹在得知给她介绍的对象是柴胜利时，她想起了中学时候的柴胜利，中学时候的柴胜利不是特别让人关注，他表现平平，没有什么特别之处。中学毕业后，他们时常见面，见面也只是点点头而已。

阿姐与柴胜利交往了一个多月后同意成亲。柴胜利最终也觉得能与周雪芹过到一块。结婚的日期很快定了下来。离结婚还有三天时间时，我在单位上接到阿姐周雪芹的电话，她在电话里哭泣，然后，她说，她这么再嫁人心里有些不甘。她说她宁肯不再嫁人一辈子活在白色庄窠，但不可能，她思来想去只能服从命运的安排。阿姐如此哭诉，我在电话这头只是听着，在她最后的话语中我听出她还是会如期结婚的，然后，她挂断了电话。

她没有征询我的意见。很明显，她在结婚前做最后的倾诉，而我是她唯一的倾听者。我这个表弟知道她过去是怎样一个柔媚、情义深长、身姿优美的姑娘，在周王氏姥姥的眼中，她甚至是一个仙女。但现在，她不得不再次置身于平庸的生活安排中，她因此心不甘。

我参加了阿姐周雪芹与柴胜利的婚礼。说是婚礼，其实更像平常的家庭聚会。参加的人都是双方的家人和亲戚。人数没有超过二十人。婚礼没有仪式，没有主婚人、证婚人等。双方的家人和亲戚在平静中吃饭，饭吃过后，大家散去。阿姐和柴胜利去了他们的新房。阿姐周雪芹就这样再次离开了白色庄窠。

周王氏姥姥没有参加婚礼。婚礼结束后，我到白色庄窠时，周王氏姥姥躺在堂屋的炕上。我进去时，她翻起身，她问我婚礼的情形。我说了，说得轻描淡写。周王氏姥姥再没有深问，她重新躺下去，然后，她长长叹了口气。

阿姐周雪芹与柴胜利成家后，周王氏姥姥着手她的另一个计划，这个计划就是给我母亲再找一个男人，让我母亲也离开白色庄窠。这一次，她亲自出马。在德鲁，她认识一些老人，通过这些老人她打听到了在德鲁林场工作的陈绍武。母亲开始时拒绝再婚，她说她已经是五十岁的人，没有必要再嫁人。周王氏姥姥坚持着，她甚至以强硬的口气骂我母亲，骂我母亲是赖在圈里的母牛，骂我母亲的脑子被糨糊糊住了。我母亲和周王氏姥姥顶气，她以她的语言回敬周王氏姥姥。她说，她宁肯当一头赖在圈里的母牛也不愿再嫁人。周王氏姥姥暴跳如雷拿起马鞭要抽我母亲时，我母亲从白色庄窠逃走。晚上，我母亲回到白色庄窠时，堂屋黑着，周王氏姥姥躺在炕上。我母亲走进堂屋拉开灯，她问周王氏姥姥吃了没有时，周王氏姥姥翻起身，她坐在炕上叫过我母亲，她说：该走的都走了，现在该到你了。我母亲明白她的意思。我母亲说：我得陪着你，你已经老了。周王氏姥姥说：我老了嘛，就什么个都不是了，我来背这个家。我母亲无言，她明白周王氏姥姥要独自守白色庄窠。

我母亲在那个晚上终于同意与陈绍武见面。几个月后，她和陈绍武领了结婚证。

阿姐周雪芹的婚后生活基本上平顺。柴胜利是一个本分的人，没有太多的嗜好。在德鲁，男人不喝酒就没有太广的交际圈，柴胜利就是这样的人。他曾经喝过酒，喝一两盅脸就发红。再喝一两盅就天旋地转，因此，他惧怕酒，一遇到酒场就逃走。柴胜利也不吸烟。家里如果有人来吸烟，等客人走后他便迫不及待地打开窗户，不管是冬天还是夏天，他都是如此。柴胜利爱干净，他把家收拾得一尘不染。据说，他与他的前妻离婚就是因为前妻受不了他的这种洁癖。

柴胜利尽管不吸烟，但他却爱收藏各种抽烟丝的烟锅。这些烟锅大都是藏式的，它们有的是用羊的胫骨做成的，有的是用鹰骨做成的，有的是用羊角或牛角做成的。这些烟锅大都细长，大都镶银嵌铜。柴胜利在闲暇时间把玩这些烟锅，有时，他一连几个小时都沉浸其中。

结婚半年时间里，阿姐和柴胜利相安无事。我回德鲁时曾看望过他们。那是一个星期天，我到他们家时，他们都在家。在陪我坐的时候，阿姐周雪芹手上在织一件毛衣，她一边织，一边跟我说话。柴胜利礼节性地给我倒了茶后便离去，他到另一间屋子里去了，阿姐说，柴胜利又欣赏他的各种烟锅去了。我感到意外，意外的是柴胜利的这种不近人情。我坐着，但极不舒服。阿姐看出了我的状态，她说，她和柴胜利一块过日子就是这样，除了吃饭睡觉，别的时间是她织毛衣，柴胜利把玩他收藏的烟锅。那一天，我坐了不到一个小时便起身离去。我起身时，阿姐没有挽留我，她似乎也不愿让我待在她那个呆板、冰冷的家中。

柴胜利后来成了一个酒鬼，这出乎我的意料之外，也出乎所有人的意料之外。他成为酒鬼还是与他收藏烟锅有关。德鲁附近一个叫丹增囊的村子有人有一把鹰骨做的烟锅，柴胜利遇到这个丹增囊人要出价钱买这个烟锅时，丹增囊人同意了，但附加的条件是他要和柴胜利喝掉一瓶酒。丹增囊人知道柴胜利是个滴酒不沾的人，他想让柴胜利喝酒是出于戏谑和好玩。但出乎丹增囊人意外的是，柴胜利答应了喝酒的条件，并毫不犹豫地将一瓶酒分倒在两个大杯中。然后，他端起酒杯和丹增囊人一口接一口地拼着喝。一斤酒喝完时，柴胜利醉成了一摊泥。柴胜利第二天醒来时头晕眼花，他记起别人说过的酒醉第二天喝口回酒就会好受些的话，他踉跄着找出一瓶酒打开喝了一口，接着又喝了一口。一会儿后，他又像前一天晚上一样哇哇大吐起来。那天上午，他没有去上班，他一直吐，吐到连肠子都快吐出来的程度。

但从那天起，柴胜利爱上了酒。他出入酒场，每次喝酒都喝醉，然后，他醉醺醺地回到家里。回到家里的柴胜利要么哇哇大吐，要么躺在地上胡言乱语。阿姐周雪芹整个晚上都不得安宁。她打扫柴胜利的呕吐物，听柴胜利没完没了的胡言乱语。

结婚第三年，阿姐周雪芹回到了白色庄窠。一个月后，她和柴胜利离了婚。离婚的直接原因是，柴胜利嫖娼时被警察抓住。警察在那段时间一直盯着那个卖淫女。卖淫女的父母是吸毒者，他们本来在德鲁有稳定的工作，他们因吸食毒品而被单位开除。卖淫女在父母的怂恿下也吸上了毒品。吸食毒品后一家人的经济来源就靠卖淫女卖淫来获得。这个卖淫女就这样被父母毁掉了。德鲁人都知道这一家人。柴胜利进入卖淫女家时警察守候在这家的附近。柴胜利进去不到一刻钟，警察进入，然后将柴胜利带到了派出所。柴胜利在派出所被关了一夜，第二天，警察通知阿姐去领人并交罚款。阿姐震惊，羞耻。她去派出所交了罚款，领出了柴胜利，然后，她收拾了东西回到了白色庄窠。

周王氏姥姥接纳了阿姐周雪芹。她知道阿姐周雪芹与柴胜利结婚三年中过得并不好，一个女人长年在织毛衣中度日说明没有任何幸福可言。周王氏姥姥一直关注着这个孙女的生活，与柴胜利结婚，这个孙女的脸上很少有过笑容。这个孙女变得更加沉默。当这个孙女回到白色庄窠给她说柴胜利嫖娼的事后，她一连骂了好几个“畜生”。之后，她陷入了沉思。她不得不想她让这个孙女嫁出去是否做得得当。

阿姐周雪芹回到白色庄窠的那个晚上，周王氏姥姥让阿姐睡在了她的身边。阿姐后来对我说，那天晚上半夜里她醒来时身边的周王氏姥姥不见了，接着，她起身在佛堂里看到了周王氏姥姥，周王氏姥姥一个人坐在佛堂里，她双手合十，面色凝重。阿姐还说，她在那个晚上再也没有睡着，她想周王氏姥姥或者在为她忏悔，或者为周王氏姥姥自己忏悔。

阿姐周雪芹说，从那个晚上起她再也不离开白色庄窠了，她将在白色庄窠活下去，直到老去。

几年后的一段时间，周王氏姥姥一连几天都梦见白色庄窠的人，她梦见了活着和死去的。梦到了我父亲，梦到了周特舅舅，德吉草舅母，还梦到了阿哥卡尔罗，梦到了卢雅。周王氏姥姥在一个早上对阿姐周雪芹说：出去的该回来了。

说过这话的第二年，周王氏姥姥去世。

18

大雪又一次降临。这是这个冬天的第三场雪。卢雅是第一场雪下过的第二天离去的，她到美国后只来过一次电话。她在电话中说，她回到美国后就忙于工作。她还说，小帅帅很好，她的丈夫李凌也好。然后，她问了这边的情况。这边的情况包括母亲、阿姐周雪芹和阿哥卡尔罗的情况。她的这些问询更多的是出于一种牵挂。电话是我接的，她没有问我什么时候离开德鲁到兰州去。之后，她再没有打过电话。我能想象出她的沉寂，她把回来看到的，感受到的放沉到心中进行咀嚼。咀嚼是在幽暗中的咀嚼。偶尔，在她凝望窗外或者目睹一些物件时，被她咀嚼的一些情景会倏然跳出，跳在她的脑海里。这时，她会再一次战栗。她离开德鲁已经一个月时间了，这一个月里，我一直在德鲁，在白色庄窠。除了见几个同学和朋友外，我成天无所事事。有些夜晚，卢雅会出现在我的梦中，她以审视的目光对着我。这种情形一直在梦中持续。在她面前，我始终心神不宁。我知道，在她眼中，我一直持续着游离的状态。她为此忧虑，也为此审视我。

大雪是在下午开始下的。雪片漫天飞舞。一会儿后，窗外的院子就变成了白色。大雪一直下到晚上。这样的晚上，我无法入睡。我独自坐着。然后，我打开了桌上的电脑。电脑是台式的，是阿姐工作的图书馆淘汰下来的旧电脑。半个月前，我因为要接收邮件将它搬到了我住的屋子里通上了网线。

邮箱里有几封邮件，其中一封是卢雅几天前从美国发来的。我打开卢雅的邮件，邮件是她写给我的一封信。她在信上说，她在德鲁与我相坐的那个下午的情形一直在她脑子里，回到美国后，她想起我时就想起那个下午我的样子，我和她相坐有一种沉入到寂静中的状态，在那种状态中，我在她面前显现的是孤寂的神情，更准确地说，透出的是一种冷肃的气息。她说：那种气息不是你刻意要显现的，它们是不经意在你身上流露出的。我读到这里有一种往下沉的感觉。那个下午与卢雅坐在一起的情形在我的记忆中清晰而分明，那是多年来我与她之间少有的情形。现在，在卢雅的信中，我在那个下午的样子摆在我面前。我没有意识到我身上会透出卢雅说的那种气息。卢雅在信中继续说，她在遥远的异国更能冷静地思索我目前的状态，我的身上冷肃的气息或许是从荒芜中带出的。荒芜，意味着我多年来一直在破碎中，在阴郁中和满目苍凉中行走。在我这样的境地中，我永远孤独。这样的生活没有目标，生活的目标对我来说永远是虚幻的。或许，我身上的冷肃气息是我的盔甲，唯一的盔甲，即使面对一个妹妹也难以将这样的盔甲丢卸掉。读到这里，我继续往下沉。在这过程中，我一遍又一遍地颤抖。接着，她在信中又说，她自己很多时候跟我一样，她不但孤寂，而且有莫名的恐惧。

她当年藏有一把刀就是因为恐惧。现在，这种恐惧依然在她的潜意识里。她有时会在梦中被一种可怖的情景惊醒，因为恐惧，她珍爱她的小家庭，珍爱她的丈夫，她的孩子。一个家庭，她继续在信中说，是一个安全的地方，即使有这样的安全，她依然惊悸，惊悸于一些小事情，惊悸于生活之幕偶然裂开的一道幽深缝隙，在这种时候，她害怕她的安全感会失去。她说，她一直害怕。

这封信，有一种对话的性质。她在写这封信时或许在想我读这封信的样子。我的样子，她能想象出。在这对话中，她将我和她身上的外壳剥离掉，她将我和她放置在没有任何参照物的空地中。她在信中接着写道，作为妹妹，她对我有更深的忧虑，阿姐周雪芹和阿哥卡尔罗两个人已经趋向定型，他们在悲切之中被固定，被塑就，而我还在危险中，还在幽暗中前行。信到这里结束了。我关掉电脑。接下来，我长时间坐着。

我想起一双眼睛，一双丹致雪的眼睛。丹致雪曾是我的妻子，我和她的婚姻只维持了一年多时间。离婚前的某一天，在我和她住的屋子里，她坐在沙发上侧转过头看着我。那是处于绝境中的目光，没有祈求，没有希望，那目光中只有绝望。那种绝望是彻底的。她知道没有人能救助她，包括我。那一刻她沉浸在她的绝望中，她坐在沙发上，沙发成为连接她绝望的一部分。之前，她叙述了事情的经过。叙述之后，她和我都沉默。接着，她侧转过头看着我，那目光让我难忘。

丹致雪是我到出版社第二年时认识的。那一年，她也应聘到出版社。出版社的编辑室是由多个工作隔间组成的，在宽大的房子里，每位编辑守着自己狭小的巢穴。丹致雪到来的那一天，总编将她介绍给大家时，只是领着她在每个隔间前匆匆向各位编辑打个招呼便算了事。之后，丹致雪坐在了最里面的一个隔间里。隔间的均等性、平分性和巢穴性很快便淹去了丹致雪这样一个新来者。一个月过去，我与丹致雪只说过有限的几句话。这几句话还是在上班或下班相遇时说的，说话的内容无非是你来了我走了之类的话。丹致雪与别的编辑说话也不多，她来去总是匆匆。上班时她窝在她的隔子里埋头于稿件。有时能听到她低声打电话接电话的声音。一个星期天，我在公交车站等车时看到她，她快步在人行道上朝前走。她穿着一件浅绿色的中长风衣。风衣是那种随意性的。她走动时，风衣下摆在飘动。她没有看到我。她走过公交车站时我仍注视着她，她的背影——风衣下摆飘动的背影有种特立独行的风致。这背影让我心动。我想象她快步前行去要到达一个地方，而这个地方对我来说是一个谜。此后，在出版社我开始注意起她。我有时会有意无意地走过她的隔间，她在隔间里或者手握鼠标对着电脑，或者一只手撑着脸面对案头上的稿件。她这样凝神的时候脸上的层次感分明。这些层次感表明她的心底暗藏着一些什么，或者，一些情感和一些思绪等待被唤醒。无疑，这是一张耐人寻味的脸。

一个偶然的机会，我和她坐在一起。那天下午下班时我起身发现编辑室里已空空荡荡。我感觉所有的人已经离去了。我再往最里边看时，看到了丹致雪。她隔间的台灯亮着。我走过去问她走不走时，她恍然如梦醒般看着我。我说：该下班了。她看了看时间。时间早已过了下班的时间。她关掉电脑，关掉台灯。然后，她穿起风衣。风衣依然是那件浅绿色的风衣。她和我走出编辑室。走到出版社的大门口时，我说：咱们随便找个地方坐一坐吧。她看着我。她似乎没有想到我会如此提议。随后，她答应了。从她的神态中我能看出，她把我的提议当做一种随意性的提议。她回过神说：好吧。

那是深秋季节，火锅店里人很多。我和丹致雪坐在了一个靠窗户的地方。那张桌子先前的客人在我们进去后刚刚离去。点了菜后我掏出烟递给丹致雪一支，她没有拒绝。点燃烟后，我注意到她抽烟的姿态自然老到。她的身子微微靠向窗下的墙，她显得疲倦而随意。随后，她说：我盼着冬天快点到来。她这么说时吐了口烟。我没有问她为什么盼冬天快点到来。她接着说：冬天就会下雪，下一场雪，白茫茫一场雪。火锅滚沸时，我和她下菜吃了起来。在这同时，我说起了德鲁冬天的雪。我说德鲁的雪有时来得很早，在九月里会突然到来。她停下筷子看着我，她说：你在德鲁生活过？我说：我出生在那里。她问：你是啥时候到兰州的？我说：一九九三年。她“哦”了一声又将筷子伸进火锅里。我问她去过德鲁没有。她说：去过一两次。她一边吃一边回答。接着，她又停下筷子，她说：德鲁是个不大的地方，我去那里都是路过。我说：德鲁的确是个不大的地方。我说起了我在德鲁喝酒的情形，我说，有一次我和一个朋友喝酒喝到凌晨一点，我们走到街上时想跟人打一架，我解下皮带提在手中，我和朋友等待着有人走到我们面前。凌晨一点的街上空空荡荡，十几分钟后，终于有两个人朝我们走来，那两个人似乎也是喝过酒的，他们看到了我们，看到路灯下我手中提着的皮带。他们磨蹭着，试探着走过来。我做好了准备，等他们一到跟前便将皮带抡向他们。他们终于走到离我们十步远的地方，在我准备着抡皮带时，其中的一个喊我的名字。我认出喊我名字的人，我不得不尴尬地收起皮带并和那人说话。我在这么叙述时想丹致雪会发笑，但她无动于衷。她吃下一口菜后问我为什么要打人。我愣怔着无法回答。

红戈酒吧是我常去的地方。这个酒吧显得粗野而又让人感到舒适。这是年轻人们常来的酒吧。酒吧里的灯光昏暗，给人更多的自由空间。我经常一个人来这里，有时也跟熟悉的人来。来这里的人大多都喝啤酒，啤酒是本地出的，价钱低廉。我也喝这种啤酒。在德鲁，我很少喝啤酒。上世纪八十年代到九十年代，德鲁的男人很少有喝啤酒的。高寒地带的德鲁，人们更喜欢喝烈性的白酒。到兰州后，我偶尔也喝白酒，但更多的时候是在红戈酒吧这样的地方喝啤酒。

在红戈酒吧里，我看到了丹致雪。这是在我和她吃过火锅后的一个星期天，我独自坐在一个角落里，丹致雪在隔我两个酒桌的一张桌子前坐着，她对面坐着一个比她年龄稍大的男人。我只能看到丹致雪的背影，那男人面朝着我这个方向，丹致雪和那男人喝的是红酒，他们酒桌上方的灯光显出他们酒杯的颜色。他们比我进来得早，我进来坐在酒桌旁时只注意到那男人，男人五官端正，有种吸引女人的魅力。我坐下很长时间后才注意到丹致雪。我从她的背影，从她撩动长发的姿态上认出了她。丹致雪和那男人一直在说着什么。说的同时，男人不断举起酒杯和丹致雪碰杯。男人碰杯时没有笑容，他的神情一直是紧绷的。我一直注意着他们。或者说，丹致雪的背影一直牵引着我的目光。显然，她和那个男人的关系密切。我喝掉一瓶啤酒时突然感到，我更像一个窥视者。我将目光转向别处。但一会儿后，我又不得不注视丹致雪和那男人。在这样的情形中，丹致雪对我来说存在着更多的谜。

那个男人从上衣内口袋掏出一个厚厚的信封放在了丹致雪面前。丹致雪看着那信封。然后，她抬起头看着男人。接着，她端起酒杯将杯中酒泼到男人的脸上。男人似乎已经意料会有这种情形，他从容地用纸巾擦去脸上的酒。擦过之后，他从容站起来拿起桌上厚厚的信封转身离去。丹致雪双手捧着头呆坐着。她一直那样坐着。

我鬼差神使般朝她走去。我坐在了她对面。丹致雪慢慢抬起头看着我。在她看我的目光中我看出，她以为那个男人又回到了桌旁，但我不是那个男人。丹致雪看清是我后放下一只手。她说：有没有烟？我掏出烟递给她一支。她接过去点燃吸着。她一边的长发遮住半个脸，这张脸似乎半隐在垂幕中，幕外的一切似乎如落花流水，而她对此冷眼对待。此刻，在灯光下，这张脸也显得幽魅孤暗。我也吸着烟。长时间中，她和我都没有说什么。一支烟吸完时，她拿起酒瓶给她的酒杯里倒满酒。她又向服务员要了一只酒杯给我倒满酒。她端起酒杯说：喝吧。她这样说着喝下一大口。我不得不喝。接着，她又喝了一大口。她第二次喝时将杯中的酒喝尽了。她又倒满酒。一瓶红酒喝完时，她又向服务员要了一瓶。她继续喝。她的头发不断散乱，她又不断地撩整齐。第二瓶红酒喝下一大半时，她趴在桌子上。她的脸埋在她的臂弯里。她喝醉了。偶尔，她会抬起头咕噜几句我听不懂的话。我叫过服务员结了账扶着她走出酒吧。

在出租车里，她的意识稍稍清楚了一些。她说了她住的地方。我让出租车开向她说的地方。到目的地后，我扶她下车。她步履踉跄着靠在我身上指了指她住的单元门洞。我扶着她走向那个单元门洞后又扶着她上楼。打开她住的屋门后，我说：我该走了。她关住门拉住我。她说：抱住我。我犹豫着抱住她。在我抱住她时，我感觉到了她的无助和孤独。同时，我想，这是一个醉了的女人，我这样抱住她算不了什么。我抱起她将她放在床上，在我要抽身离去时，她仰起身又将我牢牢抱住。我和她一起倒在床上，她紧紧抱着我。一会儿后，她推开我，我站起来，离开了她的屋子。

第二天早晨，我到单位后一直关注着她是否会来上班。上午十点过后，她出现在编辑室。她朝我看了一眼后走向她的隔间。她看我的眼神平淡无奇,就像往日她看任何同事一样。十二点不到,她离开编辑室。这一次她连看都没有看我一眼。

此后一个月中,我和她再没有单独来往过。那个夜晚的事就像梦一样远去了。一个晚上,我和几个搞新闻的人一起吃饭时有人说起了她,说她的人说,她最早在下面的一个市里,她在那里开始文学创作,有一个男人一直在指导和帮助她,那个男人是个有家室的人,她和那个男人的关系后来变得暧昧起来,这种关系因为那个男人的女人到丹致雪的单位大闹一场后被公之于众,丹致雪和那个男人成了那个地方的新闻人物。半年后,丹致雪离开那地方到了兰州。接着,那个男人也调到了兰州。男人是同他的女人一起调到兰州的,自男人和丹致雪的关系公之于众后,男人和他的女人并没有离婚,他们有一个孩子,而且,女人似乎也原谅了男人。

说这事的人说,到兰州后,丹致雪和那个男人依然来往,有人曾见过他们一起吃饭,见过他们出入宾馆。

我仍去红戈酒吧。那一年的冬天不是太冷。坐在红戈酒吧里,我有时会目光散乱地寻找丹致雪的身影,但她的身影不存在。我独自喝着啤酒,在周围人们的低语声中,我想起德鲁的周王氏姥姥。冬天,周王氏姥姥穿着皮袄坐在连炕火炉前。我还会想到远去青海的卡尔罗,还有阿姐周雪芹。想起阿姐,我的心头会一截一截发冷。有一天,我在红戈酒吧坐到晚上十点。这期间,我独自喝掉了好几瓶啤酒。十点钟我离开酒吧时有了醉意。一种穿透全身的孤独感让我茫然。我想起了丹致雪。我打出租车到丹致雪住的小区。我走进单元门洞，上了楼。我敲开门时，丹致雪看着我，她默默让进我。屋子里，她书桌上的台灯亮着，台灯前放着一本打开的书。显然，在我进来前，她在看书。我坐了下来，坐在一只单人沙发上。单人沙发面前是一张茶几。丹致雪给我泡了一杯茶后坐在我的对面。屋子里只有桌上的台灯亮着，台灯被压抑的光线中，她的脸显得朦胧不清。她问我是不是喝了些酒。我说：喝了些，在红戈酒吧喝的。她听到红戈酒吧沉默起来。过了一会儿，她问我想不想再喝酒。我说：不喝了。她又沉默起来。我看着她，她朦胧的脸在她的沉默中变得有一种远距离感。她也看着我。我想她从我身上看出了我来她这里的意图：因为孤独而来，也因为上一次那样的晚上而来。我想打消她对我来这里意图的构想，我喝了口茶，我说：我路过这里，只想看看你，你不介意吧？她撩了撩她的长发说：不介意。她说得随意、平淡。我又喝了口茶。我只能这样，以喝茶来过渡这种平淡生硬的气氛。她站了起来，她提起壶给我添水。我注视她握着壶把的手，这手纤细、苍白。我说：能嫁给我吗？她愣住。随后，她慢慢直起身子看着我。我说：我想了好几天，能嫁给我吗？她仍看着我。她慢慢坐下来身子向后倾去。她坐在书桌前的椅子上。她向后倾去似乎在远处审视我。我也看着她。在光线不均的这种情景中，我和她就像在一片荒原上对视。然后，背景在消失，她和我都看穿了对方，两个人都是挣扎者，荒凉之中的孤独者。几分钟后，我站起来。我说：你想想再说。我说着走出了屋子。

走出丹致雪住的小区，我长长出了口气。向丹致雪求婚的念头是我在几天前产生的。这念头一直萦绕在我的脑海里。在这样的晚上，我终于向她说出。但在这个晚上从红戈酒吧到她的住处我的意图并不是要向她说出这件事。这个晚上，我只是想看见她，想在这个晚上面对面地与她说话，想以说话的方式与她的孤独、与她幽深的内心交锋。但她以一种无形的距离，以一种平淡的态度将我置于被动之中。因此，我不得不说出她嫁给我的话。

她答应和我生活在一起。她说：只是生活在一起，如果不适应，还可以相互离开。我明白她的意思，她的意思是不领结婚证，只是两个人生活在一起。我说：可以对外说我们结婚了，这样主要是在单位上避免不必要的麻烦。她想了想说：可以。我和她是在一家普通的餐馆里说这事的。下午下班时，她约我到这家餐馆里。

一个星期后，我和她订了两桌席请了出版社的同事。在席间，我和她向大家宣布我们结婚的事。在座的人个个惊讶，随后又觉得我们两个是合适的一对。宴席结束后我和她走在人行道上。冬日的夜晚，行人稀少。我拉着她的手。她沉默着，我也沉默着。我和她如此向前走。随后，她站住。她看着我。她的眼睛仿佛从一片静水中浮现，她似乎对我和她走在一起的情形难以置信。这个晚上，我和她走进了她住的小区。我和她住在了一起。

生活在一起后，丹致雪很少说她过去的事。她似乎在有意回避她过去的生活。她对我的过去也从不过问。生活一段时间后，她大致知道我上过什么大学，大致知道我在德鲁的情况。关于白色庄稟，我向她提起过，但她不感兴趣。她对德鲁不感兴趣，对我的家人也不感兴趣。后来我明白，她对我以往的生活不感兴趣为的是不要因此而使我对她以往的生活进行探究。我和她在一起，更多的是谈出版社的事，谈目前一些流行的图书选题。这样的谈话更像在谈工作。除了这些，我和她在狭小的房间里各干各的。两个月过去，我和她的生活平淡无奇。在这种共同生活的境况中，我和她甚至没有过像她在红戈酒吧喝醉的那样的晚上的情形。那个晚上，她在酒醉中至少坦露出她的渴望和一颗孤独的心。有一天，我随意提到在红戈酒吧和她喝酒的那个男人时，她愣了一下，随后，她说，那个男人曾经和她相处过，那个晚上在红戈酒吧里那个男人要给她一笔钱，给她给钱是为了帮助她，也为了了断他与她的关系。她说：那个男人有老婆，也有孩子。关于那个男人，她就说了这些。此后，这事我再也没有提起过，她也没有说过。一个晚上，我醒来时感觉到她不在身边，我摸了摸她睡的地方，她睡的地方空着。我下床走到客厅。她坐在客厅的窗前，面朝着窗外。窗外朦胧的光线映出她身体的轮廓。我咳了一声，她没有动。这表明她知道我起床站在她的身后。我走向前。她慢慢转过身。朦胧的光影中，她的一双眼睛反射着窗外的光。她让我坐在她的身旁，并抓住我的一只手。她目光又朝着窗外。黑夜中的窗外，除了远处高楼闪烁的霓虹灯外，一片寂寥。她又转过身面对我。她的一双眼睛离我的脸只有几寸的距离。她说：我想杀人。我吃了一惊，身子稍向后仰去。她仍看着我，就像猎人看捕获到手的猎物。我打了个寒战想站起来，但又没有动。我被她的气息似乎控制住。她又说：你害怕了？我点了点头。她说：这证明你和我一样。她接着说：我不是真想杀人，而是害怕，害怕这黑夜。我轻微抖了一下。她的话在灼痛我的神经。的确，我也害怕，害怕的意识一直潜藏在我身体的深处。在这个夜晚，在她面前，它显露出来。我害怕空茫，害怕周围一切的不确定性，害怕飘浮感。或许，持一把刀与害怕本身对峙才能被拯救，然后，灰飞烟灭。我拉起她，将她拥入怀中。朦胧的光影中，她泪流满面。

三天后，我和她办了正式结婚的手续。我和她成为一对名正言顺的夫妻。

尽管已经成为法律意义上的夫妻，尽管有那样的夜晚，但我知道，她依然是她。共同生活半年后，我觉得她心里依然有那个男人。她和那个男人是否还保持联系我不得而知。她在我的面前有时显得神思恍惚，她似乎在想另外的一个人。我想，另外那个人或许就是那个男人。有一天，她对我说，她要自费出一本书。出版社答应免去书号费，剩下的就是印刷费。她接着说，她出的这本书是她多年散文创作的结集，这些散文都是在报刊上发表过的。我说：这是好事，值得庆贺。我接着说：我可以赞助印刷费。她说：不必了。

接下来的日子，她一边忙于正常的工作，一边为她出书的事忙碌。她的书，她自己一遍又一遍校对，她自己又设计版式，设计封面。每天晚上，她都忙这些。

几个月后，她的书终于印出来了。书通过出版社的发行渠道向外发行。很快，她的书见诸一些书店。拿到样书的那天，她有些兴奋。我说：该庆贺一下。我提议到外面的餐馆里吃一顿。她同意了。我和她走出屋子。在一家中档的酒店里，我点了菜，又要了一瓶红酒。这是我和她婚后第一次喝红酒。一瓶红酒喝完时，她有了醉意。微醉中，她显得兴奋，她说，她终于完成了一件让她高兴的事。她这样说着又要了一瓶红酒。我和她继续喝。半个小时后，她觉得她已经喝不成了，我和她离开酒店。在出租车里，她靠在我身上。快到我们住的小区时，她抬起身子撩了撩头发，她侧转过身看着我。她对我的目光是陌生的，她似乎在看一个她不认识的人。扶她下车后，她站在马路边问我：到哪里去？她这么问显然醉了。我说：回家。她看着我，这一次她再没有把我看成一个陌生的人。

事情在一个上午发生。那个上午快到十点时，有个编辑将《城市导报》打开放在了我面前。打开的报纸上赫然的大标题是关于丹致雪新出的书有抄袭之嫌的。我的头嗡嗡大了起来。我看标题下的内容，内容中说，丹致雪新出的散文集中有几篇是抄袭别人的。紧挨这篇文章的下面，是被抄袭者与记者的对答。从对答中看，丹致雪的抄袭是真实的。而且，从这对答中还能看出，这个被抄袭者就是那个和丹致雪在红戈酒吧里一起坐过的男人。看过报纸，我呆坐着。之后，我站起来朝丹致雪看去，她的隔间空着。不知什么时候，她已经走了。

晚上，我在家里一直等丹致雪。这期间，我一直打她的手机。她的手机关着。她的手机在上午我看她不在编辑室时就关着。晚上十一点钟，她回来，她面若土色。她进来后，跌跌撞撞地朝床上扑去。我要拉住她时，她拨开了我的手。她倒在床上，头朝下，一动不动地趴着。我坐在客厅里独自抽烟。

半夜里，我仍在客厅里坐着。丹致雪披着头发从卧室走出。她坐到我面前。她声音沙哑地说：你知道报纸上的事了？我说：我看到了。她沉默着，然后，她说：我得给你把事情的前前后后说出来。她说，自从在红戈酒吧与那个男人见面后，她与他了断了关系。但她一直没有忘掉那个男人，她无法忘掉，那是她爱的第一个男人。在和我共同生活后，她又见到那个男人，他们相互联系，但仅仅是以电话的方式问候和交流罢了。她决定出散文集时去找过他，她想请他为她的书把一下关。他答应了。他看过她的书稿后说书的分量还不足，还需要一些文章。她说，她再没有合适的文章。男人想了想让她加上他发表过的三篇文章，以她的名义加上去。他说，这三篇散文是很早在外省的刊物上发表的，加在她名下的集子里不会有问题。最后，男人说，这也是为了帮助她。她犹豫着，但还是答应了。书出版后有人给男人打电话说书中有抄袭他的文章。男人害怕起来，他害怕打电话的人将这事捅到网上，到时候火烧到他身上。男人在接到电话的第二天给《城市导报》打了电话，他说，他的作品被人抄袭了。《城市导报》抓住了这条线索，他们找到了那个男人。第二天，《城市导报》报道了丹致雪抄袭的事，同时，登出了记者与男人的对话。

丹致雪说过这些后面朝着窗外。她沉默着。我也沉默着。过了好久，她侧过身子看着我，她的目光是绝境中的目光，没有祈求，没有希望。她的绝望是彻底的。在这种绝望中，我知道她也不祈求我，她对我说事情的经过只是为了让我清楚事情的原委，同时，她以此来表明，她和我的关系是虚假的，从一开始就是虚假的，现在，这种关系到头了。我还知道，在她的这种境况中，我什么也做不了，我能做的就是离开她。

第二天早上，我离开了那个家。一个星期后，我和她办了离婚手续。事情发生的那个上午后，她再也没有到过出版社。半年后，有人说，她离开了兰州。

和丹致雪离婚后，我仍待在出版社。那一年的冬天，卢雅放寒假途经兰州，我对她说了我离婚的事。她听后哭了起来。那时她是大三的学生，她和她的同学李凌处于爱恋之中，因此她无法接受我离婚的事。卢雅见过丹致雪，是在上一个寒假见的。当时我从火车站接到她后与丹致雪一起吃饭。在等待上饭菜的过程中，丹致雪点燃一支烟吸着，她吸了两口后突然问卢雅吸不吸烟。卢雅看了我一眼后点头要了一支。看卢雅吸烟我有些惊讶，但随后，我发现她根本就不会吸烟，她小心翼翼地吸着，吸到嘴里的烟马上又吐出来。接着，她又捂住嘴咳嗽。一支烟只吸了三分之一她就掐灭。在这过程中，她和丹致雪有一句没一句地说话。她们说的是兰州牛肉面方面的，丹致雪似乎对这样的话题并不感兴趣。丹致雪意识到她自己的状态，她主动问卢雅在大学里的情形。卢雅说着，说得简略，也说得没有实质感。饭菜上来后，我们匆匆吃过。回到我和丹致雪的住处后，我在客厅里给卢雅安排了临时的床铺。接着，我们三人坐在客厅里看电视。电视是丹致雪以前买的，但她很少看，我搬进来后，我有时打开它看时政性的新闻。那个晚上，我们三人一起看电视，开始，三个人都无话可说，眼睛都对着电视屏幕，后来丹致雪说她要在电脑上处理一些文件便离开了客厅。第二天，我送卢雅到汽车站时，卢雅说，丹致雪不是她想象中的嫂子。我没有说什么，我明白卢雅心目中的我的妻子是什么样的。我也明白卢雅看到的丹致雪是一个有动荡气息的女人。动荡，意味着不安与焦虑，意味着这个人身上有太多的不确定性。

卢雅为我的离婚哭的时候，我沉默无言，我也没有劝慰她。在我租住的屋里，她坐在我的对面哭泣。等她用纸巾拭去泪水后，我说：离婚没有啥。她站起来走进洗手间，她重新洗过脸。走出洗手间她又坐下来，她说：我一直害怕你这样，去年寒假见到你和她后，我就一直害怕你和她有这种结局。我看着卢雅，此刻，她成为我生活的见证者和忧虑者，由她的目光，我看出了我自己的样子，动荡，不确定，游移，在幽暗之中一直下沉。我这种样子其实与丹致雪是一样的。我和她是灰暗城市中的两个孤影。这两个孤影必然要分离。

19

大雪过后的德鲁，一连几天天空变得都很明亮。在太阳能够照到的地方，积雪融化。有一天中午，我路过德鲁小学校门口时看到了卢加尼。卢加尼在一个小卖部前坐在一把木制的圈椅里晒太阳。他身后的小卖部是他的妻子阿莉开的，但经常守这小卖部的不是阿莉而是卢加尼。小卖部是一个月前阿莉从别人手中盘过来的。我走到卢加尼面前时，卢加尼闭着的眼睛睁开，他看到我站了起来。我说：你好像睡着了。他裹了裹草绿色的军大衣说：哪里能睡着呢。他走进小卖部提出另一把椅子，他让我坐下来。我说：卢加尼，你现在成老板了。卢加尼嘿嘿笑了起来，他说：挣的都是鸡毛一样的钱，哪能成老板呢。卢加尼这么说时，脸上是平和的笑。几个小学生这时涌进小卖部，卢加尼赶忙随小学生走进去，他熟练地给小学生们取货并收钱。我看着卢加尼，卢加尼忙碌的样子让我想到他挂在树上的情形。那时的卢加尼与现在的卢加尼已判若两人。我朝前走去。身后，传来孩子们的声音：

卢加尼，大鼻子
红土尕庄盖房子

我转身朝那几个孩子看，他们是刚刚从卢加尼的小卖部出来的孩子。卢加尼站在小卖部前对着那几个孩子的背影嘿嘿笑。我看着卢加尼想，他是否在梦中或者在酒醉中还要回到一个他无法确定的家里去。

20

华尔丹在医院里处于昏迷状态。我赶到医院时，大夫和护士正在进行第三次抢救。华尔丹的脸上蒙着一块布，他的脸我看不到。从病房里出来，华尔丹的妻子卓玛说，华尔丹是因为心脏病发作昏迷过去的。昨天下午他感觉身体不适，他到了医院，大夫说需要住院检查。他遵从了大夫的建议住到了病房里。凌晨五点，他的病开始发作。大夫进行抢救。华尔丹心脏病发作时就处于昏迷状态，之后，他一直昏迷着。卓玛对我说这些时盼着华尔丹能醒来，能被抢救过来。这个时候，过道里已站满了人，他们都是为华尔丹而来的。许多人我不认识，卓玛说，这些人中有一些来自草原，他们是牧民，是乡上的干部，他们接到别人的电话后立即乘车到来。其余的人大都是在德鲁的人，他们中有些或许与华尔丹并不是太熟悉，但他们来了。我知道，华尔丹在他们的心目中占有重要的位置。华尔丹这样一个人饱受了各种非难，在四十岁以后他变得越来越沉默，但他的气息，他在沉默中显现的骨气人们依然能感觉到。在这里，时间将不能淹没的显现了出来，时间给予这样显现出来的以重量，这重量人们能感觉到。德鲁的人能感觉到，草原上的人也能感觉到。

但华尔丹拒绝让人们看他的脸。卓玛说，华尔丹在以前曾对她交代过，在他死之前不要让人们看到他的脸。昏迷之际，生死未卜，卓玛给华尔丹的脸上蒙上了一层布。卓玛这么说的时候，我想起一年前我和华尔丹在兰州一个酒馆中的情形。那是深夜，我和他两个人相对而坐。华尔丹喝着茶对我突然说，他会暴病而死。我愣住，随后，我说：华尔丹，你不要胡说。华尔丹双手按着桌子凝视着我，他的目光表明，他对我没有胡说。

华尔丹以前没有检查出心脏病。他的身体除了胆囊上有病外一切都正常。一年前他对我说他将暴病而死具有了谶语的性质。而且，他对他的妻子说在他死时不要让人们看见他的脸似乎也预见到了他的未来。他似乎已经厌倦了，对人世厌倦了，对自己也厌倦了。在这过程中，他的身体中潜藏着侵蚀他生命的病，这病没有检查出，但他以另外的方式已经感觉到它，感到了它的威胁。

我离开卓玛朝过道尽头走去。长长的过道里站满了人。他们都在守望华尔丹。走过宽大的医生办公室时，里面也站满了人，他们同样也在守望华尔丹。走到过道尽头，我对着窗外。我想，这或许是华尔丹最后的时刻了，他是一头狮子，但这头狮子一直被无形的长鞭抽打，被无形的各种手，各种言说所揉搓，他孤独冲撞，但永远都没有出路。他就如此被消耗，被损伤。他伤痕累累之际，只能用酒来麻醉。然后，他知道他的生命将会突然结束。关于他将暴病而死的话他也对卓玛说过。卓玛也曾震惊。

第二天凌晨五点多，华尔丹的心脏停止了跳动。我走出医院时，太阳已在东山之上。我望着南墙下一片没有融化的雪，那是前几天下的雪。那片雪惨白、耀眼。医院大门外的马路上，车流不断，人们的生活在继续。送华尔丹的灵车驶出医院，它向停灵的地方驶去。我随后和几个人打出租车赶向那里。

一个大厅中，人们用宽大的帷幕将华尔丹的灵围起来。我和华尔丹的哥哥为华尔丹盖上绸单。他的脸仍被布蒙着。我用手捋顺绸单，摆好华尔丹的双脚，然后，我说：华尔丹，走好。在帷幕的外面，在靠华尔丹头的地方，几个好友在一张桌子上点燃了灯，给铜碗里注上了清水，一部藏文的《菩提道次第广论》打开摆放在中间。华尔丹的好友默默做着这些。门外黑压压的人同样是默默的，人们按照藏俗，在静默中让逝者没有牵挂地离去。察思尔被煨起，糌粑和酥油的气味在弥漫。我走出大厅走到院子里。接着我穿过人群向外走去。大门外，是马路，一百多双绿色制服下的黑靴踏出震地的声响。这些黑靴从我面前雄壮而过。我站住，我的感觉是，它们从我身上踏过。这些声响，离华尔丹的灵身只有几十步远。

几天后，华尔丹被火化。他的身份是干部，按规定，他只能被火化。火化后，他的骨灰被送往他的老家桑曲寺院后面的天葬台。德鲁离桑曲有七十多公里的路程。送他骨灰的车排成长长的车流，人们随车送他最后一程。我没有去。在火化的前一天，我独自走向德鲁寺院，我做对华尔丹超度的布施。第二天火化后，我又走向寺院。寺院的僧人在这个早晨，在华尔丹火化的时刻诵经为他超度。

这天晚上，卢雅从华盛顿打来电话。电话是我接的。卢雅问我家里怎么样，我说好着呢。卢雅沉默了片刻，然后，她说，她几天来一直心慌，担心德鲁的家里有啥事。我说，没有啥事。随后，我说：华尔丹去世了，几天前去世的。卢雅又沉默。十几秒后她问：怎么回事？我说：是心脏病。卢雅哽咽起来。我说：不要哭了，他现在安静了。卢雅说：那么好的一个人走了。我说：让他走吧。电话中，我和卢雅只说了这些。放下电话，我突然有种空空荡荡的感觉。在这种感觉中我意识到，华尔丹对我来说是另一种兄弟，多年来，我和他都相互明白我们的共同之处，我们都在荒凉之中试图下降到安静的真实之中，我们为此恍惚，游离，并在荒诞的生活中伤痕累累。现在他走了，留下了一片荒凉。

21

暴雨猛烈而急促。那是一九八五年的秋天的暴雨，当时我在师范大学的校园里奔跑。那个秋天，我已是大四第一学期的学生。暴雨中我跑向收发室。一个同学告诉我，收发室里有我的一封电报。我跑到收发室窗前时全身被雨水淋湿。我没有急于向收发室的人要我的电报，我先用双手将头上的雨水往下刨。我不得不这样，因为头上流下的雨水模糊了我的视线。片刻后，我的眼睛好受了一些。我向收发室报了我的名字，收发室的人从窗口里递给我电报。电报上写着：“父病，速归。”署名是阿姐周雪芹。我对着电报呆立。我想不出我父亲得了什么病。第二天，我乘车回到德鲁。

父亲得的是精神病，也就是说，他疯了。我回到白色庄窠时，他呆坐在椅子上，紧挨着父亲坐着的是我母亲。母亲似乎在小心翼翼地守护着父亲。我站在父亲面前，父亲朝我翻了翻眼皮，他似乎不认识我。接着，他再一次抬起眼睛看我。这一次，他认出了我，他说：卢里，你回来了。我说：我回来了。他朝我笑了笑没有再说什么。他的笑是那种没有内容没有含义的笑。他笑过之后又恢复了呆滞的神情。吃过晚饭后，我和母亲将他扶回房间的椅子上，他坐下来，双眼对着前方，他的前方是屋门，但他没有注视门，而是在注视一个虚空的目标。半个小时后，他突然站起来朝外走去。我母亲急促地对我说：快拉住你爸，他犯病了。我追出门拉住他时，他用力将我甩开。他甩动臂膀的力量非常大，我差点被他甩倒在地。我又追上他。我试图拉住他时，他已跑出了大门。他是突然跑动起来的。他一跑出大门便像身强力壮的年轻人一样快速朝巷道外跑去。我追出巷道时他已跑到马路上。马路上的车扬起尘灰，他在尘灰中奔跑，在路中间奔跑。这景象让我心惊胆战。十几分钟后，我终于追上了他。追上他的地点在往南的公路边的草地上，当时他抱住一根电杆喘着粗气。接着，他顺着电杆滑倒在地。他躺了下来。

那是日落时分。我扶着他往回走时，他又变得清醒了，但他的神情呆滞。他任我搀着胳膊朝前走。

那个秋天，阿哥卡尔罗已经离开了德鲁，他去了青海。

给我发电报是周王氏姥姥的主意。她要我回来是为了让我陪伴我父亲几天，看我在我父亲身边能否让他的病情好转一些。在我回到家之前，全家人已经为我父亲耗尽了精力。整整半个月，我母亲请假在家守护他。他一发病就往外跑，为此，周王氏姥姥成天反锁着大门。但这一招仍挡不住他，他会攀上墙往外跳。攀墙时他就像变了一个人，变得手脚轻健。不得已，周王氏姥姥只好放弃反锁大门这一招。父亲发病一旦跑出大门便会顺着公路朝南跑去。朝南，是他每一次发病时奔跑的方向。每一次他跑后，我母亲、阿姐周雪芹都不得不追他而去。有时，邻居们也帮忙追寻他。一九八五年，卢雅十一岁，她惊恐地看疯了的父亲，惊恐地看每隔几天都要发病跑掉的父亲。

我陪了父亲整整一个星期。这一个星期中，除了我来的那一天他犯过一次病后他又犯了一次。这一次，他跑得没有上一次远。这一个星期中，他单位的人有时也来看望他。他单位的人坐在他面前时他目光依旧呆滞，他对他身外的人似乎永远不感兴趣了，包括我，也包括我母亲和白色庄窠其他的人。单位的人离开时我送他们走出大门。单位的人看着我摇了摇头。他们摇头的意思是：我父亲的情况没有什么好转。两天后，单位的人又来到白色庄窠，他们跟我母亲、周王氏姥姥商量，将我父亲送到省城医院去治疗。我母亲同意了，周王氏姥姥也同意了。

我和母亲，还有我父亲单位派出的人陪我父亲到兰州的精神病院。我父亲被安顿在医院里。我在那第二天回到学校。

桥梁工程师卢振威早已不是桥梁工程师了，他在德鲁最后一次见切央喇嘛后就被调到了州委宣传部。调他的原因是他能写材料。正好，宣传部缺少一个写材料的人。对于这次调动，我父亲没有显出多大的热情，因为他知道写材料是一种既枯燥乏味，又吃力不讨好的差事。但从交通局调到宣传部也算对他写材料能力的肯定。调到宣传部后，他成天钻在材料中。他要么写材料，要么读材料。他这种样子是我在家中看到的。也就是说，他在单位写不完的材料、读不完的材料又拿回家里写和读。他调到州委宣传部的时候，我才十一岁。我那时无法体会他写材料的难度和苦恼。直到后来他死去后我自己参加工作时才体会到写材料的枯燥和苦恼。况且，他进入宣传部后一直是政治局势多变的时期，一九七五年他写的材料到一九七六年就成反面的东西了。这些材料的政治性是第一位的，它们空洞、单调、格式化，但也充满了危险。一句话，一个词不得当，或许会出大问题。我父亲是一个谨慎的人，他这种性格也是他被调到宣传部的原因之一。可以说，我父亲在宣传部写材料的十年是他不断被耗尽的十年，也是他不断变得更谨慎、更循规蹈矩的十年。除了抽烟，他没有别的嗜好。他酒量不大，一旦喝几口，他就会唱几段河北梆子，这是他最放得开的时候。他甚至没有政治野心，在他看来，写材料是他这一辈子要干到底的事了。

那个时候，在一般人眼里，我父亲算不上是一个成功的人。在德鲁，一个男人成功的标志是当官，当科级以上的官，而我父亲在那时连个科长都不是，他是一般干部，是个最辛苦的干部。作为儿子，我和他没有什么交流，父与子不交流在那时是天经地义的事。但他却对卢雅关怀备至。他每次出差都会给卢雅带回一些东西。这些东西是糖果、玩具和衣服。卢雅在每次他出差回来后都兴高采烈。

在我的印象中——全部的印象中，我父亲的形象更像一种浮雕。由于我和他从来没有直接交流过，我和他就像两辆并行前进的车，这两辆车互不搭界，他内心所想的，他的苦恼或者欢乐我都无法准确地知道。在我面前，他不是立体的，他只是个父亲。他上班，下班，除此之外，他很少在我的视野中显露他的另一面。关于他见过切央喇嘛的事，还是我母亲给我说的，是在他死后给我说的。到宣传部的第三年，他爱上了打猎。他申请了一个持枪证，买了一杆小口径的枪。有些星期天，他独自拿着枪去山野里打猎。太阳落山前他会准时回来。他回来后有时两手空空。有一次，我要求他带我一起去，他皱眉头，随后他答应了。他说：要走好长的路。我说我能走。到了山上，我随他一直走，顺着山下的草地走，一直朝南走。灌木丛中会奔出一些野兔，但我父亲并没有举枪打它们。我想他或许要朝猎物更多的地方走去。到了中午，我和他走到一条小河边，他坐下来，我从包里拿出饼子。我和他吃着。我问他以前是否来过这里，他说，来过，每一次都要到这里，到这小河边坐下来休息。吃饼子的时候，我朝四野望去，到处都是平缓起伏的草山，没有灌木丛，也没有树林。在这样的山野中，我看不到兔子、野鸡之类的动物。我不明白我父亲还要走向哪里。吃过饼子后，我和他又走。我和他很少说什么。我在沉默中想他是否会打猎。

那一天，我父亲其实连一枪都没有放。从小河边起身后，我和他越过小河朝对面山上走去。半山腰里的旱獭啾啾叫着奔跑，在它们洞口前，它们往往会反过身立起来朝我们张望。旱獭的这种的情形，我们一路上已经见过不少。我父亲似乎对随处可见的旱獭没有兴趣，而我又不知道他感兴趣的动物到底是什么。走上山头，面前是一片开阔的草地，草地中有几处黑色的毡房。白色的羊群和黑色的牦牛遍布在草地上。我父亲朝前方看着，我注意到他并没有看草地上的毡房和牛羊，他向更远处看去，更远处是一脉墨绿色的山脊，它遥远，遥远得似乎无法到达。我父亲就这样站着。好长时间后，他转过身说：回吧。我感到意外，因为至此，他并没有找到一个猎物，也没有放一枪。我和他下了山，再次过了小河。他似乎感觉到了我的疑虑，他将枪递给我，教我怎么装子弹，怎么发射。他说：你试试吧。我接过枪握在手中。接下来，我寻找目标。一只旱獭啾啾叫着立起身子面朝我们，我瞄准它扣动扳机，枪响了，但没有打准那旱獭。它在我扣扳机时已经消失了。

太阳落山前，我和我父亲回到白色庄窠。在往回走的途中，我又放了几枪，但几枪都放空了。在这过程中，我明白我父亲每一次打猎其实就是一个人在山野中行走，他不是为了打猎，而是为了行走。他为什么要如此孤独地行走，我不得而知。

我上大四的第一学期开始时我父亲突然被任命为州交通局局长。这次任命和他大学毕业被分配到西北一样偶然。州委组织部按上面新的规定要在大学毕业的知识分子中选一名懂业务的交通局长，选来选去便选到了我父亲身上。州委组织部的人先到宣传部找我父亲宣布这一决定，但我父亲正好出差不在宣传部。我父亲出差回来先到家里，我母亲对我父亲说了他被定为交通局长的事，我父亲愣了一下，随后就说：这是不可能的事。我母亲没有坚持她说的，她觉得我父亲被选定为交通局长的事也不可能。她顺着我父亲说：或许是啥人在捉弄你，你得提防着。我父亲想了想说：是人们在开玩笑吧。第二天，我父亲刚到宣传部便被组织部打电话叫去。他到组织部后一个副部长对他说了他被选定当交通局长的事。我父亲当时就蒙了，在他还没有搞清楚事情的来龙去脉时他又被副部长带着到了交通局。交通局的会议室里座无虚席，交通局的人一大早就接到通知要开大会。我父亲随组织部副部长走进会议室后，组织部副部长宣布了我父亲被任命为交通局长的决定。会议室一片掌声。我父亲仍懵懂着。组织部副部长宣布决定完让他讲话时，他脑子里轰轰发响。他语无伦次地讲了几句，大家又是一片掌声。会议结束后，我父亲被安排到了局长的办公室里。坐在办公桌前，他恍恍惚惚地看着人们走来向他打招呼，向他请示，他嗯嗯地点头，头上的汗不断冒着。

从一个一般干部突然升至局长，这对于我父亲来说比做梦还不真实。在这之前，他连当一个科长都没有奢望过。那一天，他很迟才走出办公室。在走出办公室前他一直坐在办公桌前，他总觉得组织部在哪个环节上弄错了，不然，他不会被这么突然选定为交通局的局长的。他坐在办公室里等待组织部的人再次找他，找他来改变组织部的决定，但组织部的人没有来。

荒诞的事情发生在他上任的第二天。第二天，我父亲一大早到办公室，他刚坐定后一个人突然冲进来跪在他面前。我父亲被吓了一跳。他看跪在地上的人时认出是交通局的一个科长，这个科长曾是他当年在交通局的直接领导。科长跪着不起，我父亲要扶他时，他说除非我父亲原谅他他才肯起来。我父亲摸不着头脑，他不知道要原谅什么。科长抬头看着我父亲，他把我父亲脸上茫然的神情当成了一种不露声色的威严。科长痛哭起来，一边痛哭一边说他当年不该对我父亲那样辱骂。科长这么一哭诉，我父亲记起来当年这科长的确骂过他，骂他是书呆子，是猪脑子。我父亲说：那不算啥，不算啥。科长这才起来像哈巴狗一样退出去。科长离开后，我父亲感到惶恐。科长跪着的姿势在他脑子里挥之不去，他惶恐是因为跪着的科长将他抬到了他难以适应的境地。

接下来，单位上的人对他都是讨好谄媚的笑容。走出单位，走在回白色庄窠的路上，认识他的人都对他笑脸相迎。他看着这些笑脸更加惶恐。多少年后，我母亲对我说：你爸受不了人们的那些笑，他害怕。母亲没有说出我父亲为什么害怕那些笑脸。我想，那些笑脸将他悬了起来，悬在虚空中，他害怕的是虚空。从上任到交通局第一天起，他就不踏实，人们跪着的姿势，谄媚和笑的嘴脸都让他不踏实。我母亲说：那些日子，他老做噩梦。

上任一个星期后，我父亲接到上面的通知，通知说省交通厅的领导要来检查工作。我父亲按照这个通知让办公室准备汇报材料。三天后，写好的材料交到了他手里，他翻看材料不断皱眉头。显然，材料写得极其糟糕。我父亲让办公室重写。重写的材料又交到他手里，他一边看一边仍皱眉头。材料依然写得不合格。此时，离省领导到来的日子还剩两天时间，我父亲不得不亲自写。省厅领导到达的那一天，我父亲将写好的材料呈了上去。在会议室里，省厅领导一边听我父亲汇报一边翻看材料。这个领导在翻看材料后向我父亲提了几个问题。我父亲按照材料上的内容回答。省厅领导拍着桌子将呈在他面前的材料扔向我父亲，他同时吼道：这是什么狗屁材料？

我父亲当时呆住了。他脸色发黄。随后，他浑身抖个不停。省厅领导拂袖而去后他仍呆坐着。半个小时后，他突然大笑起来。他大笑着走出会议室，大笑着走到单位的院子里。人们看着他，不知道他怎么了。

我父亲疯了。交通局的人在懵懂中感到我父亲不正常，他们围住我父亲。我父亲看着围上来的人突然止住笑声，他睁大眼睛看着周围的人。他的眼中是惊慌、恐惧的神色。接着，他朝单位大门外跑去。

人们终于明白我父亲的确是疯了。人们最终在格河河边抓住了他。

在省城的精神病院，我父亲住了三个月时间，三个月后，他基本康复。回到德鲁，他在家休养。那一年的寒假，我回到家里时，他成天坐在屋子里。他看起来神情安详。中午太阳好的时候，我或者我母亲陪他在外面走一走。在太阳下，他走得从容，走得平静。遇到一些熟人，他会与他们打招呼，有时也跟他们中的一些人交谈。他们知道他的病情，知道他为什么得的病。有时候，他也会与我母亲、与我谈他的病。他说，这样也好，这样就不用去单位了。那个寒假里，他一直很好，一直没有犯过病。

他在春天到来时犯过一次病。那一次，他一个人走出家门。到了吃晚饭的时候，他没有回来。我母亲和阿姐周雪芹走出家门到处寻找。天完全黑下来时，她们在格河边找到了他。他当时一身泥水。他似乎是跌跌撞撞地爬过河边不远的沼泽地的。我母亲和阿姐找到他时，他一脸茫然。他对他自己如何到这河边一无所知。那时，我已返回学校，那是我在大学的最后一个学期。

六月，山野渐绿。我父亲卢振威在一个早晨消失。临出门时，他对我母亲说，他出去转转。到了中午，他没有回来。我母亲和阿姐周雪芹再一次寻找。这一次，她们找遍了德鲁附近的地方没有结果。下午，她们又发动一些熟人到处寻找。一直到天黑，仍没有找到。第二天、第三天仍是如此。到了第四天，从弘克乡打来了电话，电话中说我父亲死了。电话是邻居尔撒打的，他当时在弘克乡。

那之后，邻居尔撒对我说：我当时在弘克草原上收羊皮，我看见过你阿大（父亲），我还以为你阿大病好了是在弘克乡下乡呢，我看见他时他好像要往别的地方去，到了下午，人们就说河边死了一个人，人们说死的人的样子，我心里咯噔一下，我赶忙跑去看，果真是你阿大。尔撒接着说，我父亲是头栽在河里淹死的，那是一条不大的河，河水很浅。谁都想不通你阿大怎么会在那么浅的水里淹死，尔撒说。

我站在尔撒面前无语。我不知道我父亲为什么要跑到几十公里外的弘克草原上去，我也想不通我父亲为什么会在那么一条河中被淹死。而且，他总是要越过河去，越过格河，越过弘克河，他越过河要去哪里？

我想起与他一起打猎的情形，我想，他心底里有一种秘而不宣的向往，这向往过于虚幻而让他不断迷失，最后他迷失在弘克草原上。我只能如此推断和猜测。

二〇〇九年的这个秋冬交替的季节里，我在德鲁待的时间够长的了。十二月初，我决定再次离开德鲁到兰州去。

2013年10月20日第二稿。

2013年12月31日改毕。

图书在版编目（CIP）数据

白色庄窠 / 张存学著 . --兰州：甘肃文化出版社，2016. 3

ISBN 978-7-5490-1042-4

Ⅰ. ①白… Ⅱ. ①张… Ⅲ. ①长篇小说—中国—当代
Ⅳ. ①I247. 5

中国版本图书馆CIP数据核字（2016）第052466号

白色庄窠

张存学 | 著

责任编辑 | 原彦平
装帧设计 | 陈晓燕

出版发行 | 甘肃文化出版社
网　　址 | http://www.gswenhua.cn
投稿邮箱 | press@gswenhua.cn
地　　址 | 兰州市城关区曹家巷 1 号　730030（邮编）

营销中心 | 王　俊　贾　莉
电　　话 | 0931-8454870　　8430531（传真）

印　　刷 | 甘肃新华印刷厂
开　　本 | 889 毫米 ×1194 毫米　1/32
字　　数 | 157 千
印　　张 | 7.75
版　　次 | 2016 年 3 月第 1 版
印　　次 | 2016 年 3 月第 1 次
书　　号 | ISBN 978-7-5490-1042-4
定　　价 | 32.00 元
